麦克米伦世纪童书

麦克米伦世纪 全称北京麦克米伦世纪咨询服务有限公司，由全球最大、最知名的国际性出版机构之一的麦克米伦出版集团和二十一世纪出版社集团共同注资成立。

北京麦克米伦世纪咨询服务有限公司
北京市海淀区花园路甲 13 号院 7 号楼庚坊国际 10 层
邮编：100088 电话：010 82093837
新浪官方微博：@麦克米伦世纪出版

Red Leaves

红叶

[英] 西塔·布拉马查里 著

余 莉 译

二十一世纪出版社集团
21st Century Publishing Group
全国百佳出版社

人人都渴望有个家。

那是一个安全的地方，在那里

我们可以随意进出，

不受质疑。

——玛雅·安吉洛

玛雅·安吉洛，是一位非凡的美国黑人女性、杰出的人权作家。本题记摘自她的代表作之一《上帝的孩子都需要旅游鞋》。

主要人物表

扎　克：12岁，一名中学生，父母离异。
杰西卡·约翰逊：扎克的妈妈，一名战地记者。
卢卡斯·约翰逊：扎克的爸爸，某大学著名历史教授。
莎莉妮：扎克家聘请的保姆，负责照顾扎克的生活起居。

艾　莎：12岁，来自索马里的移民少女，母亲早亡，父亲失踪，后被莉莉安娜收养。
莉莉安娜：艾莎的养母，多年来一直收养孤儿，很爱艾莎。
阿米娜：艾莎的妈妈，在生艾莎时因难产而死。
阿布迪·伊尚：艾莎的爸爸，当初被侵略军带走，一直杳无音信。

艾奥娜：17岁，来自苏格兰群岛的艺术天才少女，继父虐待她，母亲无奈抛下她，无家可归，只得流浪街头。
埃尔德：一名无家可归的老妇人，生活在森林家园的防空洞内。
凯西夫妇：一对善良的夫妻，经营着一家名叫凯西森林商店的店铺。

第一章

"飞啊飞,飞到接骨木的上方,俯瞰大地。那四处飘飞的叶子,就是充满了激情、愤怒与悲伤的红叶。付之一炬的时刻到了。岁月在流转,树林也激荡起来,是时候解开缠绕过去的藤蔓了。"无家可归的老妇人埃尔德摇了摇树枝,树叶如雨点般飘洒下来。她笑着,环抱着树枝猛烈地摇晃,仿佛要搅起一场风暴。

艾莎把钥匙插进锁孔里。

"你真的不跟我一起回去吗?妈妈在做饭呢。"穆娜靠在花园的墙上问。

"今天不行,莉莉安娜要我回去,她有话要对我说。"

然后,两个女孩开始用索马里语说话。她们聊了一会儿,最后咯咯地笑着道了别。

听到门"咔嗒"一声关上了,莉莉安娜脸部的肌肉抽搐了一下。

"嗨。"艾莎欢快地和她打了招呼,然后径直朝卧室走去。

"嗨,宝贝儿!"莉莉安娜坐在餐桌旁,桌上放着绘图笔、纸、剪刀和胶水,还有几杯喝了一半的咖啡。她又将一张照片贴在了养女的剪贴簿上,贴的时候,她的手在微微发抖。莉莉安娜自我安慰,要理智,要冷静,只是第一次见面而已。可是,在对待艾莎的感情上,她从未有过理智。她把胶水放在一边,开始画页边上音符的图样,然后,她又停了下来。也许,她本该让社会福利人员告诉艾莎这个消息的。

莉莉安娜想象着,在一个晴朗的日子,她和艾莎站在一起,面朝大海。艾莎和周围的每一个人脸上都写满了幸福和安定。只有她自己,恐惧地张大嘴,好像某个庞然大物要将她们吞噬。有这种感觉也是人之常情啊,莉莉安娜这样安慰自己,因为从见到艾莎的第一天起,她们就联结在一起了。当时,那个有着全世界最悲伤眼睛的小女孩一边盯着里面,一边踮着脚尖从前门走进来,好像房子会随时爆炸一样。

莉莉安娜紧扣双手,让它们不再发抖。

"艾莎,快来看啊!我又贴了一些你和穆娜在乐队时的照片。"

"什么乐队啊?"艾莎笑着走进厨房,越过莉莉安娜的肩膀往下看,"我们只是以前在学校里一起唱过歌,这并不代表我们就是一个乐队啊!"

"我看你们就应该是一个乐队。很明显,你们是唱得最好的。"

"你当然会那样说喽!"

"因为这是事实啊！"莉莉安娜耸了耸肩。她翻着艾莎的生活故事书，暗自笑了起来。莉莉安娜喜欢叫它"故事书"，有时候还叫作"剪贴簿"，因为这些名字听起来不那么令人生畏。她照看过的孩子，每个人都有一本。那是一部图文并茂的个人历史，有了它，将来照顾他们的人就能描绘出他们的人生旅程，记录他们的进步，让孩子们感觉自己的历史是完整的。

莉莉安娜认识的一些看护人对这些东西并不上心，可是，她始终认为，能为领回家的那些孩子做的事太少了，填补这些小小的细节，根本不值一提。

故事书里还有艾莎最早的画作，画这些画的时候，她还不肯开口说话。其中一幅画画的是：小小的婴儿艾莎像胎儿一样蜷缩在妈妈巨大的肚子里。这幅画总会让莉莉安娜情不自禁地哽咽。她第一次看见这幅画时就哭了。那孩子想爬回妈妈的身体里重新出生，这有什么错呢？艾莎的"生活故事"已经够长、够复杂了。很难想象，她还不到十三岁。

艾莎向莉莉安娜讲述她如何离开索马里和去英国旅行时，她听得心都碎了。才十岁的她居然瞒过当局，让他们相信她已经十二岁了。莉莉安娜永远忘不了那一天——这个小女孩终于信任她了。

"'如果你假装大几岁，那会对你有好处的。'导游对我这么说。"

"那你是怎么假装大几岁的？"莉莉安娜问。

"就像这样！"艾莎昂首挺胸地站着，面无表情，仿佛戴了一张面具，一丝情感也无法渗透进去。

过了很久，艾莎才放松警惕，摘下那张面具。

如今，莉莉安娜看到的，是艾莎微笑的样子。早年那些痛苦的日子会给她的养女造成多大的影响呢？一想到这个，她就不由得心生恐惧。"你确定不想自己来写吗？"

艾莎摇了摇头。

如果让我写自己的生活故事，我的写法一定大不相同，她想。无论莉莉安娜把故事书装饰得多么漂亮，它总会让艾莎想起那些无家可归、被迫与亲友分离的日子。

莉莉安娜把"乐队"的最后几张照片贴了上去，然后在下方写上她们的名字——艾莎、穆娜、索玛雅和玛丽亚姆，最后合上了故事书。其间，她瞥了艾莎一眼。她想，是时候提起那个话题了。

"我可以看看吗？"艾莎靠近莉莉安娜问道。

"当然可以！这是你的故事呀！"

莉莉安娜轻轻地把书递给艾莎。也许，她可以在她们一起看书的时候告诉她。

艾莎已经很久没有看这本书了，此刻她才发现，莉莉安娜多么细心地装扮着她们的故事书。她们共度的时光里的点点滴滴，都被她贴进了书里。艾莎现在才知道，原来，莉莉安娜是在通过这本书追溯她的过去。莉莉安娜往书里加上了艾莎的水彩画和素描，甚至把艾莎衣服上的衣料贴了上去——在某个特别的日子，她穿着那件衣服照了一张特别的照片。莉莉安娜很少扔东西。这些小小的衣料，就是能将你带回过去的细节。

艾莎伸手摸了摸那块红色天鹅绒裙子的碎布料，它的手感很柔软、舒适，她还记得自己穿过那条裙子。莉莉安娜拍了拍她身旁椅子上的靠垫。艾莎坐了下来，莉莉安娜挪到她身边，两人并肩而坐。

"真不敢相信，我来这里已经两年半了。"艾莎往回翻，看着书上那些分门别类的条目，上面记载着她来这里以前的事。发现莉莉安娜并没打算装饰那些光秃的页面，她终于松了一口气。她重新审视自己人生中的那些残酷过往，心想，无论往上面加什么，都无法减轻当时的痛苦。

"艾莎独自一人到达希思罗机场。"

"艾莎在'蒙默斯之家'孤儿院的第一天……"

"艾莎上主教小学的第一天……"

"艾莎获得了难民身份。"

这部分贴的照片大都是正式的护照照片。照片上，一个小女孩扎着长长的辫子，面带羞涩，似乎不愿让人拍到她。就连她自己都觉得，不戴头巾的自己看上去很奇怪。那张十岁时揭去头巾的脸庞，一览无余、孤独无比，当年的感觉又回来了——仿佛心里装着一块石头，沉重而冰冷。偶尔，孤儿院里的工作人员会给她和其他孩子们照相，可艾莎总会稍微往边上站，好像她属于另一个空间似的。当她紧紧抱着肚子、想念着家的温暖时，就是这种感觉。

"真是一个悲伤的篇章。"艾莎又往前翻，翻到莉莉安娜用亲手做的手工艺品装饰的那几页，上面记录着她们刚开始一起生活时的事。莉莉安娜把手放在艾莎的背上，以示安慰。

"但是我们也有这些快乐的回忆啊!"莉莉安娜说。

艾莎紧紧地抱着莉莉安娜说道:"是你为我创造了这些回忆。"

"是我们一起创造的!"莉莉安娜纠正道。

自从她们一起生活以来,艾莎的一切都改变了。她从一个有心理创伤的孩子变成了一个自信的女孩,而其中的每一步,都是莉莉安娜牵着她的手走过来的。

莉莉安娜向前靠了靠,用手指着书上的一句话。

"还记得吗?这是你说的第一句话!"

"'我觉得在这里很安全。'"艾莎大声地读出来,"除了你,我从没对任何人说过那样的话。"

莉莉安娜抹去眼角的一滴泪水。她害怕此时提起去见收养艾莎的那家人,可能会动摇她的安全感。可是,也许她只是在为自己着想。莉莉安娜答应过自己的亲生孩子——他们已经成年——艾莎是她收养的最后一个孩子。可是,她总在心里想着,要一直把艾莎留在身边,直到她上大学的那一天。她甚至会想象艾莎照毕业照的样子——"多么聪明的姑娘啊。"而且,她相信艾莎一定能实现她的律师梦。莉莉安娜心里想着,她们可以一起毕业:艾莎从大学毕业,她从看护行业"毕业",成为一名当之无愧的退休人员。

莉莉安娜深深叹了一口气。此时此刻,我应该明白,生活并不是那么干净、整洁!可谁又会想到,有人愿意收养一个带有心灵创伤的索马里少女呢?想到这里,她摇了摇头。这只是第一次见面,如果艾莎不愿意走,没有人会强迫她。总之,不会有什么影响的。这些想法闪过脑海时,莉莉安娜为自己的自私感到羞愧。她试着去看艾莎那张沉静的、充满信任的脸，可是，艾莎那张曾经戴着面具的脸却像幽灵一样萦绕在她心头，随后，回忆将它们一起投进一道长长的、挥之不去的影子里。

还是等到明天吧。我明天再告诉她。

第二章

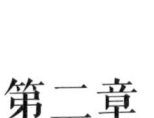

扎克跌坐在最后一阶楼梯上,凝视着前方。

"快啊!你上学不能再迟到了。"莎莉妮站在楼梯的扶栏后朝他喊道。扎克抬头看了看一脸慌张的保姆,然后把书包吊在肩上,强迫自己站起来。

"离树林远一点儿,紧跟着大路走哦。"这是他走出门时,莎莉妮对他说的最后一句话。

我要是不这么做呢?走进那扇生锈的铁门时,扎克这样问自己。那是进入林区的门。在树林里的时光,曾是最快乐的:和爸爸一起在老家后面的树林里,找个好地方搭小屋,或者选几根树桩当柱子、玩板球游戏。他们唱着儿歌、手拉着手走在一起,那样的时光仿佛并不久远。

一片红色的叶子从枝丫间飘荡下来。如果我抓住那片叶子,一切就会回归正常。以前,他几乎没有抓不住的时候。可是这一次,他伸出手去,就在那片叶子刚要落入他手心时,风却把它吹走了。

扎克叹息一声,心想:我到底怎么了?抓住一片叶子,怎么可能改变什么呢？只可惜，那些天他就是这么想的——就像一片树叶，在别人扇起的风中飘零，不知自己会飘落何处。

扎克看着树叶落在不远处的一块标牌上。"欢迎回到森林家园。"他读道。这时，附近传来一声怒喊，声音听起来有些疯狂。于是，扎克躲到一棵树后面，屏住了呼吸。

"乖乖，我的克丽丝特尔，别哭了。我的肚子在给你唱摇篮曲呢！你听，因饥饿而发出的隆隆声，能撼动我那橡树家园的根。"

扎克试着从粗壮的树桩后面往外看。他看见不远处有一个老妇人，她的脸上满是皱纹和擦伤，她的皮肤就像被剥了皮的古树。他想，她应该和他奶奶死时一般年纪，或者还要老一些，甚至老很多、很多。她的头发染成了火红色，一堆糟乱的发卷散在脑后。她头顶的几绺头发上插着树叶，就像被缠住的皇冠。扎克看着她的穿着，她把树叶一层一层堆叠在身上，整个看上去就像以前妈妈去非洲旅行时带回来的碎呢地毯。说不清楚那个老妇人到底穿的什么，也不知道她那"衬裙"下的身材是大是小，只见她一走动，"衬裙"就在地上扫来扫去。她身上穿的一切，好像都是特意挑选来搭配秋天那古朴色调的，仿佛是一种伪装。

冷静点儿，她只是一个无家可归的老妇人而已。可是，扎克却无法将视线从她身上移开。此刻，她离得很近，他能听到她的肚子在咕咕叫。

"乖乖，我的克丽丝特尔，别哭了。我的肚子在给你唱摇篮曲呢！"

这会儿，他才发现，她怀里抱着一个婴儿，婴儿身上裹着钩编的羊毛披肩,那种披肩比毯子的洞要多一些。尽管那个老妇人一直在哄,可是那个婴儿既没动,也没发出任何声音。扎克心中一紧:她抱着婴儿干什么?那是她从谁家的婴儿车里偷来的吗?

这时,他看见一个遛狗的年轻女人正沿着相连的一条陡峭道路走上来。见到她,他终于松了一口气。她走得越近,老妇人的声音似乎变得越大。

"可是,森林里忽然来了一个散步的人。她身上还散发着香水味。我不喜欢这种味道,一闻到它,我就会打喷嚏。"

老妇人抱紧婴儿摇了摇,可披肩下面仍没有丝毫动静。

"她来了。我的克丽丝特尔,你觉得怎么样?她会假装看不见我们,直接走过去吗?宝贝儿,有谁会不同情你呢?"

然后,她举起手中的襁褓,如同献礼一般。那条狗跳起来嗅了嗅,然后不屑一顾地摆了摆头。那个年轻女人不自然地凑近看了一眼,然后转身匆忙离去。

"您能施舍一盏茶的钱给我们吗?不行吗?径直走过去,眼神呆滞,对我们视而不见。这些天,我就像一个根部多节的老树桩。"

说着,老妇人突然把婴儿摔在地上,"咚"的一声,婴儿从毯子里滑出来。扎克猛地吸了一口气,正要从藏身之处出来,却见一个塑料人头朝他的方向滚过来,蓝色的眼睛睁得大大的,眨也不眨一下。我真傻啊!那只是一个无家可归的疯子抱着一个洋娃娃在树林里游荡而已。可是,扎克还是觉得自己应该做点什么,他得告诉别人。这么年老的人,怎么能无人照料呢?就在这条路的前面,有一个避难所,无家可归的人可以去那里——她当然可以去。

此刻,老妇人在一个树桩上坐下来,看着自己赤裸的双脚。它们根本就不像脚,不该凸起的地方凸起来,像从空心树里长出的真菌。扎克离她很近,足以闻到她身上的霉臭味。那恶臭是从她脚上散发出来的吗?

"数一数我的脚趾头!看看它们是不是都还在!去感觉地上红叶发出的嘎吱声……"她自言自语道,然后,好像突然发现她的"宝宝"不见了,于是在地上四处寻找。她把洋娃娃的头塞进塑料脖颈,然后轻轻摸了摸娃娃的脸颊。"我的宝贝儿,我不是故意要扔了你的。"她一边低声说,一边把娃娃抱在怀里,用毯子紧紧地裹着。洋娃娃的脚伸了出来,她就轻轻地把它们塞回去。

"尘土激扬,秋天就要到了,冬天也即将来临。"老妇人浑身发抖,好像已经感受到了严寒的侵蚀。她转身对着扎克藏身的地方,闻了闻,发现了他。

她早就知道我一直在这儿看着她了吗?扎克一边发抖一边想。然后,她毫无征兆地站起来,径直走向他,他不得不跟跟跄跄地走出来。她咧着嘴对他笑,露出乱七八糟的牙齿——有的坏了、有的缺了,吓得他直往后退。接着,她抓住低处的一根树枝,慢慢地、稳稳地爬了上去。

"飞啊飞,飞到接骨木的上方,俯瞰大地。那四处飘飞的叶子,就是充满了激情、愤怒与悲伤的红叶。付之一炬的时刻到了。岁月在流转,树林也激荡起来。克丽丝特尔,别出声。"老妇人闭上眼睛,仰起脸,迎上从树枝间透下的暖阳。在阳光的照耀下,树林沐浴在一道神奇的琥珀色光里。此刻,她身体前倾,正在心无旁骛地听着一首沿路飘荡过来的轻柔曲子。那是一个小女孩在用另一种语言唱歌,她正慢慢地走近。现在,扎克能听清楚了,她的声音很轻柔。

"又一个年轻人过来了,她就像云雀一样欢乐!你听那首歌,像羽毛一样甜,像蜂蜜一样柔软。"老妇人用手敲了敲头,好像能让她清醒一点儿似的,"像羽毛一样柔软,像蜂蜜一样甜——快乐的声音在每一种语言里都是一样的。"

扎克慢慢退到路上,他能感受到老妇人眼光里的热烈。就在这时,他不小心与一个戴着蓝色头巾的女孩相撞。她立即停止了歌唱,用询问的眼神看了看扎克,又看了看老妇人。而此时,老妇人正在上面的树枝上往他们身上撒面包屑。一群乌鸦飞过,发出刺耳的声音。女孩匆忙离开,她的头巾和肩膀一闪而过。

"对不起,宝贝儿们,"老妇人醒了醒神说,"我只是在喂鸟而已。那些鸟是必须要喂的……它们有的已经飞了很远很远,比埃尔德走过的路还要远。"

女孩转过身,和扎克互看了一眼,眼神里充满了困惑。然后她耸了耸肩,继续往回走。

"棍子、石头、折断的骨头,甚至言语,都能伤到你,可是有时候,孤独是最伤人的……嘿,小子!"

扎克跑了起来,可是,不管他跑得多快,老妇人的歌声都紧随着他,一直在他脑中噼啪作响,不肯散去。

跑到那条路的入口,他掸去了运动衣上的面包屑。

孤独是最伤人的……当他蹬上那座无比陡峭的小山,往新学校走去时,老妇人的话仍然不停地在他脑中回响。

第三章

扎克来到这所学校已经快一个月了,周围全是男孩,这让他感觉很奇怪。因为读小学时,他更喜欢和同龄的女孩们一起玩儿。他觉得和她们交流起来要容易一些。上了男校,好像世界丢失了一半。总有某个人想要证明他比你壮、比你强。也许,这是因为他比大多数同龄人都年幼的缘故吧。而且,他还明显比他们个头儿小……有一两个人已经热心地指出了这一点。他们要是知道他把自己看得多么渺小,也就懒得再"小看"他了。

当他走上小山的时候,一段回忆浮上心头。那时,爸爸还和他们生活在一起。他们俩在老房子的后花园里用绳子做了一个秋千。扎克坐在秋千上,快速地盘绕、旋转,爸爸在他眼里成了一个旋转着的、模糊的影子。他用了很长时间才回忆起爸爸那熟悉的轮廓,高大结实。那时,扎克的脸上带着灿烂的、快乐的笑容,大家都说,那是父子在一起才有的笑容;那时,扎克深信着"我会一直在你身边"这样的话。难道那就是将来爸爸对于我的意义……只是一种遥远的、模糊的记忆吗？

　　他想起那个无家可归的老妇人撒面包屑的画面……想起了那个戴蓝色头巾的女孩一路唱歌的情景。她的歌声里带着某种东西，她蹦蹦跳跳地从身边走开的样子，让扎克想起了快乐的感觉。

　　就在学校的外面，有一个庭院，院里矗立着一块花岗石战争纪念碑。扎克看着那一串长长的名单。"逝去的英烈们……"他们都是曾在这里上过学或居住在附近、长大成人后被杀害的人。那有什么意义呢？死亡有何英勇可言？扎克想起了他在叙利亚的妈妈，以及所有她报道过的战争地区。他在想，如果有人叫他去为了什么而战斗，他会怎么做，这已经不是他第一次思考这个问题了。他感觉喉头哽咽，艰难地吞咽着，不让眼泪流下来。那个老妇人和她那可怕的洋娃娃在我脑海中挥之不去，好像这感觉还不够糟似的。我甚至连那片树叶都抓不住！也许这预示着妈妈会出什么事。这时，他看了看手机里的动态消息。什么也没有，没有短信，也没有语音信息。于是，他在纪念碑前的台阶上坐下来，心里想着，此刻父母远在天边，他不也正如那和洋娃娃自言自语、无家可归的老妇人一样孤单吗？如果妈妈走的时候告诉我她什么时候能回来就好了。可是，如今我只能听到她说，"扎克，在战争中，什么都不能计划。"我讨厌战争，讨厌不知道还要担惊受怕多久她才能回来。我讨厌这个，太讨厌了。

　　扎克站起来，踢了踢纪念碑前的最后一块台阶。

　　"放尊重点儿！"斯莱特老师在庭院对面朝他吼道。扎克拣起书包，跟着他的班主任走过一扇又一扇木门。一个可怕的、怪兽状的滴水嘴瞪大眼睛监视着拱门,从它旁边走过时,扎克心想,把它放在学校门口是谁的主意啊?那是什么欢迎方式呢?他想,这是否意味着,要让自己感觉被监视着呢?

"扎克,你又迟到了。虽然你成绩优异,可是,我必须告诉你,没有人会给从来不守时的人发文凭的哦!"他们一起经过走廊时,斯莱特老师试着对扎克微笑。扎克怀疑,他的班主任已经知道了他的"家庭问题",正尽力对他温和相待。

斯莱特老师掸去扎克运动衣上的最后一片叶子。他们一起走进教室时,他用像对待同志一般的姿势拍了拍他的背,说:"扎克,收拾干净,勇敢向前,展示出自己最好的一面!"

好极了!现在,他们都会以为我是老师的宠儿!

斯莱特老师正在读一篇关于战地情形的士兵证言。扎克坐在座位上,开始在练习本背后画画,不想听那些描述严峻形势的话。此刻,他的脑子里满是森林里那个女孩轻柔的声音。头顶是一片茂盛的树叶,然后,女孩那坚毅的、颧骨凸出的脸庞跃然纸上。他给她画了一对杏仁形状的大眼睛——它们是什么颜色的呢?他觉得有点儿像棕绿色。然后,他又为她添上下巴,下巴下衬着一条薄薄的丝巾……她让他想起了妈妈以前采访过的一个女孩。

扎克悄悄地、慢慢地从口袋里掏出手机,放在桌子下面,查看信息。可还是什么也没有。他应该听莎莉妮的建议,不再痴迷于时刻追踪妈妈的动态。

"所以,请你们在这封信上签好字,下周之前寄回去。我自己曾亲自前往战地。我可以告诉你们,那是一次让人感触很深的经历。想一想,就在一百年前,仅仅四年之内,就有九十万人丧命,他们中的有些人还没有你们的年龄大。我们学校前面的二战纪念碑——"斯莱特老师对着扎克点点头继续说,"也是在提醒大家,战争是多么残酷。相信我,这会是一场令你永生难忘的经历。"说到这里,斯莱特老师轻轻拍了拍扎克的肩膀。"但是,扎克,原谅我对你说这些,你显然有更好的想法吧。"他说着拿起扎克的本子,正好看到上面画的女孩,可是没等他看仔细,扎克就把本子夺了过去。这时,他的苹果手机滑落膝盖,亮了起来。斯莱特老师转而抓住了手机,然后皱起眉头,仿佛在说:我在等一个解释……

"你没有权利拿走我的手机!"斯莱特老师把手机拿到他够不着的地方时,扎克喊道。

"它被没收了。手机不准带进教室,这你是知道的。"

扎克张开嘴想抗议,紧接着又闭上了嘴巴。有什么意义呢?这里的人,有谁能明白他的感受呢?不得不和妈妈告别,而且,甚至不知道什么时候还能再见到她。

"扎克,我刚才说的这次行程,你有听进去一个字吗?"

"我为什么要去一块发臭的坟地?在这个世界上,每天都有人死去,他们相互斗争、自相残杀。"扎克咬牙切齿地说。

"那么,如果有人召你入伍,你拒绝的时候不会良心不安吗?"斯莱特老师尽量让自己的声音保持平稳,这样就让人无法判断他真正的想法。见扎克不回答,他又继续问:"扎克,你是一个和平主义者吗?"

"我看更像一个懦夫吧。他们会射死你的,胆小鬼!"一个顶着刺猬头的男孩小声说。大约三个星期以来,他似乎认定了扎克是在任何场合都可以嘲笑的对象。扎克已经有好几次感受到那个男孩的手肘顶在他的肋间。他很明显感觉到,这只是热身而已。其他人叫他斯比克[①]——也许是因为他的头发吧。可是扎克给他取了一个名字,叫斯比特[②],他觉得这个名字更符合他的性格。到目前为止,扎克都在听从莎莉妮的教诲,完全不理会那个男孩。可是此刻,那熟悉的手肘又弄疼了他的肋骨,扎克体内的某种东西爆发了,他抓着那个男孩的上衣,把对方推在教室后面的墙上。

斯比特身体健壮,而且至少比扎克高出一头,可是他猝不及防,等到睁开眼睛的时候,他显得很惊讶,没想到扎克竟然有这么大的力气。

"看来不是和平主义者啊!"斯莱特老师努力将两人分开。"够了,我不容许我的课堂上有暴力事件发生。"斯莱特老师提高了音量说。"我稍后再找你谈话。"他警告斯比特,并抓着他的肩膀,让他坐回座位上。"扎克,至于吗?"斯莱特老师把他带到门口,"我觉得你最好冷静冷静。"

"还真是有道理呢!教室里不容许有暴力,我们却要庆祝战争?我才不会和他或者任何人一起去战地。我有什么可在乎的?历史只不过是一堆垃圾而已!"扎克朝他吼道。

混乱的教室里顿时安静了,这可不是什么好兆头。话一出口,扎克才发现自己做得过分了。我为什么要对斯莱特老师做出这种反常的行为呢?他可是唯一一个我真正喜欢的老

---

① 原文为 Spike,意思为长钉。
② 原文为 Spite,意思为恶意、怨恨。

师啊。看着老师脸上失望的表情，他真想收回刚才说出的话。他知道，他真正想要发飙的对象是他的爸爸妈妈。可是，他没有机会和妈妈说话，而爸爸，和他隔着一整个大西洋。

"我已经向你解释过了。那不是庆祝，也不是赞美。我们只是给你们提供一个纪念和致敬的机会而已……"

扎克不去看斯莱特老师的眼睛，而是倔强地盯着远处。

"……很好，那么继续……你不想理我也可以，但是我得告诉，你这样可没办法让我喜欢。"斯莱特老师将声音压低到近乎耳语的程度，继续说，"不过，我敢肯定，你爸爸要是听到你对这个话题的看法，一定会很高兴。我推测，他是一名历史学家。"他的手紧紧地压在扎克的肩膀上，把他送出了教室。

第四章

放学后,扎克等着其他同学先走,他们有的涌到院子里,有的成群地挤上车,有的四处游荡或相互推挤。老师把这叫作"友好的戏谑",但扎克没有参与。等到他们都散去后,他才走下山。他把那根本没动过的盒装午餐倒进了垃圾桶,免得莎莉妮不停地盘问。这只会让她担心。但是,他在学校根本吃不下饭,因为他感觉胃很紧,就像一面鼓卡在那里,好像勉强吃点东西进去它就会爆炸一样。不过,至少现在,那种紧张感没那么严重了。他把上衣搭在肩上,松了松领结,然后将扎进裤子里的T恤拽出来。整个暑假都没有什么太阳,可是,他们返校以后,天气却变得异常炎热,而且是那种空气不流通、令人呼吸困难的闷热。

虽然阳光姗姗来迟,但仍将树木变成了一个漂亮的调色盘,这一处是琥珀色,那一处是黄褐色,另一处则是金黄色。扎克从一排排高大的橡树旁走过,橡树的枝叶沿路形成天蓬状的树荫,好像要保护森林不受外界的打扰似的。森林的入口处挂着一块标牌,上面写着"欢迎来到森林家园"。他穿过入口处的围栏，来到一块小的空地。树叶轻轻飘下，穿过高高的树枝，落到大地上。这一次，扎克并没有试着去抓树叶。我这是在骗谁呢？什么也不会改变的。爸爸不会回来，妈妈还在某个战区，霖登也还在读大学。只有可怜的莎莉妮还在容忍我和我的情绪，我知道，她更想在斯里兰卡和她儿子待在一起。

和早晨散步时相比，此时的光线更加柔和，影子也更长，但温暖的阳光让他有了宾至如归的感觉，就像标牌上写的那样。他把外套扔在一丛叶子上，把书包丢到一边，卷起衣袖，躺了下来。他张开双臂，感受着轻柔的微风掠过他的皮肤。然后，他闭上眼睛，想着白天发生的事。他并不着急回家见莎莉妮。斯莱特老师应该已经给他爸爸发消息了，他迟早得面对网络电话那头传来的"我对你太失望了……"这句话。他爸爸是纽约哥伦比亚大学当代历史系的系主任，著名的约翰逊教授。扎克用两只拳头分别压碎了一把树叶，然后睁开眼睛，喘了一口气……此刻，那个无家可归的老妇人正往下看着他。扎克一下子跳起来，他往后退时不小心撞到了身后的一个大橡树桩上，心跳得很快。老妇人怀里还抱着那个洋娃娃。

她是怎么做到的，竟让他丝毫没有察觉，没听到她的声音，也没闻到她的气味？她慢慢地向他靠近，近到能闻到她身上的恶臭，那是一种混合着霉湿味、尿骚味和陈饼干味的味道。

"我还以为你死了呢。"她朝他伸出手，想和他握手。他犹豫了一会儿，然后觉得很不好意思。她怎么会伤害我呢？

她只是一个孤独的、无家可归的老妇人而已。于是，他把手伸向她。她把他的手握在自己手里，过了一会儿，她笑了。他的触摸，让她看清了某些东西，好像这片刻与人的接触让她清醒过来了。

"我叫埃尔德。"她告诉他。

多么奇怪的名字啊。扎克突然很想抽回自己的手。可是，他却随着她的引导，说出了自己的名字。

"扎克……是一个安全的名字。我要把它写在一片叶子上，然后插进我的花冠里，就像我的克丽丝特尔和其他人的名字一样。"她说着拍了拍洋娃娃的脸，然后跪到了扎克之前躺的叶丛上，叶丛发出吱嘎的声响。然后，她干脆躺了下来。她蜷缩起来，闭上眼睛，搂紧手里的洋娃娃。

"红叶飘飞，大地开始发光，婴儿在哭泣，嘘，克丽丝特尔，别哭了……"

她自顾自地吟诵着，丝毫不理会他，好像他们之前从未有过任何交流似的。当他折回路上时，脑中闪过一个怪异的念头。我真不该把我的名字告诉她。她好像把我的一部分带走了似的。那也是扎克第一次关注一个无家可归的人。以往，路过街边时，他经常会从那些人身边走过，却从不曾停下思考，他们怎么会变成这样？但不管怎么说，知道了埃尔德的名字，他是无法将她从记忆中抹去了。在这样温暖的时节，住在外面还好，可若是到了寒冬，像埃尔德这样的人该怎么办呢？

当走到安全的距离时，他回头看了看那个老妇人。她那乱糟糟的发缕混入树叶里，仿佛整个人都融入了大地。

第五章

扎克闻了闻自己的手,然后做了个鬼脸。老妇人身上的恶臭还残留在他的皮肤上。他决定回家后马上洗个澡——如果还有水的话。建筑工人还在那里干活儿,他不知道什么时候会断水。那个无家可归的妇人埃尔德戳中了他的良心,每一次他想抱怨时,脑中总会出现一个声音:得了吧,你算幸运的了!至少你还可以洗澡!

但是此刻,另一种味道伴着微风向他飘来……是肉桂、姜和香料的味道。他的肚子开始咕咕叫,他真后悔扔掉了午餐。不说别的,他至少可以把午饭留给埃尔德啊。她上一次吃东西是什么时候呢?要不然明天再给她吧。

扎克循着气味来到了另一块空地上,他看见一群女孩坐在一块大毯子上享用野餐。她们都戴着头巾,在一起有说有笑……也许她们说的是非洲的某种语言吧?其中一个女人正从小盒子里拿出食物,她长得胖胖的,头发是花白的,笑得很大声。扎克的肚子又一次咕咕叫了,可同时,他还有另一种感觉,那是一种无关食物的饥饿感。在他长久以来的经历中，这群人比任何人都像一家人。为什么我不能像以前那样，与爸爸、妈妈和霖登一起在森林里野餐呢？扎克感觉眼睛里已经充满泪水。不要再想过去了，再想又有什么用呢？于是，他关注起眼前的景象来。

这时，他注意到，女孩们时不时会把交流的语言换成英语，也就是在她们打开那些不锈钢盒子、拿出食物的时候。

"还有安热罗薄煎饼啊！你在哪里学的索马里料理呀？"一个女孩问那个头发花白的胖女人。她就像她们的妈妈似的。

"穆娜，是照着你妈妈给我的菜谱做的呀。我要是给所有收养过的孩子做这样的菜，说不定现在都变成国际厨师了！没有什么比家乡菜更能温暖人心的了。"她继续说着话。扎克开始喜欢上她那如唱歌一般的、带着一丝爱尔兰口音的声音。"现在，我的艾莎去哪儿了？"

那个女人说着看向扎克这个方向，一下子就发现了他。多么尴尬啊！扎克闭了一会儿眼睛。他觉得自己看起来就像一直在偷窥她们似的。

"饿了吗？"那个女人问道，友好地对他微笑着。

这时，女孩们抬起头，开始聊天。其中一个人用索马里语说了什么，然后挑逗似的吹了吹口哨，引得其他人咯咯直笑。莎莉妮总说他是"多么帅的小伙子啊"，但他不相信。斯比特和其他人已经嘲笑过他那渐渐长长的"非洲式胡子"。他自己也不太确定，但他不会如他们所愿去刮掉，免得他们以为他是为了合群才去刮的胡子。

每当照镜子的时候，扎克都会看到自己住在一个不是男孩也不是男人的身体里。现在我只能这样结束完美的一天，这些女孩把我大大取笑了一番！他正要走开，却感觉背后有人在向他靠近。

"啊，你来了，艾莎！"那个头发花白的女人喊道。

一个戴着蓝色头巾的女孩从他身边走过，正是他在学校里画过的那个女孩。一想到这个，他就更觉得难为情了，好像他真的在偷窥她们似的。艾莎回到那些女孩中间后，瞥了扎克一眼，从她的眼里，他看得出她认出了自己。她看了看灰白头发的女人，然后又看向扎克，好像在问他来这里做什么。此刻，隔得这么近，扎克才发现，自己画得完全不像她。也许他是被那种决然的表情吸引住了。她的姿势让扎克联想到，如果此刻有一阵强风吹来，她一定不会被吹倒。如果他把这些告诉莎莉妮，她一定会笑他，说他"把这个女孩当作一个完美的人"。也许是这样吧，毕竟，他对她一无所知。

你得说点什么啊。扎克拼命地想着理由，来解释自己为什么会笨头笨脑地站在这里，因为连他都不知道自己在说什么，那些话就已经说出口了。

"那个无家可归的妇人……"扎克看着艾莎说，艾莎点了点头。"她就在那边，"扎克指了指埃尔德躺着的地方，"你们能分点儿吃的给她吗？她看起来很虚弱。"说完，他踢了踢地上。"我是说，如果你们能剩下的话……"扎克耸了耸肩，然后低着头走开了。他听到身后有个女孩在说话，他觉得那是艾莎的声音。

"莉莉安娜，你认识他吗？"

"不认识，不过，他说得对，我们应该给她留点儿吃的。"

扎克看了看手机，已经五点半了。他给莎莉妮发短信，说自己很快回家,然后返回去查看动态新闻,可是浏览了一遍,并没有发现新的信息。扎克心里想着艾莎和其他在森林里野餐的女孩们。内战期间,妈妈曾在索马里采访,他还记得伤员们血淋淋的样子,还有那些饥饿的孩子们,他们的肚子空而浮肿,他们用饥渴的眼神盯着镜头。也许,森林里的那一家女孩们曾经经历过那些,或者她们出生在这里,对于战争,只是知道得比他稍微多一点儿。

扎克正要朝延伸到大路上的铁栏杆走去时,有人迎面撞到了他的肩膀。

"对不起!"扎克咕哝道,虽然是她撞的他。

那女孩顶着一头凌乱的亚麻色头发,身上有轻微的味道。那气味没有埃尔德身上的味道重,但也是又湿又腐,从衣服里飘了出来。她背上还背着一把吉他。突然,不知什么东西从扎克的腿边闪过,差点儿把他绊倒。

"雷德,这边!快过来,宝贝儿!"女孩对着一条红棕色的狗叫道。她那浓浓的、清晰的口音和扎克的妈妈的口音极为相似。扎克在想,那女孩出生在苏格兰的什么地方呢?她朝扎克的方向扔了一根棍子,扎克以为她要打他,可是,那条狗一下子从半空中接住了棍子。然后,它抬起头,尾巴猛烈地摇晃着,还用探询的眼神看着他,好像感受到了他内心的骚乱似的。

"要《大事件》杂志吗?"女孩卸下她的帆布背包,一边拿出杂志一边问扎克。

"不好意思!我身上没带钱。"

女孩耸了耸肩。她走开的时候,他听到她小声说:"那就别可怜我们了!走吧,雷德——在他身边嗅来嗅去也没用。我们还要去唱歌挣晚餐钱呢!"

扎克停下来,仔细看那块标牌。早上,他径直走了过去,没有注意看。

"森林家园"是根据路边的橡树命名的,有人叫它"橡树家园"。这是一片古老的森林,可追溯至《土地赋税调查书》①编写时期……最初属于英国原始森林的一部分……是该市所剩无几的橡树和角树原始森林之一……那些死于瘟疫的人也埋葬于此……这里有多种多样的植物和飞禽走兽,还有包括地星和死帽蕈等稀有品种在内的真菌……1868 年,公爵夫人阿尔巴尼声明,它"永远属于全体市民"。

地星?那不是老妇人埃尔德在一首歌里唱到的吗?扎克回看那条路,想起和爸爸一起走在老家附近的森林里时,爸爸对他说的话:"如果古老的树能说话,那么它们一定会告诉我们一些故事,对吗,扎克?"

想一想,站在这历史久远的森林里,确实感觉有些奇怪。就好像我是连接以前的链子中的一段。这片森林"属于全体市民",无论他们来自哪里以及去向何方……扎克喜欢这个说法。就连无家可归的人似乎也能找到归属感。就那么一会儿,躺在温暖的阳光里,扎克也感觉到了平静——直到埃尔

---

① 英国国王威廉一世下令进行的全国土地调查情况的汇编。

德出现。不过，与她和其他人面面相对，至少让他不再自我封闭，不再沉溺于自己的痛苦之中。

扎克路过那家独自矗立在森林边的杂货店时，看见路面上用粉笔画着一条真实大小的狗。一个缠着头巾的男人正用手机对着它拍照。

"如果在下雨之前没人看见它，那就太可惜了。我跟你说，那姑娘真的很有天赋，只是她还没有意识到这一点。玛拉，继续给她买美术用品吧。"男人对着商店里面说，"你不知道，她可能会成为下一个街头艺术家班克斯呢，到时候，我们就可以挖掉路面，把它卖了！"男人看着照片咯咯地笑。

"我只希望她能认清自己，接受我的建议！问题是，她不相信自己啊。"一个女人回复道。

扎克停了下来。这时，一个身材高大、穿着鲜艳的橙色纱丽克米兹①、系着粉色花围裙的女人啜着一杯茶，悠然地从商店里走出来。

"她把那条狗的神情画得惟妙惟肖。真是怪了！她那么关心这个动物，自己有时却很邋遢。"

女人让了一下，让扎克过去。他看了看地上的画，画下面有用花体字签的名：艾奥娜。

"你知道我建议她申请艺术学校时，她对我说什么吗？"

"不知道。不过，玛拉，我肯定，你会告诉我的！"

"她说让我管好自己的事！于是我就直接对她说，我就是在管自己的事啊，是我允许你卖杂志的，所以，你就是我

---

① 印度北部对传统服饰"纱丽"的一种称呼。

的事，不是吗？"

男人听后开心地笑了。这时，扎克感觉有人在拍他的背。"哈哈！孩子，最近干什么去了？在树叶上打滚吗？你妈妈会来找你的！"

我可不这么认为。扎克试着对男人微笑。这一定就是莎莉妮说的那对信奉锡克教的夫妻——是莎莉妮第一天来这里时让她感觉到温暖的人。男人走过去后，扎克看了看商店的招牌，上面写着：凯西森林商店。

"最好把你的头发抖一抖！"凯西先生对他喊道，"你就像一块吸树叶的磁铁！"

扎克漫无目的地走在路上。所以，那幅画是那个流浪女艾奥娜画的。这名字可真不适合她。这时，扎克想起了一家人去苏格兰度假的情景，那是他最喜欢的一次度假，一想到这里，他的心中就一阵刺痛。也许现在想起来太过理想化了，但那时，爱奥那岛上似乎每天都有阳光照耀。扎克多想转身回到有着一切幸福回忆的老家。他们已经向他解释过千万次了，说他们离婚后还会保持联系；说爸爸可以带他在美国度假，说他可以经常去看爸爸……说妈妈去国外工作，要很久才能见到她，但是她回来的时候，就会一直陪着他。他认识的许多朋友都经历过父母离婚或再婚，可是，扎克还是感觉自己被抛弃了，因为他的父母选择用工作来躲避悲伤的孩子。如果本该爱你的人不在，这里又怎能称之为家呢？

在等红灯的时候，扎克不断想起标牌上的那句话，"永远属于全体市民"。当他往那个本该当成家的房子走去时，他才意识到，"归属感"——那就是他缺少的东西。

第六章

你不能再把这件事往后拖了。莉莉安娜又打印了一些照片,准备贴在艾莎的书上。

自从她自己的孩子长大后,她就开始收养其他孩子。过去的二十年里,她共收养了十六个孩子,他们每一个离开的时候,都带走了她的一部分。有时候,她在想,她的心是否有再生能力:心碎的次数越多,爱的能力就越强。可是,每一次分离之后,她又会再收养孩子。她曾说过不再收养孩子了,就是因为她对他们太过眷念。与年龄大一点儿的孩子保持距离,对她来说要容易一些。可是,不管他们多大,只要她看见他们站在她的家门口,手里只抱着一只泰迪熊或洋娃娃,她就会心软。在那种时候,她学着让自己的心硬起来,收回眼泪,因为她要让他们知道,不管他们从哪里来,不管他们经历了什么,和她在一起就安全了。曾经,他们也确实是安全的。

自从成年以后,莉莉安娜就一直在这座公寓里工作。多年以来,这一片区已经变了模样,林登路上的大部分房屋都成了居家的大房子。可是,莉莉安娜觉得,她把这里变成了某种意义上的家。这些简陋的屋子里,有她收养过的每一个孩子的痕迹,单是这间厨房就充满了回忆。那个陶制的长颈鹿是莉迪亚的,她长着一副天真的面孔;那个纸折的猫头鹰是斯蒂芬的作品,他的手很灵巧,他折得很认真。还有萨尔玛,她的眼睛就像一汪幽深的池水,只有最漂亮的孩子才拥有那样的眼睛。莉莉安娜曾经拿一块垫子搭在萨尔玛的脸上,萨尔玛还把它当被子盖。

"你现在怎么会这么用心地装扮这本故事书呢?"艾莎进来的时候问道。她从碗柜上的罐子里抓起一块饼干。

莉莉安娜叹了一口气。这是她一直在等待的问题。

"艾莎,你知道的,每一个故事都有不同的章节……"

"当然了!可你为什么总说些奇怪的话?你想对我说什么吗?"艾莎把饼干放在盘子里,看着莉莉安娜的脸说。当她的养母对她温柔地笑时,艾莎的眼神顿时明亮起来。她从桌旁跳起来,手放到嘴边,一副满怀期待的样子。

"我爸爸还活着,对吗?"艾莎小声问。

莉莉安娜的心一沉。无论是她、医疗专家和社会工作人员向艾莎解释过多少遍,她爸爸不可能还活着,但这个女孩的内心深处一直相信他总有一天会回到她身边。

"亲爱的,坐下,"莉莉安娜轻声说,"我得和你谈一谈。"

莉莉安娜拍了拍旁边椅子上的坐垫,然后开始平静地告诉艾莎那个消息,这些话她已经练习了很多遍。

"有户人家想要收养你。负责你的社会工作人员让我们去市里见见他们。只是看看你们相处得怎么样。他们也是索马里人,有一个十六岁的女儿……"

艾莎满腹狐疑地看了一眼她的故事书，然后把它推到一边，好像它被污染了似的。

"只是见一见那家人，再看看你是怎么想的。也许，在你们的文化中成长，对你有好处。你一直说我这也不懂、那也不懂，也许你说得没错。这样的机会很难得——你至少给他们一次机会嘛。"莉莉安娜继续说，努力使自己的语调保持平稳。

艾莎盯着莉莉安娜，一句话也不说。

"我也一直在想。我越来越老了，艾莎。我都有孙子了……"

艾莎绷紧了下巴。她把盘子从面前推开，盘子一下滑过桌边，掉了下去摔得粉碎。莉莉安娜看着她的养女。艾莎并没有退缩，她脸上的肌肉仍然一动不动。此刻的她，又变回了当年来到莉莉安娜家门口时的那个沉默的孩子。这都是我的错，莉莉安娜心想，我太爱她了，爱得太深了，现在，我们俩都要遭受痛苦。

后来，莉莉安娜在扫碎片的时候，终于让眼泪流了下来。她把碎片扔进垃圾桶，然后又坐下来，看着她和艾莎一起整理的旅行记录。莉莉安娜一直觉得，在故事里使用自己的名字很奇怪，这样她就变成了第三人称，她还得时常避免自己使用"艾莎和我"这样的字眼……但是她又想，也许这是一种保持距离的方式吧。也许某一天，艾莎在看故事书时会发现，"莉莉安娜"只是一个阶段，是她旅程中的一小部分。她浏览着上面的成百上千条内容，目光随意落到了几条内容上。

1月5日

今天,艾莎露出了第一个笑容。

3月14日

艾莎和莉莉安娜说话了。她说:"我觉得在这里很安全。"

6月1日

艾莎和治疗专家一起画了画。其中一幅画,画的是她老家还没被火烧时的样子,漂亮极了;还有一幅画,画的是她的爸爸。

9月5日

艾莎上中学的第一天。上学前,她不情愿地穿上校服;放学后,她也不愿意讲她在学校的经历。

10月31日

艾莎的十一岁生日。

这一天过得很艰难。艾莎坐着听BBC索马里广播里念失踪人员的名单。她说,最好的礼物就是爸爸能在她生日那天被找到。艾莎讨厌万圣节时的骚乱。她想待在屋里,关上灯,这样就不会有人来打扰。问她为什么不参加,她说:"我在现实生活中经历的恐惧已经够多了。"我莉莉安娜为她做了一个蛋糕,还打发了出现在门口的"食尸鬼"们!

11月6日

艾莎在看英语寓言和诗歌。她把同一篇故事看了很多遍，好像要记住那些字词似的。她的英语写得很好，很流畅，可是，她在学校还是不怎么说话。

1月10日

艾莎决定戴头巾。莉莉安娜和她商量，她说，这样能与家人和朋友更加亲近。

1月25日

今天，艾莎和她新交的一群索马里朋友在学校的合唱队唱了一首传统歌谣。其中有一句是艾莎独唱的，她的声音很优美。莉莉安娜对她说，有一天，她会成为一名歌手。艾莎说她不想当歌手——她要当一名律师。这一点并不难理解！

5月6日

艾莎参加学校的诗歌比赛，得了奖。她朗诵了一首关于索马里的优美诗歌，那是她自己写的，而且把它记在心里了。

6月2日

艾莎开始和她的索马里朋友及她们的母亲一起去清真寺。

10月31日

艾莎的十二岁生日。

她的朋友穆娜送了她一本小小的、包装好的《古兰经》和一个跪垫。

艾莎又听了一遍失踪人员名单。她已经几个月没听过了,可是,当她吹熄蜡烛时,她对我莉莉安娜说,她的愿望还是和去年一样——爸爸会在生日那天来找她。

艾莎和她的朋友们将著名的索马里和平诗人哈德维的一首诗编成了歌。她们在学校的音乐会上演唱了这首歌。艾莎的声音粗犷而清晰,辨识度很高!之后,女孩们全都回来,开了一场"不是万圣节"的派对。

1月18日

艾莎因为上课和朋友聊天"太大声"而被留校了!对莉莉安娜来说,这是值得庆祝的一天!因为她再也不沉默了。

4月学校通知单

艾莎获得本年度英语文学和语言中最重要的奖项。

9月15日

艾莎和穆娜、玛丽亚姆、索玛雅以及其他朋友一起去森林家园野餐。

莉莉安娜任凭故事书从手中滑落,然后叹息了一声。她多想跑上楼去抱着艾莎,告诉她,她会一直照顾她,直到她长大成人;告诉她,她错了,关于收养的事,她连提也不该提的。可她抑制住了这种冲动,因为,也许对艾莎来说,最好的结果就是有一对讲索马里语的父母,以及与那些能够真正理解她们的文化和宗教的人一起生活。没错，令莉莉安娜为难的事越来越多了。她不同意艾莎在斋月斋戒。她担心她的健康，这么小的姑娘，在学校学习那么辛苦……也许她不该阻止她。然后就是戴头巾的问题。莉莉安娜能够理解艾莎想和其他索马里姑娘亲近的想法，但她就是不放心，她担心戴头巾意味着艾莎会被别人区别对待。也许，艾莎更适合在这些事上能带给她更多安全感的家庭。

莉莉安娜烦躁不安地敲着桌子，与此同时，她试着说服自己，这是她能为艾莎做的最不自私的事了。她将会有一个姐姐和一对年轻的父母。我都快六十岁了啊！她将有一个全新的人生，慢慢地，她就会明白她爸爸已经不在了。她可以一直和我保持联系。她已经不小了，可以自己做决定了……莉莉安娜按自己的逻辑这样想着，她又打开故事书，一页一页地翻着，直到把有内容的页面都翻完。这晚，她告诉艾莎消息的这个晚上，仿佛是一种终结。她的眼泪落在一页白纸上。她把眼泪擦干，往后翻着厚厚的一摞白页，泪水却又流了下来。

第七章

像林登路这样的郊区街道，路两旁都是一眼望不到头的树，扎克想，从这些房子建成以来，它们就不曾改变过吧。爱德华时期和维多利亚时期是什么样子呢？他也不清楚。可是，当他走过那用花砖铺成的走廊和彩色玻璃窗时，他有了一种与早上不同的感觉。即便隔这么远，他也能看到修新房的地方变成了一个建筑工地。不过一天时间，他们就搭起了脚手架，还有一辆大型的黄色废料车停在路外边。讽刺的是，他们修的新路和他哥哥的名字一样，只是写法不一样。不过，霖登离开家上大学去了。扎克想象不到，霖登会觉得那新房子和自己有什么关系。他和霖登以前总爱打架，从抢遥控器到占沙发，不管遇到什么事都能打起来！莎莉妮总说，随便一件太阳底下的事，都能让他们吵起来。可是现在，霖登走了以后，好像就没有太阳了。扎克给他打过电话，但他从来不回电，好像他和所有的人和事都失去了联系。也许这就是他面对父母离婚的方式吧——离开就好了。离开——为什么不呢？为什么我之前没想过？除了莎莉妮以外，大家不都是那么做的吗？可不管她多么好，也是有人付钱请她照看我。就算妈妈很快就会回国，可是，过不了多久，她又会打包前往另一个战地或危险区。她总有事要忙。问题是，每一次和她告别的时候，扎克身体的一部分都会觉得他再也见不到她了。记忆中，她上一次打包的情景还历历在目。

她的防弹衣还放在床上。他把它拿起来穿上，重得出奇。

"要是有这些，我也可以。"他说。他妈妈奇怪地看着他，然后坐下来，拍了拍床，示意他过来说话。

"你那么说是什么意思？"她轻声问他。但他只是耸耸肩，走出了房间。

其实，我也不知道那是什么意思，只是觉得，如果有东西要保护，我也可以的。

扎克走近新家的前门时，看见花园的小路上方搭着两块又大又厚的木板。人上去就像走在吊桥上，只不过，它通向的不是城堡，而是一个建筑工地。他一路保持着平衡走到门口，然后停下来，抬头望着荧光黄的脚手架。他看到一名个子很高、头戴卡其绿色帽子的建筑工人正对着高处的一个人喊着什么，那个人的手臂很结实，就像是用钢铁做的。他们一边喊来喊去，一边安装滑轮，滑轮的一端还绑着一个湖蓝色的桶。扎克不知道他们用的什么语言。也许是保加利亚语或者波兰语吧？他往上看时，那个戴帽子的男人看见了他，还对他喊了一声"嗨！"扎克也向他们挥了挥手。还没等他将钥匙插进锁孔里，门就打开了。莎莉妮一定是看着外面在等他呢。扎克的目光绕过她,往走廊看去。那里到处都是碎石和灰尘,他看得眼睛痛,接连不断的钻孔声更是让他的耳朵深处猛然一阵疼痛。

"扎克,你回来了。"莎莉妮有着最平静的声音,可是,那声音高而尖,甚至盖过了钻机的噪音。扎克发现她长长的黑发上沾满了灰色的污点。她身穿纱丽,腰上塞了一块擦杯盘的抹布,此刻,她正在抹布上擦手。她的裙子拖得有点儿长,裙尾和穿着凉鞋的脚上都覆盖着灰色的粉尘。可怜的莎莉妮,整天都得忍受这些东西。扎克庆幸自己没有那么早回来。他迫不及待地想要告诉她森林里发生的事,告诉她,他遇到了埃尔德和艾莎,就像小时候和她分享一天的经历那样。只是,一切都与从前不同了。霖登走了,谁敢说莎莉妮不会走呢?也许,她会回家,回到阿尼尔身边吧?即便那样,我也不会怪她。离开自己的儿子,住在这破房子里照顾我,对她来说也不是什么开心的事。

"扎克,我和你的历史老师谈过了,你在学校里不能那么没礼貌啊。"莎莉妮那双纤细的手绞得很紧,指关节被压得发白。

这时,天花板上落下一阵灰尘,落到了扎克的头上。

"哎哟,我的天哪!这肮脏的灰尘会引发我的哮喘!"莎莉妮一边说一边掸掉扎克头发上的灰尘,最后气急败坏地一路咳嗽着进厨房去取水。"我把吃的送进你房间,好吗?"她在厨房里朝他喊道,"别在这里久待,在厨房修好之前,上面更舒服一些。"

*

"你想让我坐下来陪你吗?"莎莉妮端进来一盘她做的椰肉咖喱和一盘切好的水果。

扎克摇了摇头。

"那好吧,不过,卢卡斯很快就会打网络电话过来。"莎莉妮拍了拍扎克的肩膀说,"我得告诉他,你能理解的,对吧?"

扎克点了点头。那不是她的错。其实,他倒觉得对不起莎莉妮,因为要照顾他,她也只能和阿尼尔打网络电话。她总是一副坚强的样子,可是,扎克却常常发现她哭过的痕迹。有时候,这个世界总是那么混乱,我的爸爸妈妈远赴他乡,莎莉妮离开自己的儿子来照顾我。妈妈总说,打网络电话让她觉得和他更加亲近,但这一次,好像不是她忘记了,而是行程中根本就没有网络电话似的。为什么呢?他喜欢看她说话时的样子,喜欢了解她的世界,或者让她了解他的世界。但是,每次打完电话后,情况总比没有通话前还要糟。我只知道,它让我产生错觉,让我以为我们在同一间屋子里。可是,总有一瞬间,我忽然发现,我们之间隔着一个屏幕和全世界。

扎克突然想起埃尔德在森林里握着他的手时的情景。此刻,他终于明白为什么简单的肢体接触都能令她惊喜了。我也希望能够那样——伸出手拥抱爸爸或妈妈。要求并不高,对吧?可是,这些话,他不能对任何人讲,否则听的人会认为他很没用。至少他知道,爸爸是安全的。可是,他需要马上和妈妈说话,喊一声"妈妈"。他希望她出现在他的门口,但如果真能实现,那就是奇迹。扎克拿起叉子,拌着盘子里

47

的咖喱饭。早前的饥饿感已经消失了，取而代之的是轻微的呕吐感。他感觉喉咙很干，好像灰尘正在往他的身体里落。

莎莉妮轻轻地敲了几声门。

"你爸爸打电话来了。"她把笔记本电脑拿进屋子，转了一下屏幕，好让他看见他爸爸那张严肃的脸。莎莉妮收拾盘子，看他吃得那么少，不禁发出几声"啧啧"声，然后轻轻地关上门出去了。

"儿子，你在玩什么呢？"

"卢卡斯，我没玩什么！"爸爸很讨厌扎克这么叫他。

"别用那种语气跟我说话。"

扎克一言不发地听着爸爸在电话那头不停地斥责自己。他说，如果在老师心中留下坏名声，就"永远也摆脱不掉了"。那些天，扎克最讨厌爸爸总是重复一模一样的话，好像要他改变一两个词就相当于强加给他什么道理似的。最后，他终于改变了策略。"你明天去给斯莱特老师真诚地道个歉。知道我从你的历史老师那里听到你那番话时有多尴尬吗？"扎克注意到，虽然爸爸才去纽约工作没几周，但他的口音变得更重了，这似乎在强调他们之间的距离。爸爸忍受不了妈妈长期在外，所以，他干脆也永远离开，搬到了另一个城市，甚至另一个州！他是自由的，可以随意搬走，可以随心做自己喜欢的事。那么，为什么只有我没法选择呢？爸爸还在唠唠叨叨，扎克却想对他大声尖叫。

扎克打断他说："我可不是在听你开讲座！"

爸爸凑近屏幕，这是扎克第一次从爸爸眼中看到厌恶的神情。

"你知道我和你妈妈有多辛苦吗……"爸爸结结巴巴地说着那番熟悉的话,他似乎也在怀疑自己是否还有权利谈论他们俩的关系,就好像他们还是一个完整的小家庭一样。他们不停地向他保证,虽然离了婚,但作为父母,他们之间的亲子关系不会有丝毫改变。可是,当听到爸爸改变了用词,扎克知道,连爸爸自己也不相信这点了。"我们努力工作,是为了送你去好的学校,你明白吗?"爸爸说。

"我又没让你们送我去。"扎克顶嘴道。

爸爸深深叹了一口气,说:"你一定要这么不听话吗?你这样做是给我丢脸。不是吗?嗯,我得告诉你——和我作对,你找错人了——"

原来如此。扎克也爆发了,就像斯比特羞辱他的那天早上一样。只是这一次,他没有用拳头,而是用一些如毒箭般尖锐的话回击他的爸爸。

"那我该和谁作对呢?妈妈吗?我都联系不上她。霖登也从来不回我的电话。或者,你让我跟莎莉妮或那些建筑工人作对?"说着,他拿起电脑,踏着沉重的步子下楼去,"你想参观一下我这漂亮的新家吗?"扎克把屏幕对着屋子扫了一遍,"我现在就住在一个建筑工地上,看到了吗?"

一抹痛苦的神情停留在爸爸的眼睛里。对他发泄感觉真不错——他自己怎么不来尝尝这灰尘的味道呢?

"好了,儿子。我知道这一切对你来说很不容易——"

"真的吗?你真是这么想的?"扎克冷笑着说,然后,他按下红色按钮,让爸爸在眼前消失。

莎莉妮站在楼梯旁,摇了摇头说:"扎克,这样可不太礼貌。你爸爸是爱你的,再给他打过去吧。"

扎克从她身边走过,往楼上走去,他的脚步声在空空的地板上面回响。

"如果他打过来,就说我不在。"他喊道,然后"砰"的一声关上了房门。莎莉妮跟着他上了楼。她在门外安静地站了一会儿,然后轻轻打开门,把电脑放进去就退了出来。扎克抓过拳击手套戴上,猛烈地击打沙袋,直到汗流浃背、筋疲力尽,才倒在床上。

莎莉妮上来道晚安的时候,扎克已经洗完澡了。他躺在床上,一边看着天花板,一边听着新闻。有时候,妈妈那明显的苏格兰口音就足以抚慰他。无论她报道的是多么可怕的灾难,他所关注的只是她还活着。最好的就是她还在"直播",因为"直播"就意味着那一秒她还"活着",无论信号多么不好,只要听到她说话,他就感觉自己又开始呼吸了。

莎莉妮悄悄地进来,拿起笔记本电脑放到扎克的桌子上,然后在他床边坐下来。

"成千上万的儿童流离失所,他们全都饥肠辘辘,有的还受了伤。从他们的眼神里可以看出,他们曾遭受巨大的创伤,可是,他们生存的意志很强,所以,他们躲在拥挤不堪的难民营里,希望明天能等来表面上的安全。这场人道主义灾难的规模空前巨大。如今,人们纷纷谈论的是如何应对这样的灾难?国际社会还能做些什么?杰西卡·约翰逊,来自……"

这时,出现了新闻广播员的声音:"非常抱歉,网络连接出了问题……"

该死的泪水流了出来,从扎克的一边脸颊滴落,滴进了他的耳朵和头发里。那是包含了一天压力的泪水。他并没有试着擦掉。莎莉妮的眼睛也湿润了。每当看到他难过的时候,她的心里也很不好受。她伸出双臂,抱住他。

"我肯定她很快就会回来的,"她拍着扎克的肩膀小声说,然后关了收音机,朝门口走去,"如果网络恢复了,她早上可能会给你打电话。"

"她可能会打,也可能不打!"

莎莉妮在门口停下来,说:"你也明白你妈妈为什么非得出去。她的工作非常重要。你应该为她感到骄傲。"

"那么你呢?为什么你要和阿尼尔分开?照顾我……你不用必须待在这儿!"

扎克从莎莉妮眼里看到了受伤的神情,立刻就后悔了。

"对不起……"我答应过爸爸再也不这样了,可是我却没做到……因为只有莎莉妮在这儿,所以我就拿她撒气吗?

"扎克,你要明白,我们的情况不一样。"莎莉妮的声音开始变得冷酷而正式,好像他是个陌生人。"这就是现实生活。我是在赚钱让阿尼尔上学,是在改变一些东西。我还能说什么呢?"她耸了耸肩继续说,"我们虽然出身不同,但都在尽自己最大的能力。你妈妈有足够的钱,可以什么也不干,就在家里做美容,可是,她却在为世界和平而努力工作。"

"我还是不明白,为什么会发生那些战争?"扎克感叹道。

莎莉妮摇摇头说:"在我的国家里也有,总会有动荡发生,好像大自然的浩劫还不够多似的。普天下的战争都有着相同的原因，大多是因为政治、土地、权利和贪婪，还屡屡以宗教为借口。"

"那就是我之所以讨厌宗教的原因。"扎克攥紧拳头说。

"不，不是神引起战争的。要是没有宗教和信仰，我的生活就没有了色彩。在我看来，普通人都是向往和平的，不论他信仰什么。"莎莉妮摆动了一下裙尾，扫起一阵细尘。这时，戴着蓝色头巾的艾莎的样子又一次钻进了扎克的脑海。他想，她也是因为信仰才把头发盖住的吧，就像商店里的锡克教教徒凯尔斯一样。正当他思考之际，莎莉妮走过来，抚摸着他的头发。

"我真是想不明白！你为什么要留这么长的头发，都快成野孩子了！"莎莉妮用双手捧着他的下巴笑着说。

扎克试着给了她一个微笑。

"好！那样更好！我会为你做礼拜的。不管怎样，排灯节①快到了，烟花总会令我们兴奋！明天会更好的。"

---

① 又称万灯节、印度灯节或屠妖节，是印度教、锡克教和耆那教"以光明驱走黑暗，以善良战胜邪恶"的节日，于每年10月或11月举行。

第八章

成千上万的儿童流离失所,他们全都饥肠辘辘,有的还受了伤……成千上万的儿童流离失所,他们全都饥肠辘辘,有的还受了伤……

扎克在数数,但他数的不是绵羊,而是那些流离失所的儿童。那天晚上,听妈妈的新闻报道时,他就在这样做。妈妈报道的内容,他并没有听进去多少,剩下的都是他自己想象的。此刻,他仿佛看见了根据妈妈的描述想象出来的面孔:一个男孩抱着他的小妹妹;一名孕妇身前抱着一个不会走路的小孩儿,背后还背了一个编织袋;一个骨瘦如柴的女人像机器人那样一只脚在前、一只脚在后地走着,拖着三个幼儿,他们全都饿得睁大眼睛。然后,他在尘埃中看见一张熟悉的脸。

戴着蓝色头巾的艾莎正扬着头向前走,忽然转身对他笑了笑。那个抱小孩儿的妇女绊倒了。艾莎弯下身,抱起孩子,背到背上。扎克跟着艾莎,穿过无穷无尽、由儿童组成的人潮。

一束明亮的红光在他们中间移动,他听到一个女孩在喊。她转过身,长发甩过来缠绕在他的脖子上。她那猫一般的灰色眼睛在阳光下闪闪发光。扎克低头看,看到自己那双落满灰尘的匡威鞋。他抓着脖子,拉啊扯啊,终于摆脱了那个女孩头发的纠缠。

"好啊,居然让你逃走了。"那个盘着头发的女孩追着他喊道。他看着双脚在崎岖的地面移动,努力在干燥的乱石之间寻找出路,他的呼吸很吃力,额头上已布满汗珠。这时,附近有人在喊:"妈妈,妈妈,妈妈。"他突然转身,想看看是谁在喊,可是那一刻,所有的孩子都安静下来。接着,人们站到两边,指着一个穿卡其色短裤和白色T恤的女人。"妈妈,妈妈,妈妈!"那是他自己的声音,可听起来却那么遥远。那个女人转过身看着他,她的面容苍老而憔悴:正是那个曾向他伸出手的无家可归的老妇人……

扎克感觉受到一下重击,一阵隐隐的疼痛传遍脑后,然后,一双手放在他的身下,揽着他,把他拉了起来。

"嘘,嘘,只是一个梦。"莎莉妮扶起他的头靠在她的膝盖上小声说。他们坐在一堆乱石旁,在昨天之前,那里还是他家的厨房。莎莉妮使劲把扎克拉起来,然后搀着他上楼去。"你又梦游了,口中还喊着妈妈呢。"她说。

"我梦到的不是妈妈……是那个无家可归的老妇人。"扎克睡意蒙眬地咕哝道。他让莎莉妮扶着回到自己的房间,回到床上。

"哪个无家可归的老妇人?"

"我只是在做梦而已，就像你刚才说的。"扎克收紧了自己的胳膊。控制一下自己吧，你现在最不需要的就是"不许穿越丛林"那番说教。他努力让自己清醒过来，拼命地回忆着那个梦。我是怎么下的楼，居然没有摔倒？我坐在那片碎石堆里做什么？每一次梦游，他都感觉好像站在悬崖边一样。

"我们明天再说你的事好吗？"莎莉妮疲倦地打着呵欠建议道，眼睛循着扎克的目光环顾着房间，"现在先睡吧。"她走到门口时，转身看着扎克盖上了羽绒被。

"你要知道，想念自己所爱的人没有什么不好意思的。离开家在外工作这么多年，我还会想念我的家人呢。"

莎莉妮轻轻转动身后的门把手。"现在好好睡觉吧，我的孩子。"她小声说。扎克不禁好奇起来：她说的那些话是否出自真心？

第九章

艾莎一边看着镜中的自己,一边梳着黑色的卷发,把它们梳得发亮。她这样梳一下,又那样梳一下。就在几天前,在森林里野餐时,她还想跟着摇动的树枝起舞。可是,她再也不会那么想了。曾经,她觉得自己就像一棵被连根拔起、又被移植到迥然不同的气候中的树苗。一开始很艰难,可是之后就好了,它开始勇敢地成长。可是现在,正当它开始茁壮成长的时候,在所有人中,偏偏是莉莉安娜要来将它砍倒。

刚来这个村子时的记忆就像一个巴掌打在艾莎的脸上。那时,世界就像一片巨大的阴影,笼罩在她的头上。她环顾着小卧室,那是莉莉安娜为她精心布置的。当时,养母为了欢迎她,在她房间的桌上放了一瓶百合花,花朵的芳香令她永生难忘。在她初来乍到、创伤未平的日子里,花朵的芳香带给她一些慰藉。自从她的朋友穆娜送给她《古兰经》和跪垫后,这个房间就成了让她感到安慰的源泉。在莉莉安娜和她说收养的事前,她觉得这个房间里有自己想要的一切——除了她的阿爸。莉莉安娜甚至在角落里为她安了一个洗脸槽，以便她洗漱好再祷告。艾莎摘下宝贵的念珠，打开水龙头，让流水冲洗双手。照例清洗完后，她盖住头，跪在垫子上，额头触地，开始祷告。

随后，她换上了项链，珠子贴在她的皮肤上，温暖又舒适。这是她从索马里带过来的唯一的珍贵物品：这黑玉做成的护身项链，原本属于她那素未谋面的阿妈。中间那颗最大的珠子是银质的，上面还刻有逼真的《古兰经》的微缩图。她和阿爸最后一次告别时，他把它交给了她。从离开索马里的那天起，除了洗脸和洗澡外，那条项链就从未离过她的身。

"你知道吗？这块黑玉以前也是有生命的，它是森林里的一棵古树变成的。"阿爸替艾莎把项链戴在脖子上时对她说。一想到为了生下她而死去的妈妈也曾戴过同样的项链，艾莎就感觉自己与妈妈更加亲近了。如今，她还能忆起阿爸的模样，他骄傲神气、身材高大，头上戴着一顶白帽子。他的脸上长着胡子，样子很亲和，一双深邃的眼睛总是耐心而充满爱意地看着她。他总让她觉得安心。她感觉与他非常亲近，就算是回忆的时候，她也感觉仿佛两人又重聚了——仿佛她能伸出手去触摸他。

"戴着它们，能让你与过去有联系。"艾莎的阿爸把念珠套在她头上时说。

"你为什么希望我戴着它们？我出生时你不是讨厌我吗？你每次看到我或听到我的名字，一定会想起我的阿妈吧？"

阿爸的神情很痛苦。

"讨厌你？那你觉得我为什么给你取名叫艾莎？'充满生

57

机和快乐,生机勃勃。'我真的很感谢真主,让你活了下来。"

"可她是因我而死的。"

"她是把生命给了你。"阿爸抱着她哭着说。以前,她从没见他哭过。

"每当想起你出生的那一天,我的心都会痛,因为我得到了很多,也失去了很多。"他把脸埋进她的头发里说道。

艾莎擦掉眼泪,让自己回到现实中。她走到窗边,朝黑暗中望去。莉莉安娜的花园总能给她一些安慰。她常想,花园也像莉莉安娜一样吧:娇小、花哨、丰满,全部的色彩十分跳跃,却又能够和谐交融。她的花园和这条街上其他人家的花园都不同。莉莉安娜和隔壁住的老人把两家人中间隔着的栅栏拆了,形成一个共同的庭院花园,他们的房东也没有说什么,因为她把两个水泥院子变成了美丽的野生动物和鸟类栖息地。莉莉安娜的花园既不死板,也不空洞——她让这里一年四季都有鲜花盛开——不过,艾莎最喜欢的还是百合花。

去见那家人也没什么意义。如果他们逼我,我就逃走,那样,莉莉安娜也许就会知道我有多爱她、多希望留在这儿了。

这时,有人轻轻敲她卧室的门。"社会工作人员知道你需要时间接受这个想法,所以他们把见面推迟到了下周四。艾莎,就给那家人一次机会吧,不行咱们就回来。没有人会强迫你做任何事的。"莉莉安娜在门后用恳求的语气说着,同时聚精会神地听着她的回应,哪怕只有一点点都好。可惜她没有得到任何回应。"晚安,艾莎!"莉莉安娜说。

她只得到了一片沉默。

第十章

扎克躺在床上，睁着眼睛，不敢再睡着。他不能再冒着重入噩梦的危险。他感觉自己得做点儿什么，不能像受害者一样坐等事情改变：等妈妈打电话来，等爸爸打开视频，或者等霖登发来消息。他扫了一眼空荡荡的、没有人情味的房间。他想，可以打开箱子了，可如果那样的话，就等于同意住在这儿，等于接受了爸爸永远不会回来与他们同住、接受了以前的房子和生活已经一去不复返的事实。

扎克等着听莎莉妮睡觉时发出熟悉的喘息声，然后绑上匡威鞋的鞋带，下了楼。夜晚，只有昏暗的街灯照进来，这房子给人别样的感觉。尘埃已经落定，建筑工人走后，空荡荡的房间变得很安静。扎克四处徘徊，同时想象着在没有打包前这座房子的样子。可是，除了被扫到角落的碎石，他什么也看不到。他走到以后可能成为客厅的地方，可是，他想象不出他们一家四口有一天还会一起悠闲地躺在那里，吃着比萨，就像以往的周五之夜那样。

他的父母竟然说，有什么理由不"友好"地离婚呢？开什么玩笑啊？光是"离婚"两个字就让人颤抖不安——它似乎与友情无关，与爱情更没有关系。扎克生气地踢着一堆碎石，这时，他发现了什么东西。他弯下身一看，原来是一块旧的石膏制品，他正要把它扔回石堆时，却发现它是完好无损的。他翻过来一看，上面还有模糊的字迹。他循着手指往下读："阿尔伯特·班布里奇，1903。"触碰着这么古老的东西，让人有些心神不宁。他暗自笑了起来……那堆"垃圾"上面有他曾在历史课上大肆谈论过的一段历史。如果他告诉莎莉妮，她一定会说，那就是"因缘"——这房子是在教他一个道理。可他根本不信那些东西。扎克用抹布把那块石膏制品包起来，走到唯一残留的、厨房和客厅之间的那面墙边。墙上画了一个巨大的、白色的十字。扎克伸手摸了摸它，并将手放在上面。石膏之下，手上微弱的脉搏平稳地跳动着，这时，一阵陌生而强烈的情感向他袭来。他把手拿开，心想，我一定还处在半睡半醒状态吧。可是，看着墙的时候，他突然想到，如果历史对这里的人来说那么重要，那么，他们为什么又要忙着炸毁它的痕迹呢？

扎克把那块石膏带回了卧室，放在桌上，打开抹布，然后打开了笔记本电脑。他花了几分钟时间，终于找到一个叫"房屋历史"的网站，于是开始搜索林登路48号。房子的照片立刻就出现在眼前，旁边还有几个无聊的经纪人对房屋在不同时期售价的介绍。自1903年以后，它只有过五个主人，这令扎克很惊讶。在这里住过的人并不多，可却没有一个叫阿尔伯特·班布里奇的。于是，他打出这个名字和日期，随即出现一张老人的黑白照，他戴着花呢帽，穿着宽松的棉衬衫，脚边还放着一个胀鼓鼓的皮革工具包。他正指着一扇彩色玻璃窗，脸上带着骄傲的神情。黑白照片里显示不出红黄蓝绿，可上面的图案和房前的彩色玻璃窗上的图案是一模一样的。照片的下面写着："建筑师兼工匠，阿尔伯特·班布里奇"。扎克迫切需要了解更多信息。他环顾了一下房间四周。什么被改变了呢？什么也没有，可它并不像以前那么空旷，因为他知道了那个参与建造这所房子的人的样子。根据他查的资料，林登路上的其他房子也是这样。然后，又一张照片吸引了他的注意。还是那个男人，他的手搭在一个十五六岁的男孩肩上，照片上标注着"阿尔伯特·班布里奇和埃德文·班布里奇（木匠和学徒儿子）"。他们都在对着镜头笑，他们的姿势仿佛有些熟悉。扎克的照片全都被打包装起来了，不过，他想起了他和爸爸在老家门前照的一张照片。照片上，爸爸的手搭在扎克的肩上，那时，扎克相信，他们父子俩的关系就像森林里巨大的橡树一般坚不可摧。扎克往打印机里放了一些相机纸，然后，看着老人和他的孩子那明信片大小的图像被打印出来。呼呼，呼呼，"父亲"和"儿子"出现了。扎克在照片落地之前抓住了它，把它拿在手里，等墨水干。他看着照片，好像让他们起死回生了似的。阿尔伯特·班布里奇和埃德文·班布里奇那团结一心的神情就像当年他和爸爸一样。扎克的喉咙哽住了。也许，莎莉妮的"因缘"理论还是有一定道理的；也许，在石膏上发现这个名字会让他有所领悟——可他不知道是什么。扎克把照片放在桌上，然后关掉了网站。我这是在做什么呀？这影响不了我住在这里的感受。他又用抹布把石膏包起来，还把照片也一起包了起来，然后把那一包东西放到了床底下。这时，他看了下时间，已经是凌晨三点，难怪他困得要死。他躺下来，闭上眼睛，可心里还在不断想着白天发生的事，最后，他的思绪停在了客厅那面喷有白色十字的墙上。

扎克又站起来，打开灯，坐到床上，再一次拿出石膏和照片。阿尔伯特和埃德文，卢卡斯和扎克。当然，过去的一切并非都会被当成一文不值的东西而被丢弃。如果他能想办法让爸爸妈妈一起回来，也许他们能一点一点地让破镜重圆，就像修葺一所即将倒塌的老房子。清早时分，世界还是湿答答的，各种想法浮现出来，就像巨兽漂浮在深海之上。林登路上的其他人还在睡觉时，扎克已经想到了一个主意。在缺少睡眠的状态下，扎克觉得这个想法完全符合逻辑。如果他能说服妈妈不要动那堵墙，也许一切就会好起来。如果他能和她说上话就好了。他看了看表，这个时间，爸爸应该还没睡。也许这堵墙就是让爸爸妈妈重新开始谈话的方法！很久以来，这是扎克第一次萌生希望。他点开网络电话，拨号过去。过了一会儿，爸爸的脸出现在屏幕上。

"你在干什么呢？"爸爸关切地皱起了眉头。

"睡不着。"

"这样啊，那么，早安，儿子！"爸爸笑着对扎克说，然后打了个呵欠。他很少记仇。"你睡觉前我又打了几次电话给你，但都没人接，我想你是太累了吧。"

"对不起！"扎克小声地说。

"不，是我对不起你。"爸爸温暖地笑着说。扎克觉得，他不只是在为昨晚的争论道歉，而是在为以前发生的一切道歉。

现在，正好可以问问他。

"爸爸，如果在1903年，一个快满十五岁的人，生活中会发生什么事？"

爸爸脸上的微笑变成了咧嘴大笑。

"为什么这么问？是学校的课题吗？"

"算是吧。"扎克撒谎说。

"你说的那个人是什么样的人？"

"建筑师的儿子。"

"真是越来越有趣了！嗯，一战的时候，可能去修战壕吧。如果幸运的话，可能会等到二战。谁知道呢？好事也不会正好落到他的头上。"

"太残忍了！"

"是啊！儿子，如果你是以这样的方式道歉——"

"不是的……爸爸，楼下的厨房有一面墙，我在石膏上发现了一个名字。然后我上网查，就看到这座房子的建筑者和他儿子的照片……"

爸爸凑近看着屏幕，好像在研究扎克似的。

"我想说的是，那个建筑师在那面墙上画了一个十字，看样子他们是要拆了它，可我觉得他们不应该那样做，"说到这里，扎克停了下来，看着自己的双手。当他大声说出这些话的时候，连他自己都觉得这个计划的逻辑站不住脚。他拿起阿尔伯特和埃德文的照片时，艰难地咽了一口唾沫。父亲和儿子，本来就应该这样——一起劳动、建兽窝、打板球，不管做什么，只要一起待在同一个国家、同一个地方就好了。可现在，他和爸爸甚至再也不能在同一间屋子里分享这样的发现。扎克心想，我多希望自己是埃德文啊。至少，他的爸爸看起来真的很爱他。

远在大西洋另一边的爸爸深深叹了一口气。他试着揣测扎克真正想说什么。他几次想张嘴插话，却都放弃了。

"儿子，继续说……"

"我只是不想让他们把那面墙拆了，只是这样。求你跟妈妈说说……"话一出口，扎克才意识到，这么说一定很奇怪，而且，他还说了本来没打算说的话，"爸爸，回来吧……"

爸爸把手放在屏幕上，好像这样就能给儿子些许安慰。

"扎克，对不起，可是不行。但我保证你很快就会有妈妈的消息，而且，过不了多久你就可以来我这儿了。"

"那么你有她的消息啰？"扎克问。

"没有！但我肯定她没事。杰西卡能照顾好自己。"

"你以前都叫她杰西。"

爸爸点了点头。

这些天，他就连叫她的名字都是冷冷的，好像她是他在另一个世界里认识的人似的。看着爸爸嘴里说着他们都得接受改变之类的安慰话，悲伤像雾一样布满了扎克的内心。他甚至不记得是怎么和爸爸告别，怎么走回床边躺下，最后怎么迷迷糊糊睡去的。

扎克被一阵巨大的撞破声惊醒，好像脚下的大地在移动。他一下子冲到楼下，来到几小时前站立的地方。客厅的入口已经被封锁，门口挂了一张巨大的防尘布。扎克拉开它，看着那面坚实的墙曾经所在的地方。施工人员的身上已经落了厚厚的一层灰。

这时,他听到莎莉妮在叫他:"扎克!你不该去那儿。今天早上我们要出去吃饭。"

"为什么他们非得拆了那面墙不可?"戴着面罩的施工人员将扎克领出去时,他自言自语道。他们告诉他说:"它不安全。"莎莉妮走下楼,一只手捂着嘴,朝厨房看去。她的另一只手绕在扎克的肩膀上,可他挣脱了。离开的时候,他转身看着莎莉妮,看着施工人员那幽灵一般的影子被灰尘笼罩着。这时,他的手机震动了。

对不起,我不能说话,但我一切都好,星期一就回来。爱你,扎克。——妈妈。

就是这种感觉——每次听说她要回家,就有一股暖流向他袭来。莎莉妮也看到了信息,她把一只手搭在扎克的肩膀上。当她打开门时,一道闪亮的晨光从门外照进来。扎克回望着身后的建筑,只见沐浴在阳光里的建筑工人在茫茫灰尘中向他们挥手。为了确定这不是幻想,他把信息看了一遍又一遍,这时,他多想高兴地笑出来。我知道了,不要总想着不好的事,什么因缘啊,都是胡说八道!于是,扎克也向他们挥了挥手,然后转身步入阳光里。

第十一章

在图书馆里看书本来应该安静的，可是，每隔几分钟，穆娜就会抬起头问艾莎一个问题。听说了收养的事后，她就抑制不住内心的冲动。

"我不明白你为什么这么难过，你不是经常抱怨说她不让你在斋月斋戒吗？"穆娜小声说。

戴眼镜的图书管理员时不时抬头看看她们，让她们安静，可过不了多久，穆娜又开始发表感言。

"要我说，莉莉安娜和她的家人什么都好，但如果你有一个自己的姐姐，那该有多好啊？只要他们还住在这里就好。他们不会把你从我们这里带走吧，不会吧？"

沉重的寒意让艾莎胃里一紧——她还没想过自己有可能会搬到别的地方去，有可能会离开莉莉安娜、离开她的朋友，还有换学校。莉莉安娜怎么能让她去经历这些呢，哪怕仅仅这样想？

艾莎摇了摇头。"我不知道这家人住在哪里，他们的情况我一点儿都不了解。"此刻，她希望自己从没对别人讲过这一切。在学校的那群女孩中，穆娜也许是她最好的朋友。她第一次戴头巾的那天，在小卖部里，是穆娜叫她过去和她们一起坐的。艾莎还记得自己受到邀请时是多么高兴，好像她在学校里终于找到了一个真正适合自己的地方。和那些女孩们在一起，她就不再觉得自己对家园的记忆在衰退。也许是离开的创伤，让她忘却了许多在索马里的生活，将恐惧封存起来的同时也让美好的回忆凋谢了。时间一久，艾莎开始担心，来到这个国家之前的那个她已经一去不返了。穆娜一家对她非常好，单是和她们在一起讲索马里语就能带给她慰藉。穆娜的妈妈经常叫她过去吃索马里食物，还向莉莉安娜分享食谱。她还送给艾莎一本《古兰经》，带她去清真寺，教她净礼——一种教法规定的洁净礼仪。

这些事都是她的一部分，的确，如果没有穆娜她们，她就失去了领路人。和穆娜一家人在一起时，她觉得和自己的爸爸（或者她心中的那个阿爸）更加亲近。但现在，她觉得自己还是有些事瞒着她的朋友们，她没有告诉她们莉莉安娜对她有多么重要。她总是向她们抱怨，说莉莉安娜不让她斋戒、不让她戴头巾。这些事，她都会和她们讲，但她却从不曾告诉她们莉莉安娜在她心中的分量。

"如果你生活在索马里家庭，就不必整天把'古兰经App'装在脑子里了！然后，你来我家学到的一切就变得很自然了。你不必解释什么，可以一直讲索马里语，不只是和我们在一起时才讲。不过，最棒的是有个姐姐。你不是一直都羡慕我有兄弟姐妹吗？但你可要小心了，他们一定比莉莉安娜严格。"

穆娜的话有几分道理，可为什么我还是觉得，就像有人把手伸进我的身体里，将我的精神支柱掏了出来？此刻，艾莎只是心不在焉地听穆娜说着话。

"对嘛，你不是说她还劝你不要戴头巾吗？她不应该干涉你，那样做是不对的！"

全家人都围绕在身边的穆娜怎么会明白呢？莉莉安娜让我有了安全感。她给了我家、爱和关怀，我把我的全部信任都交给了她。所以，不是见不见那家人的问题，而是莉莉安娜怎么会有让我走的想法呢？

"我一直觉得，我对她来说，不只是养女。"艾莎向穆娜坦言。

"我也知道，我经常开玩笑说，你多幸运啊，不用遵守那些规则。可归根结底，外人是无法理解我们的文化和宗教的，不管她人有多好，不是吗？"穆娜说。这时，戴着眼镜的西利老师正看着她们。

"你们俩在说什么悄悄话呢？"她们经过图书管理员的桌旁出去时，图书管理员笑着问她们。

"老师，没什么！"穆娜轻快地笑着说，"就是谈论些文化方面的东西！"

第十二章

扎克从头到尾看完了战争纪念碑上那一串长长的名字，上面没有发现埃德文·班布里奇的名字，他终于舒了一口气。

登记完后，扎克在走廊里碰到了斯莱特老师。已经没有必要向他解释自己为什么又迟到了。看样子，老师已经忍耐到了极限，直到扎克把那块石膏制品和埃德文与阿尔伯特的照片给他看。扎克讲完自己是怎么发现那个名字以后，斯莱特老师似乎也忘记了时间，开始热情地赞扬起了他最喜欢的科目——历史。

"现在你开始进入状态了！再怎么和你体内的'历史基因'抗争也没用。你永远不知道那些东西是怎么连接在一起的——所以我告诉过你，弄懂历史，就像探寻林间小路一样。你今天的状态好些了，真替你高兴。"斯莱特老师拍着扎克的肩膀说，"找到一条让你感兴趣的路，然后就可以走出去了！我只希望我所有的学生都能明白。"他指向扎克，说："那个参与修建你家房子的男孩，可能是我们全部所学中的一部分，就像你住在那面墙内,也就与那段时间有了联系一样。懂了吧!这就是历史——一旦你意识到没有人能离开历史生活,你就会入迷!"

课间休息时,扎克给爸爸发了一条信息:

在纽约还好吗?我在伦敦一切都好。妈妈就要回来了。爱你,爸爸。——扎克

课间休息过后,在"课题时间",斯莱特老师让扎克去了图书馆。在"当地历史区",扎克一页一页地翻着与埃德文和阿尔伯特似乎并无关联的东西。可是,他发现自己开始被这些东西吸引,因为这是他们曾经生活过的年代,他看得越多,就越能了解那两个人。他随心所欲地翻着自己感兴趣的东西。他拿起一本书,里面有一张古老河道的地图,他惊奇地发现,这片区域,连同那天早上他走过的森林,以前都是河川密布。然后,他在网上输入"一战"和本地的邮政编码,搜出了一大串纪念碑。很显然,森林家园里有一个。接着,他又开始搜索当地在一战、二战时期的信息,因为,据他爸爸推测,这个叫埃德文的人可能参加过两次战争。有一个网站,上面记录着炸弹袭击过的地点。他简直不敢相信,附近的街上竟然被投放了那么多炸弹。扎克又一次拿起阿尔伯特和埃德文的照片,他欣赏着他们团结一心的神情,好像任何人、任何事都无法将他们分开似的。了解得越多,他觉得自己与那两个生活在二十世纪的陌生人的联系就越紧密。

这一点是毫无疑问的,追查历史人物,多少会令人上瘾。

扎克在电视上看到过一些家庭追寻祖先的节目。人们看到先祖的名字被印刻或书写在文件、证书和墓碑上时，脸上会露出满意和激动的神情，他曾见过那种神情。此刻，在图书馆的参考书目区，他又发现一处提到了森林家园里的纪念碑。它好像在另一边，在更荒芜的那一边，那里埋着以前因瘟疫而死去的人。没错，我在标牌上看到过。也许，正因如此，人们才不经常走到那里吧？他凑近一点儿看地图，又发现了其他东西——一个防空洞。这样一来，森林周围的路被炮轰过，也就说得过去了。这本厚书不准带出图书馆，但多年以来，这还是他第一次对某件事感兴趣。也许斯莱特老师说得对——他正走在一条林间道上。扎克四处瞧了瞧，趁没人注意，他小心地抽出地图，带了出去。

他走出去的时候，图书管理员对他点头微笑说："找到你想要的东西了吗？"

扎克一路跑回学校，他感觉那张地图好像把他的外衣口袋烧了一个洞。

"找到什么有趣的东西没有啊？"排队的时候，斯莱特老师问扎克。

"没有。"扎克咕哝了一声。

"没关系。研究是一个漫长的过程。这也是乐趣的一部分……搜寻……出其不意的发现……"斯莱特老师的话渐渐地淡入背景中。周末的时候，扎克决定去森林，看看能不能有什么发现。就算什么都没有，也能打发时间，等到妈妈回来。

第十三章

这时,扎克的手机收信箱里弹出一条信息:

我在纽约一切都好。知道你一切安好,我很开心,而且妈妈已经在回来的路上了。爱你,儿子。我保证,慢慢就会好的。回头再聊。爱你。——爸爸

扎克笑了。不和爸爸吵架的感觉真好。

扎克沿着林间的路往回走,抬头瞥见一张寻物启事,上面手描了一幅小狗的画像。很像他前天看见的那条红棕色的狗,和流浪的女孩在一起的狗,她还把它画在了商店外面的人行道上。启事下方还写着:

雷德走失。如果有人看到它,请把它带到凯西森林商店。有酬谢。

扎克刚走出森林,就看见那个女孩坐在椅子上,漫不经

心地用那把破旧的吉他弹着几个零星的调子。扎克注意到，她的眼睛又红又湿润。

"你看见我的狗了吗？"

扎克摇了摇头。

"它叫……"

"雷德。我知道。"扎克打断她说。

"有时候，我希望我就是那条狗！大家好像都认识它。嗯，你会留意它的，对吗？"

"你是艾奥娜？"

"你怎么知道我的名字？"她问。

"我看到你画上的签名了，"扎克朝着那模糊的痕迹点了点头，"画得真好。"

"谢谢！"艾奥娜向下看着，小声说道，"可现在已经看不清了。"

扎克听见她哽咽了，眼泪从她的脸颊上滚落下来。她的脸放松下来后，样子竟然这么年轻，扎克感到很惊讶。她那双灰色眼睛大大的，充满了悲伤，看上去就像一个迷路的小女孩。

扎克从外衣口袋里掏出一张卫生纸递给她。

"谢谢！"艾奥娜狠狠地吹了一下鼻子，"我的雷德，它怎么能这样？自己走了，留下我一个人。他们说，流浪狗永远改不了流浪的本性。可它通常都只失踪几个小时，从没离开过这么久。"

艾奥娜声音中的尖厉不见了，取而代之的是一种让人难以忽视的绝望。

"要是没有它，我一分钱都卖不到。"艾奥娜指了指身旁的桌子上那堆没有卖出去的报纸说，"我敢说，人们更在意它，而不是我！"

扎克摸了摸口袋，找到一枚一磅的银币，试探着递给艾奥娜。

她捏紧拳头，所以他没法放到她的手心里。"我又不是乞丐，"她推开他的手说，"不过，你要是碰见它，会告诉我的，对吗？"

扎克点了点头。

"你知道吗？我只有那条狗了。"

第十四章

亲爱的莉莉安娜：

我以为你知道我以前是多么孤独。我不明白，现在你怎么会有让我搬走的想法呢？我的朋友们也不明白，她们觉得收养是个好办法，也许一开始就那样的话，可能对我来说会更好些。但现在我知道，这世上唯一能帮助我的就是我的阿爸。我曾经以为，在他到来之前，你会一直护我周全。我无法再重新开始了。

我爱你，而且我觉得你也是爱我的。

艾莎

艾莎忍住了眼泪，把信折了一下，然后在信上写上莉莉安娜的名字。她也没有什么可以带走的。此刻，她回想起自己坐飞机来伦敦的时候，只提了一个小小的布袋。我这一生还有什么可随身携带的呢？她一边想，一边把穆娜送给她的小跪垫和莉莉安娜送给她的诗集打包好。她希望能带走那本漂亮的《古兰经》，可是，她无法让它保持清洁和干燥。于是，她小心地把它放到了衣柜上面。

艾莎的手摸着自己的脖子,手指触摸着那块光滑的黑玉。至少我还有我的念珠。"我得到了很多,也失去了很多……"艾莎把最后一点东西放进帆布包里时,阿爸的话不断地在她脑中回响。她打包好了所有的衣物,包括那件冬天穿的蓬蓬大衣、一个睡袋和近几天从厨房搜罗来的食物,还有露营装备、火柴和一个强光手电筒。她一点一点地把它们存在房间里,这样莉莉安娜就不会起疑。她知道,莉莉安娜马上就要来敲门,说她们该走一个小时的路去照顾她的孙子了。艾莎的脑中不断浮现着自己说谎的情景。

"我就留在这儿吧。"艾莎笑着说。而莉莉安娜却把这当作艾莎开始原谅她的信号。她走到艾莎身边,用胳膊揽着她。

"我知道你想更独立一些,可我不能让你一个人在这儿……"说出这番话时,莉莉安娜发现艾莎的脸上带着一丝嘲笑。

"你不放心让我自己留下来待一个小时,却乐意让我去一个你连面都没见过的人家。"

莉莉安娜叹了一口气说:"你知道那不是一回事。"

"你去吧,我没事,"艾莎撒谎道,"独自待一个小时我还死不了。"

"好吧,你喜欢就待着吧。有需要就给我打电话。"

艾莎最后一次环顾了一下她的房间,然后拉上帆布背包的拉链,试了试包的重量。里面装着各种盛食物的瓶瓶罐罐,重量超出她的预料。为什么脑中总是出现自己背着薄布袋抵达希斯罗机场的画面呢？她曾拼命地想要摆脱那时的恐惧，可现在她还是选择离开莉莉安娜这个安全的港湾……而且，她甚至还没有想过自己要去哪里。决定离开就够了。

艾莎走进厨房，打开生活故事书，把写给莉莉安娜的信放在第一张空白页上。她不得不禁止自己去看野餐时的照片。如今，那个晴天已是另外的世界了。那时，一切都很美好，可现在莉莉安娜毁了这一切。艾莎来到走廊上，把帆布背包高高地背在身后，迅速走出厨房。

林登路上的街灯真是明亮，还没等走到街尾，她就察觉到，森林的周围原来这么黑暗。几年以来，她还是第一次，像以前那样漫无目的地走着。她的肚子饿得咕咕响。她这是怎么了？几个小时前才吃过东西，可是，好像她的身体知道她应当会定量提供食物一样，所以在抗议。也许她的肚子还能记住那种曾被大脑遗忘的饥饿感。她每走一步，就感觉背包的重量增加了一分。同时伴随她的，还有另外一份永久留存在肚子里的重量——像石头一样冰冷的痛苦和孤独。她在路的尽头往左转，然后顺着林边的栏杆走。以前，哪怕是这么晚的时候，她也从没有觉得害怕。可是，当那个蓬头垢面的女孩从身边走过去的时候，艾莎转到了一边。那个女孩像受到了侮辱一般。

"看什么看？戴头巾的，你要去哪儿？回非洲去吗？那可走得够远的。"

艾莎加快了步子。她曾经受过这样的欺辱，也学会了不予理会。

那个女孩又开始叫她了,但艾莎听不清她在说什么。也许是嘲笑她的种族之类的吧。走到安全的距离时,艾莎转过头去。那个女孩没精打采地坐在凯西森林商店外的人行道上。艾莎看到凯西太太摇摇晃晃地走出来,和那个女孩说话。凯西太太拉着她的胳膊,试图把她拉起来,请她进店里去,可那个女孩不愿意。于是,凯西太太只好放弃,走了回去。我想知道,如果凯西太太听到她刚才是怎么骂我的,还会对她这么好吗?

那些话很难听,可是,自从开始戴头巾以来,艾莎听过比这更难听的话,所以莉莉安娜才一直问,这样做是否值得。也许这让艾莎成了某种目标,可是,无论那些愚昧的人怎么威胁,她都不会摘下来。她永远不会因为那个女孩打了那么多耳洞而骂她。可是,她也不得不承认,她看到那个女孩时,心里想的是:我会变得像她那样吗?又脏又臭,像乞丐一样无家可归,还得和狗一样露宿街头?也许她感受到了艾莎的嫌恶。

这时,一辆警车缓慢地开到街上,停下了。艾莎稍稍走远一些,在橡树的影子下躲了起来。她缩成一团,看着外面。她从没像这样躲起来过,自从……她闭上眼睛,让自己的脑子保持一片空白。她不会去想那一天。看来,把精力集中在某件事、某个人身上要容易一些。艾莎睁开眼时,一个女警察从车里下来,站在人行道上,和那个无家可归的女孩说话。有谁愿意住在大街上啊?她在心里问自己,然后,忽然想起自己已经离开了在这个国家里唯一被称作过"家"的地方。莉莉安娜很快就要回来了。她会在桌上发现艾莎的信,然后会挨个儿给穆娜、玛丽亚姆、索玛雅和任何她能想到的人打电话,看看艾莎是不是和她们在一起。莉莉安娜会发现艾莎丢在床上的手机,还会发现她的衣柜已经空了。她迟早会打电话给社会福利工作人员和警察。可是,一想到莉莉安娜惊慌失措的样子,艾莎就有些不忍。女警察爬进车里关上门的时候,她又往阴影里缩了一下。

艾莎握着她的念珠。

"你知道吗?这块黑玉以前也是有生命的,它是森林里的一棵古树变成的……"阿爸的话在她的脑中回荡着。也许是阿爸和阿妈把她带到了这个安全的地方。我应该放弃去镇上,躲进森林里吗?路对面的那片森林,是她和莉莉安娜经常去野餐的地方,可这段人行道旁边的森林她并不熟悉。艾莎透过入口处的铁栏杆,望着黑漆漆的森林。那些树似乎在悄悄说:"走开,这是我们的地盘。"昏暗中,垂下的树枝向她伸过来,就像一副骨架在向她招手。艾莎颤抖了一下,等着警车过去。她已经改变主意,决定不去森林了。当她从入口处走开时,出现了两个穿着亮色外套的男人,他们正从一条狭窄的泥泞小道朝铁栏杆走去。艾莎躲到了一棵树后面,刚好在森林的边界以内。

"你确定把这里彻底检查过了?没有流浪的人在这里闲逛?"其中一个男人拉起一扇沉重的门,他的同伴拉着另一扇,两人一起把叠在栏杆上的、生了锈的大门关上。

"要我说,最好永远把这个地方关了。谁会在这里走动啊。晚上在这里游荡的一定是疯子。"那个高一点儿的男人颤抖着说道。

"说的是啊！如果他们不尽快修好这扇门，我们也只好关上它，以免它伤到人。总之，护林的人似乎如愿以偿了。自从去年孩子们弄出火灾后，这里在万圣夜和烟花夜就要被锁起来。所幸，当时火势并没有变大！"

听见挂锁被摇得吱嘎响，艾莎屏住了呼吸。

"万无一失了！"

艾莎一动不动地藏在那里，直到两个男人的脚步声完全消失。这时，她想起了那个躺在商店旁的人行道上的女孩。也许，在这棵老树的荫蔽之下，比在街上闲逛安全一些，至少今晚是这样，也许很长一段时间都是这样，如果森林会关闭一阵的话。

她往里走了一步，然后拿出手电筒。此时，森林的声音听起来好像被放大了。也许，刺眼的手电筒的光打扰到了沉睡的生物，因为她听到四周都是生命的声音：灌木下急促的奔跑声、树叶的沙沙声、蝙蝠的俯冲声，此刻，她以为自己听到了歌声，或像是女人的哭声。自从那天被迫与阿爸分开以后，自从阿爸把她交给导游以后，她再也没有感受过这样的恐惧。那是她第一次体会到，失去爱自己的人的保护是一种什么滋味。

第十五章

艾莎往森林里走去，远离了路边的嘈杂。她走上一条崎岖的小路，小心翼翼地往前走，直到零星的街灯彻底湮没在浓密的叶冠中。她用手电筒照射着黑暗，火红的秋叶又照射着她，森林里一时灯火灿烂。很久以来，村庄被烧毁的画面第一次回到她的脑海……艾莎蒙上眼睛，深吸了一口气。每当回忆就要涌上心头时，她都会这么做。可是，那些景象和声音在脑海里挥之不去，亲友们冲出家门时被大伙吞噬的画面又侵入她的脑海。

艾莎的鼻孔里充斥着血肉烧焦的气味。她的姨妈拉鲁还在燃烧的房子里面。艾莎装死躲了起来，亲眼看见了这一切。她拼命地试着屏蔽那些痛苦的尖叫和呻吟，还有那些带枪的掳掠者。她躺着，深知如果自己被他们发现也是死路一条，所以，她连呼吸都不敢。一个男孩站在掳掠者的前方，火焰舔舐着他的头发，他请求他们给他浇水，请求他们怜悯他。可她什么也做不了，只能在一旁，惊恐地看着掳掠者们笑着往他的脸上吐口水。

艾莎拼命去听森林里的声音,想让自己清醒过来。意识回到当下后,她才发现自己卧在地上,手电筒的光已经熄了。我为什么就没检查电池呢?艾莎拼命地按着开关,可是一点儿用都没有。一想到天亮之前都得躺在这里,艾莎的心就沉了下去。她摸了摸帆布背包里的睡袋。至少天气还没转凉,脚下的土地也还算柔软、干燥。

艾莎蜷伏在睡袋里,然后睁开了眼睛——也许,为了适应黑暗,她的视觉会变得敏锐一些。渐渐地,渐渐地,她似乎能察觉出树枝间那些微光的细小差别。伴随着"嗖"的一声,一道阴影向她沉下来。是蝙蝠。这个时候,它们在森林里到处飞,好像这是属于它们的地方。它们察觉到了她,向她的头扑过来。她用外套盖住头,开始祷告。可是,祷告的时候,她又听到一种动物的声音,等它走近时,感觉有狼一般大小。此刻,它正踩在她的腿上,似乎比狼还要大些。她屏住了呼吸,就像当年藏在村子外时一样。她一动不动地躺在那里,可是,那动物似乎觉察出了她的害怕,竟爬到了她的肚子上。它用爪子揉她,想要刺穿厚厚的睡袋。然后,它又在她身边喘着气嗅来嗅去。她没法再屏住呼吸,终于啜泣了一声。之后,她便等待着那头野兽的牙齿随时咬下来。她已经做好准备了,谢天谢地,她看不到它。接着,那动物温柔地呜咽着,用爪子抓她的胸口,似乎是要叫醒她,可是她没有动,也不能动。那动物又呜咽了一声,退了回去,躺到她旁边的地上。之后,她感觉又有什么东西从身上跑了过去,还拖着一条长长的尾巴。伴随着一声尖叫,那个大点儿的动物把小点儿的击退后又回到她身边。这一次,它离她非常近,近到她能感觉到它的呼吸。她和自己达成一个约定:真主保佑,如果她第二天早上还活着,她就会斋戒,就像在斋月里想做的那样。可是,到目前为止,她能做的,只能是试着控制呼吸。

她不停地在心里寻找,寻找能慰藉自己的东西。于是,莉莉安娜的声音出现在了耳畔,她正在为她读格林童话《汉泽尔与格莱特》……仿佛她是第一次听这个故事。想听这些故事的时候,她常常会觉得不好意思,因为她觉得那些是小朋友听的,可她又总是觉得,在故事背后,有某些东西可以抚平她曾经的创伤……此刻,在黑暗中,听着莉莉安娜的声音,她终于明白了那是什么……

继母把孩子们丢在树林里,因为他们没有足够的食物。这一点,艾莎是相信的。她曾见过那些饿得肚子肿胀的人难受的样子。而那个女巫,她也饥饿过,也孤独过,于是,她用糖果引诱孩子们到她家里,可孩子们最后机智地逃脱了。所以,孩子们战胜了饥饿,他们是幸存者。两个小孩儿被带进森林里,然后被遗弃了。我现在就是这种感觉。以前也曾发生在我身上。那个除了阿爸以外我最信任的人,居然愿意让我走,我该怎么想呢?现在,那个动物在她身旁招惹她,她忽然明白,那些故事就是关于恐惧的,因为害怕被遗弃,害怕孤身一人在这个世界上,害怕被最深的恐惧吞噬,害怕被身边准备袭击的野生动物吃掉,所以感到恐惧。

第十六章

扎克一醒来，就听到一辆重型机器在窗外街道上行进的声音。卡车已经运来了新家具。等妈妈回来时，家里就焕然一新了。扎克讨厌这些新东西，让人感觉就像住在旅馆一样。他们为什么不把那张旧桌子搬过来呢？多年以来，他们一家人一直围坐在那张桌子边上。他透过卧室的窗户往外看，只见两辆警车停在路上方的一座房前。一个女人站在门口哭泣着，他见过她，她们当时在树林里野餐——莉莉安娜，她是叫这个名字吗？一名警察正在安慰她。扎克起床后，穿上校服，想从莎莉妮身边溜走。

"吃早饭！"她叫住他。

"没时间了！"

莎莉妮匆匆追过来，把一块羊角面包和一盒果汁交到他的手里。"那就在路上吃。如果你明天不按时起床，我就往你头上浇水！"她开玩笑地说，宠爱地揉着扎克的头发，"你妈妈回来后该怪我把你惯坏了！"她笑着把他推出门。每次莎莉妮知道妈妈要回来时，总是似乎和我一样轻松。扎克面带笑容,一路慢跑到街上,经过莉莉安娜家门口时,才放慢了脚步。

"不,不,我觉得她是离家出走了,那封信我给你们看过的。"莉莉安娜说。

"总比被别人带走了好啊。"警察试着安慰她说。

"你不明白!那孩子已经遭受过太多创伤。你们得多派些人去找她。如果我坚持带她去就好了。我不过才离开了一个小时,去看我的孙子。这是我第一次把她留在公寓里。我真希望自己从没提过收养的事。以前她和我在一起很快乐……"说到这里,莉莉安娜突然停下来,开始抽泣。

"没有人责怪你,我们会尽全力的。"警察安慰她说。

扎克想悄悄走过去,可是,莉莉安娜还是看见了他。

"等等。等一下!"她朝他喊,"我给你些传单,你帮我发一下好吗?"

那名警察看着扎克,问道:"你是艾莎的朋友吗?你知道她可能去了哪里吗?"

"对不起,我不认识她。"扎克含糊地说。

"你就是那个让我们给那个无家可归的老妇人留些食物的男孩吧,是你吧?"

扎克点了点头,从老妇人手里接过传单。

"这是她的朋友穆娜连夜做的,做好就拿过来了。她说她担心得睡不着觉。也许我该问问老埃尔德是否见过她。越多人帮忙找艾莎越好。那个索马里家庭也在找……还有学校的老师们。他们还在《时事通讯》上登了消息。"莉莉安娜絮絮叨叨地说,"上帝保佑,那孩子千万别出什么事。你知道的,她很信任我。"

她抓着扎克的外套。"你会为我留意她的对吗？帮我发传单，帮我贴在树上，贴在商店的橱窗上和学校的布告牌上。求求你，求求你，问问大家有没有见过她。"她恳求道。

"我会的，可是，我刚搬过来，还不认识什么人。"扎克解释道。同时，他也感到很震惊。

"我本来要亲自去的，可是我状况不太好。你会帮我打听的，对吧？"莉莉安娜的脸上没有一丝血色，她看上去好像就要倒在警察身上。警察正用一只手揽着她的肩膀安慰她。

"你最好待在这里，万一她回来了呢。他们通常会自己回来的。我们会到处贴传单的。而且你要知道，如今社交媒体很发达，我们有很多通过社交媒体找到失踪人员的案例……我们会帮忙发帖寻人的。"警察一边扶她进屋一边说。

扎克低头看着艾莎的海报。上面的照片一定是她最近才在学校照的。她穿着校服，戴着那块熟悉的头巾，面带微笑。奇怪的是，自从碰到她们野餐后，他每天都会去森林，希望能再见到她，可从未如愿。如今他才得知，他们竟然是邻居。

扎克走到大路上，走下凯西森林商店后面的小山。今天艾奥娜没坐在外面，他松了一口气。这个商店他只进去过几次，买些面包和牛奶，可是，莎莉妮已经和老板夫妇成了朋友。

凯西先生站在柜台前。

"打扰了，请问我可以在这儿贴传单吗？"

凯西先生从扎克手里接过传单，研究了一番，然后叫里屋的人出来。凯西太太从一堆盒子后面走出来，气喘吁吁的样子。她把眼镜往鼻梁上推了推。

"哦！哦！这不是莉莉安娜家的女孩吗？"她拍拍传单叹息道。

扎克点了点头。

"真令人担心。你是她的朋友吗？"凯西先生亲切地问。

扎克不知道怎么描述自己和这个女孩的关系。她不过是他在森林里见过几次的陌生人，可他却画过她的脸，记住了她的名字，而且刚知道她就住在他家的前方……怎么解释呢？他只好微微地点了点头。

"好孩子，好朋友！"凯西太太夹紧胳膊，离开了商店。

"你继续找找她吧。年轻的女孩一个人走在城里是很危险的。我们会问问路过的人，还会为她祈祷。必须照管好我们的社区，对吗？"凯西先生一边将寻找艾莎的传单贴在橱窗上一边说。然后，他跟着扎克出去，用钥匙打开布告栏，又在上面贴了一张。他取下一张关于筹款活动的旧广告，贴上了寻找艾莎的传单。然后，他拉下有机玻璃屏幕，锁上布告栏，又把一盒图钉交到了扎克手上。"给，带上这个吧！"凯西先生说。

扎克谢过凯西先生，但是当他走开时，听到了那对夫妻大声的对话。

"你什么意思，没开启闭路电视吗？"凯西太太吼道。

凯西先生则嘟嘟囔囔地说了几句"一天到晚做正事的时间都还不够呢……"之类的话，但他妻子的声音又向他轰炸而来。

"你能想着图钉，却记不住重要的事吗？我们本来可以通过监控摄像看到那个女孩的，本来可以知道她去了哪个方向的。"

"也许看得到，也许看不到！"凯西先生回答。

"嗯，现在我们不知道，不是吗？如果一开始就安装好会怎么样？你还要试一次吗？每次我们要用到这没用的监控摄像时，它都没有开启。"

第十七章

　　清晨的阳关透过树林照下来,就像扎克第一次在这条路上与艾莎擦身而过时一样。他在一棵树前停下来,把海报钉了上去,那棵树与他以前看见她的地方正好是平行的。她为什么要离家出走呢?扎克心想,你永远也不知道别人心里在想些什么。

　　扎克正准备弯腰拿起剩下的一堆海报,忽然感觉有人走近,站在他身后,读着上面的信息……

　　"失踪,艾莎·伊尚,十二岁。"

　　现在,他终于知道梦里那个盘着头发的女孩是从哪儿来的了。艾奥娜继续读着,然后惊讶地吹了声口哨。"十二岁?是这样吗?她看上去可要老一些!她是你的女朋友吗?你做了什么——把她吓走了?"

　　她的声音又回到了以前的样子——怪异、尖锐。

　　"反正你在这里是找不到她的。我昨天晚上看见她往城里去了!要我说,只能祝她好运啰。那种年纪的女孩会遇到什么事,你一定不想知道。看上去那么天真,还戴着头巾。

她需要受到很好的保护。"

"你是什么意思?"

艾奥娜皱着眉头上下打量着扎克,好像他完全不谙世事似的。"相信我,我知道自己在说什么。我十五岁起就在大街上混了。"她说。

"那你现在多大了?"扎克不禁问道。

"十七岁。你呢?"

"快十三岁了。"

"我想也差不多。"艾奥娜冷笑着看着艾莎的照片。"不知道的还以为她和我一样大呢,但你们俩都太嫩了!哈!真是的!"艾奥娜笑着说。然后,她的表情发生了变化。"你不会告诉别人的,对吗?我总会把自己的年龄说大一点,这样就没人管我了……对了,你有没有见到我的狗?"

"抱歉。"扎克摇了摇头说,"还有,我叫扎克。"

"我知道你的名字。埃尔德念了你们俩的名字好几天了!就是你和那个戴蓝色头巾的女孩。你最好小心点儿……你一旦进入她的脑子,就再也出不来了!"她拍了拍扎克的脸颊,他退缩了一下,闪开了。"不用害怕!你不惹她生气,她是不会害人的。我只是开个玩笑!"艾奥娜又笑了,笑容里带着仿佛属于另外一个人的浓浓的暖意。

"你觉得她会知道艾莎在哪里吗?"扎克问。

"不可能!你们也许只是飘荡在她脑袋里的两个名字而已!不过,我们做笔交易吧。我帮你寻找那个女孩——如果你想的话,我甚至可以帮你问问埃尔德,然后你帮我留意我的雷德,好吗?"说出那条狗的名字时,她的嘴巴在颤抖。

扎克点了点头,看着艾奥娜消失在树林里。

到底是怎么回事?发生在这森林里的故事,就像一根根树枝,而他,仿佛被缠绕在枝丫间……他摸着口袋里从图书馆里带出来的那张古河道地图。石膏上发现的阿尔伯特的名字,似乎不仅仅吹开了上面的尘埃。扎克透过倾斜的树枝往上看,竟有些希望看到埃尔德坐在上面。

"我希望他们能找到她。"艾奥娜喊道。

虽然艾奥娜说话难听,但她离开的时候,扎克还是替她难过。她耷拉着肩膀,头发被风吹散,一边走一边唤着她那条丢失的狗。艾奥娜的声音渐渐远去。他心想,每个人都需要某个人或某样东西的爱。

"雷德,雷德!快回来吧,宝贝。"

第十八章

从学校回来的路比往常拥挤了些,一名警察正站在凯西家的商店前。扎克今早见到的和莉莉安娜在一起的那名女警察正在询问路过的人。她手里拿着一张艾莎的画像。

"有消息了吗?"她满怀期待地翻开笔记本问道。

"我在上学的路上见到了流浪女艾奥娜。她说她昨晚看见艾莎往城里去了。"

警察合上了笔记本。很显然,她在此之前已经记下了这条信息,但她还是向扎克表示了感谢。

她指了指头顶盘旋的直升机。"我们搜索了所有重要的地方。"说着,她上了警车。

扎克走回家时,有点儿不舒服。直升机像青蝇一样,不停地在这片土地上转圈,"嗡嗡"声持续碰撞着他的神经。她可千万别出事,扎克在心里一遍又一遍地念道。

莎莉妮正在门阶上等着他。她伸出手来拥抱他。扎克看到她脸上紧张的神情,心里突然一阵冰冷。

"怎么了?"他挣开她问道。

莎莉妮的手轻轻地留在空中,好像正在指挥管弦乐队,示意调子再平缓、安静一些。她只做了这个小小的动作,让自己平静下来。

"进来。"

"是妈妈出了什么事吗?告诉我。"扎克问。

莎莉妮握着他的胳膊,把他拉到走廊上。

"是的,新闻组打电话来,说是发生了动乱。飞机起飞的时候,几名记者失踪了。他们正在竭力寻找……"

扎克甩开莎莉妮的手,冲向房间,打开电脑,查看最新消息。他看着画面上那些被射伤和中了毒的儿童,他们的眼里满是恐惧。如果妈妈被卷入其中……

扎克跑进卫生间,将翻腾的胃腾空了。接着,他洗了脸,喝了些水,但口中还残留着恶心的酸味。他看着镜中的自己。人们怎么能自相残杀呢?什么样的神会看着世间发生这种事啊?扎克的脑中顿时响起斯莱特老师的声音,他正在朗读关于士兵的诗歌。我讨厌这一切,扎克对着镜中那张洗干净的脸说。如果和平主义者就是拒绝一切杀戮的人,那么,我就是一名和平主义者。

他重放着妈妈在石堆里发来的报道,她正和一群儿童一起朝难民营走去。至少那时她还是安全的。她的声音听起来平静而有力。他听了一遍又一遍,他的喉咙发紧,于是咳嗽起来。

"扎克,你还好吗?我给你倒杯甜茶,暖暖胃吧。你爸爸随时会给你打电话的。"扎克站起来,关上卧室的门,把莎莉妮那些安慰的话挡在了门外。这种时候,他都不在这儿,和他说话有什么意义呢？他当他的爸爸又有什么意义呢？扎克按下了拒接键。

曾经，他们全都还在。等待，等待，等待。她上次失踪的时候，大家已经历过悲痛，爸爸曾经劝她别出去了，可她还是去了。而且，如今，只有扎克一个人在这里等待。他似乎只能等着。这是他最讨厌的：一切都未知。他每一分每一秒都要去看各种公告、动态消息，去听关于她的报道和她发出的报道，并且还要记下每一则内容，说不定那就是她的最后一篇报道。电脑里不停地响着爸爸请求视频通话的铃声。扎克抓起手机，狠狠地摔向电脑屏幕，不料却弄伤了自己的指关节。他看着深红色的血从皮肤里渗出来。然后，他走进洗手间，拧开水龙头，任水冲着伤口。"血浓于水。"他心里不停地重复着。

那又是什么意思呢？

第十九章

在那个充满红色恐惧的漫漫长夜里,艾莎的姨妈给她唱了一首熟悉的摇篮曲,那歌声就像轻柔的溪水,在她的身上涨起又落下。

艾莎醒来后,还是睡意蒙眬,脑中一片混沌。有一瞬,她不知道自己躺在哪儿,也不知道自己想起了哪一段往事。她躲在村子里;被阿爸找到,带到了索马里的首都摩加迪沙;坐卡车从肯尼亚出发;她口中干渴,腹中饥饿,穿过路障时,那个男人用枪抵着阿爸的后背,把他带走,她呼喊着叫他回来;阿爸的手被一个陌生人的手取代了。现在她还记得自己被导游带去肯尼亚,然后乘飞机到了希斯罗机场,再接受采访;她还记得在"蒙默斯之家"和莉莉安娜家的床。艾莎待过的地方太多,所以,在刚来林登路的第一年里,每次醒来,她都会闭上眼睛,在头脑里搜罗一番,直到确定再次睁开眼时自己还安全地待在莉莉安娜家的房间里。如今,她又回到了那个未知的昏暗世界。她伸出手,感受着冰冷的土地……而且,她的脑子里还想着昨晚跑进森林里的情形。也许,她是做梦梦到一头野兽卧在她旁边吧？艾莎把外套从脸上拿下来，清晨的空气刺在她的皮肤上。她把头转向一边，慢慢地睁开眼睛，正好与一只红棕色的动物四目相对。她能闻到它那质朴的呼吸。它向她靠近一步，而她往后跳了一下。它呻吟了一声，又安静地卧下去。那不是一只狐狸，而是一条狗。

艾莎捡起一根棍子，四处乱打，大喊着赶它走，可它还是耐心地卧在她身旁。她慢慢地站起来，那条狗也站了起来。她收起睡袋胡乱塞进帆布背包里，朝树林深处走去，同时向那条狗发出"嘶嘶"声想赶它走，可它只是退了几步，然后又跟着她。她停下，那条狗也停下，并与她保持着一定的距离。她不敢看那个动物的眼睛。她一直都怕狗，很多朋友都和她一样。穆娜是唯一喜欢狗的，她还一直劝说父母养一条。

"《古兰经》里说，狗可以守护人，还可以守护土地。你说过有时一到晚上你就没有安全感，妈妈……"穆娜使出了浑身解数。

"我还不知道艾莎想当律师呢，"穆娜的爸爸开玩笑说，"也许你们可以一起开一家事务所！"

如果穆娜是对的，那么，这个动物还可以保护她，毕竟，它整夜守在她身旁，没让她受到伤害。艾莎强迫自己去看它，同时试探性地往前走了一步。那条狗并没有动，而是把头翘向了一边。她感觉自己从它的眼神中看到了某种情感，好像那条狗明白她是鼓足了极大的勇气才敢靠近似的。多年以来，莉莉安娜曾试着让艾莎直面自己对狗的恐惧，可她却连画都不敢画。艾莎踮着脚尖又走近一点儿，那条狗平躺下来，抬眼望着她。她小心翼翼地伸出手，用指尖触摸它的头。它的毛像丝绸一样柔软。然后，那条狗开始轻轻地摇尾巴。它虽然很高，但却瘦而乖巧，不像在公园里吓着她的那些又矮又肥的狗。它的头耷拉在地上，抬眼望着她，好像在恳求她做它的朋友似的。恐惧是一种奇怪的东西。此刻，她一个人在森林里，试探性地抚摸这条狗，没有人哄骗她这么做，反而是这条狗自己向她示好。她想，这大概是需求的问题吧。

艾莎的头顶，黎明的天空已变得粉红。她看了看表，七点了。群鸟献上一曲欢乐的晨鸣，艾莎竟不敢相信，森林里也可以这般热闹，好像这是她以前从未注意到的另一个世界。她往前方走去，那条狗则跟在她的后面，与她保持了一点点距离。

她们来到一块被栅栏围起来的地方，艾莎停下来，读着指示牌上的字：

> 此处为保护区。
> 为了让动植物群与泉水河床再生，
> 该地区已被隔离保护，保护期为十年。

这一片区，叶子、荆棘和灌木都越发茂密。她要是藏在这儿，也许没人能找到她。她艰难地爬过栅栏，那条狗则直接从栅栏底下蠕动着进去了。艾莎小心翼翼地穿过一片荆棘丛，那条狗跟着她一路嗅着进入禁区。她心想，它是决定了要和我在一起啊。

然后，艾莎遇到了一条陡峭、泥泞的斜坡，她背着沉重的帆布包，身体不稳，很难爬过去。不过，至少地还是干的。她往侧面走了两步，然后变了方向，以免跌倒时脸冲下。那条狗从坡顶一路冲到坡底，在那里等着她下来，它期待地摇着尾巴。看到它耐心地等着她，一脸担心的样子，艾莎笑了。她走下坡后，拍了拍它的头，让它放心。然后，她从背包里翻出一块饼干，放到地上，那条狗默默地嗅了嗅。一看到食物，艾莎的肚子就开始大声地抗议。如果她要遵守和自己的约定，开始斋戒的话，就必须控制这种饥饿感。

她把背包往上拉了拉，然后抓起一根棍子，在灌木丛中探路前行。过了一会儿，她又来到一块陡峭的土堆前。她得爬上去，爬过那些常春藤，才能到达平地。她停下来，听了听流水声。她爬过一块平坦的岩礁，蜿蜒地穿过小树丛，最后找到了水源。小溪深而狭窄，呈"之"字形。陡峭的河岸两旁是蕨类植物，岸边的裂缝里长着一些像软体动物一样的伞菌。远处一侧的树林，好像拥有完全属于自己的生命似的。艾莎感觉，这里好像几个世纪都没有什么变化。在她的头顶，飞机穿过云层，惊得她从森林这个茧里出来。她看着飞机闪着灯光在空中穿行。每一次看见飞机，艾莎都会想，上面是否坐着和她一样的人，正在飞向未知的世界。她闭上眼睛仔细地听着。若不是远处热闹的车马声和间歇的汽笛声，她还真以为自己已经越过边界，来到了一片荒野。

一棵树倒在小溪上，好像是有人故意放倒，用来过河的。艾莎弯下身，把手伸进流动的小溪里。如果像指示牌上写的那样——这是泉水的话，等她把瓶子里的水喝完，就可以喝它了。她弯下身子,用手指蘸着尝了尝,有种天然的、甘甜的味道。溪水很深,足以没过她的身体;溪岸很窄,可当作屏障,让她在祷告前行净礼。她已经许诺过要斋戒,她要遵守诺言。今天,她已经错过了时间,没能在黎明时起床,像在斋月里一样斋戒。我得等到太阳落山才能吃东西。她决定,不能受自己肚子的摆布。

艾莎先洗了手,又洗了脸、鼻子和嘴巴。然后,她开始洗脚,感受着水在脚趾间汩汩流淌。她从背包里拿出一件外衣,把身体擦干。我为什么就没想到拿一条毛巾呢?随后,她仔细地清理出一块地方,把跪垫放了上去,然后跪下来开始祷告。她曾经对莉莉安娜解释过,祷告让她的心更加坚强,让她感觉自己与阿爸、姨妈、兄弟姐妹还有她的家园更加亲近。此刻,在森林里,可以相信,从她离开索马里那天开始,时光便不曾流逝。艾莎睁开眼睛,看着四散的光,有一瞬间,她觉得自己心如止水。但很快,这种感觉就被眼前的景象打破了:她看见一个老者一动不动地站在小溪的另一边。

那个红头发的老妇人手里拿着棍子,正指着一片在空中旋转的叶子。那叶子越转越快,转入阳光中,变成了纯金色。

一瞬间,艾莎呆住了。那片叶子怎么可能在同一个地点凭空飞舞?就像森林的精灵在旋风中飞舞。

"绕着叶精灵走啊,埃尔德,绕吧,自然的线永远不应该断。"老妇人突然转向一边,躲到那片叶子下面。从这里,艾莎可以看见它挂在一根细而轻的线上,那根线在太阳底下闪闪发光。

此刻,艾莎已不再被叶子吸引,而是忽然发现那个老妇人正朝她走过来。于是，她屏住呼吸，僵在了原地。为了避开老妇人的视线，她蹲了下来，退离了溪边。她注意到，那条狗看见那个老妇人，耳朵就竖了起来。它从那棵倒下的树上跑了过去，穿过小溪，艾莎没办法阻止它。她试着让自己正常地呼吸，同时告诉自己，那一定是个好征兆。狗不是最会辨人的吗？如果有什么让它害怕的，它一定会吼叫。无论怎样，艾莎也不确定。而且，她一个人在这森林中央，不愿跟那个人说话。"过来！"艾莎小声地唤那条狗，它停下来，在空气中嗅了嗅，然后回到她身边。艾莎穿上运动鞋，捡起她的跪垫，然后悄悄地离开了溪边。她希望老妇人没看到她们，也没听到她们说话。

那条狗在常春藤下刨了一阵，露出一大块混凝土板。看起来，它好像在找什么东西。它知道这个地方吗？然后，它竟然毫无征兆地从地面消失了。

艾莎在混凝土板上慢慢移动，手脚着地蹲下来寻找那条狗。她扒开荆棘，惊讶地发现，有一条石梯路通向一个黑屋。她认出那条狗的眼睛在昏暗中闪闪发光。看到那条狗安然无恙，她终于放心了，这连她自己都觉得不可思议。为了不碰到头，她蹲得很低。一个蜘蛛网粘在了她的脸上。她弯着腰钻过一个又一个蜘蛛网，终于来到了一个类似防空洞的地方。它的旁边有两张石凳，最里面是一张双层床，床上有一床褥子和叠好的毛毯。她感觉自己闯入了一个多年来都未曾被打扰过的地方。那条狗觉察到了她的不安，于是往她身边靠，她竟也用手揽着它，让它靠近。她还听得见那个老妇人在上面吵嚷着。艾莎觉得，不管是否有理由害怕她，能躲开就放心了。

艾莎轻轻抚摸着那条狗。她发现，当她有节奏地抚摩着它那柔软的毛时，自己的呼吸也开始平稳下来。那条狗抬头看着艾莎，她心里有了一种极为奇怪的想法。这条红色的狗好像是真主派来保护我的。就像穆娜说的，它是我的守护者。

老妇人的声音最终消失了，融入那潺潺的溪流中，艾莎终于放心了。

第二十章

吃晚饭的时候,莎莉妮小心地绕到那个话题上,时不时温和地提醒扎克跟他爸爸联系。说话的时候,莎莉妮小心翼翼地看着他,好像有些期待他把情绪爆发出来。可是,他根本不去看她的眼睛。

一听到莎莉妮关上房门的声音,扎克就开始打包。他已经看过很多次妈妈打包,这一次轮到他了。要找到所需要的东西并不容易,因为所有的东西都还在板条箱里。到处搜找一番后,他找出一个上发条的手电筒和一些保暖的衣服。然后,他走到桌前,拿起那块石膏制品和阿尔伯特与埃德文的那张小照片。他摸了摸口袋里的古河道地图。如果他在图书馆看到的防空洞还在森林家园的荒芜地带,那么他要找到它,并在那里躲一阵,与世隔绝,再合适不过了。如果妈妈出了什么事,我受不了在新闻里看到或从广播里听到这样的消息,又或是有人来我家门口告诉我,她只是战争中的又一个伤亡人员。扎克沉下脸——这种讽刺的事总会发生在他身上。我从一场战争中逃走，是为了寻找过去的另一场战争留下的防空洞。

扎克走下楼梯，在走廊的盒子里找了一番，找到一个睡袋。他又从厨房里拿了一个小锅，还有一袋苹果、香蕉、罐头、面包和一瓶水，然后把它们塞进包的上方。然后，他检查了他的钱包，里面有二十磅纸币和一些零钱。不得不走了。他关上门，步入温和的秋风中。经过莉莉安娜家门口时，他看见里面的灯还亮着。想到第二天早上莎莉妮发现他不见，就不得不把这个消息告诉他爸爸，他的心里一阵愧疚。也许他应该留一封信，可是又该说些什么呢？说他再也受不了等待和未知吗？他害怕妈妈再也回不来了。他要屏蔽外界那些他无法改变的消息。

一辆警车停在森林家园的角落里，门"砰"的一声开了。两个阿尔萨斯人气喘吁吁地躺在后面。扎克退到了路对面的树荫下。从这里，他看得见他们，他们却看不见他。

"另一边你也找过了吗？直升机好像在那边发现了什么。"一名警察说。

"这两个家伙只发现了埃尔德，她像往常一样在吵嚷。"另一名警察说。

"可怜的家伙，你确定找过那里就好了。我不希望有什么坏事发生，也不希望那孩子会在那儿。"

"别担心。如果她在那儿，它们会找到她的！说真的，"那名警察指着其中一条喘着粗气的狗说，"泰森看见埃尔德的时候，就会像小狗一样打滚，把肚皮翻过来朝着天！"

"也许是为她感到难过吧。我知道我也会，但对有些人来说并没有什么帮助。总之，根据流浪女艾奥娜所说，她是直接往镇子里去了。"

"就是了。我们最好把消息散布出去，也在街上找找。依我看，这里是找完了。"那名警察拍了拍两条狗的头，把笼子闩牢，然后重重地关上了车门。

第二十一章

此刻，艾莎的头巾和脸上都盖了一层蜘蛛网。她一边咳嗽，一边清理嘴巴上的蛛丝。那个老妇人已经走了，她感觉自己又能呼吸了。于是，她站起来，走到双层床边上，看到上面没有瓶瓶罐罐，也没有人以前在这里住过的痕迹，她松了一口气。这里很干燥，隐蔽性又好，如果清理干净，就可以住在这里，没有人能找到她。她以前在书里也看到过这样的地方，城市被轰炸的时候，人们就躲在那里。如果当年袭击者们来到她的村子时，姨妈和兄弟姐妹们能有这样一个躲避的地方，那该多好。

那条狗又跟着她出来了。它试探性地看了看四周，然后走向防空洞右边的茂密森林里，那里长着满地的欧洲蕨。她扯了一些，拖了进去。进去的时候，她将蕨草拿在手里，轻轻地在空中摇晃，把剩下的蜘蛛网清理掉。她想起那个老妇人多么小心翼翼地游走在蛛网间，为了不破坏它，连那片金色的叶子都悬在了空中。艾莎用蕨草作扫帚，轻轻地扫着地。在她打扫的时候，一群昆虫满地跑。防空洞的最里面暗如黑夜，不过入口处有光照进来。扫地的时候，她看到了墙上的字迹。上面写的都是名字，有的名字旁边是小孩儿画的画，虽然已经褪了色，但仍清晰可见。每一个名字都是用独特的笔迹写的，就像签名一样，好像那些曾经到过这里的人在标划自己的领地。

上面有连成一片的成年人笔迹，也有小孩子的稚拙字体。

阿尔伯特·班布里奇　　佩吉·洛伊

艾迪·洛伊　　梅西·洛伊

艾莎被这些名字吸引了。她几乎能从那个孩子的笔迹中听到恳求声……"*我勇敢的爸爸，快点儿回来吧。*"

艾莎的心里一阵翻腾，她深吸一口气，跌坐在其中一张长凳上。那条狗轻步走过来，把头靠在她的膝盖上。她发现自己竟然到了这样一个地方，别的孩子曾在这里许愿，希望他们的爸爸回家，多么奇怪啊！正因如此，她才无法打定主意接受别人的收养，即便是莉莉安娜也不行。如果有人失踪，肯定有可能被找到。她和莉莉安娜一起度假时，曾经去过希斯罗机场，那时，接机的人和被接的人之间的问候让她着迷。如果离得够近，你还能看出他们的身体就像地图，能看到他们脸上的表情和他们那疯狂张开的手臂。你能看出他们到底分开了多久，又是经历了多少磨难才得以团聚。艾莎觉得，她能认出那些明知彼此再也不能相见的人。从此以后，她无数次地梦见自己也在那儿，看着阿爸穿过那些障碍物。做了那熟悉的梦以后，无论什么时候醒来，她总是满心欢喜。直到最后，她意识到自己不得不醒来时，高兴就变成了心酸。

艾莎坐在其中一张冰冷的长凳上，写下那些名字的孩子们，一定也曾在这里坐过。他们的话就像一份穿越时空的礼物，一种对她的欢迎。这里的人能够明白她的感受，这多少让她感到慰藉。这学期学校有一个关于一战的课题，她调查并递交了一篇关于在战争中牺牲的索马里士兵的论文。就连罗伯茨老师都不知道那个。这一发现令艾莎兴奋不已，可是，她看得出来，班里的其他人对此根本不感兴趣。他们似乎以为，一切都是游戏。

有时候，她希望自己能让他们明白战争的影响，明白它是怎样摧毁你的家园，怎样在你的世界中心投下炸弹，炸毁一切，并在你的心里留下弹坑的。有时候，她想和罗伯茨老师一起，朝着那些捣乱的学生大吼。那些想要对他们说的话，无数次在她的头脑里回响，可却从未说出口：

你们知道那是什么滋味吗？离开自己的爸爸，明知他就要被当成囚犯带走，你却不得不和他道别，不知道他什么时候能回来，也不知道自己是否还能见到他；你不得不乘飞机到一个陌生的国家，而那里，没有人爱你。那都不是历史，而是我的人生。

艾莎闭上了眼睛，她希望那些多年前留下这些信息的孩子们能有一个美满的结局。如果他们等到爸爸回来了，如果我诚恳地祷告，那么，或许我也能再见到阿爸，那就再也没人提收养的事了。

第二十二章

"揭开常春藤，解开葡萄藤，回到多年前炸弹落下前、孩子们躲进防空洞的年代。"

那个老妇人的声音越来越近了。艾莎像胎儿一样蜷缩在下铺的后面。就算老妇人进来，也看不到躲在黑暗墙边上的艾莎——只要那条狗不发出声音，此刻它就躺在床边的地上。

"揭开常春藤，解开葡萄藤，回到……"

听起来好像她就在外面似的。艾莎听到有人在入口处移动，此刻正在往里看，一张苍老的脸出现在了入口处。艾莎又缩了缩。跟在远处看到老妇人不同，现在相隔这么近，艾莎感觉无法呼吸。后来，是那条狗让艾莎平静下来。只见它站起身，靠近老妇人，靠在她的身上。所以，她看见我们进来了啊。如果那条狗都不害怕的话，那么，我也没理由害怕了。可是，这个老妇人想干什么呢？

艾莎看见一个洋娃娃被横着捆在老妇人的身上，还有老妇人的手臂上还挎着一个散口的篮子。老妇人直接走了进来，在长凳边上来回挪动，打开一袋子金黄色的苹果。她一边絮絮不休地说着话,一边将苹果排成一排,并不去看艾莎。

"在这儿和其他孩子们一起,你就安全了。我从我那儿给你带了些苹果。每次我都会多带一点儿。我把能带的都给战争中的小宝贝儿们带来了,我可怜的孩子们。"她拍着那条狗的头说,"埃尔德喜欢拥抱,"她说,"可是你在这儿干什么,淘气的姑娘?你也是逃走的吗?是来看老埃尔德的吗?"

无家可归的老妇人第一次抬头看着艾莎。

"可是,我从你的眼睛里看到了害怕!"她朝艾莎摇了摇手指,然后亲吻了洋娃娃的头说,"看啊,我的克丽丝特尔,她害怕你的妈妈。我的宝贝儿,你告诉她,这里的苹果没有毒,也不是坏的。"

艾莎僵在原地,看着埃尔德,希望她走开。这时,有什么东西从角落里蹿出来,那条狗跑过去将它赶走了。

"大鼠和小鼠,小鼠和大鼠。"老妇人把洋娃娃拉出来,紧紧地抱着她,四处张望,"这里很干燥,夜晚比想象中暖和,可我从没在这儿住过。这里有太多的渴望了,你没感觉到吗?"

似乎没有必要再藏了。艾莎从床上下来,坐到了埃尔德对面的长凳上。她坐在最边上,好让自己离入口更近些。从这里,她能闻到埃尔德身上的霉味和腐臭味,但至少,老妇人够不着她,如果有必要,她可以跑开。艾莎无意识地把手伸向自己的念珠,老妇人凑近来看。老妇人的表情发生了变化,似乎突然兴奋起来。她从自己的衣服下掏出一根皮饰带,上面镶着三个琥珀色的大珠子。

"你戴着玉,我戴着琥珀——都是森林的珠宝。"她把珠子举起来让艾莎看,"你和我,都贴身戴着森林的回忆。瞧啊!"

埃尔德又把珠子拿近了些,想给艾莎看。可是,艾莎又被老妇人身上的味道熏得退了回去。

"看一下里面。这里面有一只小蝴蝶,这里面是一种叶子,这里面是瓢虫,看啊!也许有上百万年的历史了。如果它落到你的身上,就反复吟唱古诗,这样,你的愿望就会实现……怎么样?我的头脑太迟钝了。"她用手敲着头,好像要把诗词从脑袋里驱赶出来似的,"'瓢虫啊瓢虫,飞离了家园,你的房子着了火,你的孩子们会流浪'……记得那首吗?"

艾莎点了点头。虽然老妇人身上有强烈的味道,她的押韵也很奇怪,但看着那鸡蛋大小的琥珀珠子,艾莎还是不自觉地被吸引住了。

"森林的回忆是可以永远保存的。但这些古老的蛋的作用是守护,不是孵化。悬浮在古松树树脂中的它们,会将你带到很久很久以前。"埃尔德指着艾莎的念珠说,"你的是木化石,我的是硬树脂。将过去的温度带在身上,就永远不会觉得冷了。这你知道吗?"

艾莎缓缓地摇了摇头,她不知道怎么回答这个奇怪的老妇人。没错,她的玉珠一直都很温暖,即便在最冷的天气也不例外——如果老妇人指的是这个的话。

"这本来是我妈妈的。"艾莎说。

"我的也是。在线断掉之前,本来还有更多,可现在宝物只剩下三个了。这可是我的遗产。"她把它们紧紧扣在胸前。

艾莎很同情老妇人。现在,认真来听,还是多少能听懂些,好像她非常渴望和艾莎说话。也许她只是太孤独了。

老妇人笑了,好像很感谢艾莎听她说话似的。她把手伸向头发，开始拧那些被她插进头发里的乱糟糟的树叶。等她把那红色的头发弄得更乱，一种混乱的表情出现在她的脸上。

"我们在哪儿？我们是谁？我忘记了，聊天吧，随便聊点什么。你的地星叫什么名字？"

"不好意思，你说什么？"艾莎不解地问。

"你的名字，你的名字啊？"老妇人坚持问。

"艾莎。"

"艾莎，"她小声地重复着，"听着就像一声祷告，一句微风上的承诺。我的叶子上还没有人叫艾莎呢！"

她沿着长凳挪动了一下。她们现在面对面坐着。如果她现在向艾莎伸出手，就能碰到她。艾莎的心跳越来越快。她感觉自己的身体警惕起来，随时准备逃走，可是，老妇人身上的什么东西，似乎让她不得不留下来。

她紧紧地盯着艾莎问："还有谁？还有谁？"

"什么还有谁？"艾莎小声说，声音小得几乎听不到。

"在这个充满渴望的地方，你还在思念谁？"

有那么明显吗？那是一种极其烦乱的感觉，好像老妇人在从她身上吸取答案，不管她是否愿意回答。

"我的阿爸——我爸爸。"艾莎含糊地说。

"对了，对了。我需要你妈妈的名字和你爸爸的名字。"

"阿米娜和阿布迪·伊尚。"自从来到这个国家，自从被迫回答所有的官方问题开始，艾莎就没有再大声说过那两个名字了。仅仅是提到父母的名字，她就不禁湿了眼眶，她也毫不抑制，任凭泪水流下来。

"你是从战争中逃出来的？"老妇人伸出手拍了拍艾莎的

膝盖。这一次,她没有躲开,也没有害怕地跳起来。"是在寻找避难的地方吗?那就对了,"她向艾莎招了招手,"过来躲在老埃尔德的森林里。艾莎和我战时的精灵一起待在这儿。"她指了指墙上写的那些名字。"人们以为时间直接流逝了,可是——"她往前靠了靠,好像在给艾莎讲什么秘密似的,"过去的东西有时候会冒出来,希望再次被人们看见。"

艾莎向后靠了靠。她要怎么回答呢?

"你叫埃尔德?"艾莎问道,可是老妇人没有理她。尽管离得这么近,可是看见她的皮肤开裂溃烂得那么严重,艾莎还是被吓到了。那皮肤就蒙在她的骨头上,蒙在眼看就要流出血来的、宝石红色的伤口处。埃尔德捆了些树叶敷在小腿上,就像膏药一样。

"我忘了埃尔德有多么可怕了。那时候也是令人赏心悦目的。但我不会烦扰你。埃尔德需要知道谁在她的森林里,但一切都还好,都还好。让精灵们休息吧。我不会烦扰你的。"老妇人咕哝着往外走,一边把洋娃娃搂在肩上,一边拍着艾莎的背。

艾莎蹲在入口处,看着埃尔德在她腰上系着的、麻布一样的袋子里翻找。刚一出去,老妇人就开始撒面包屑。接着,一群乌鸦飞了过来。她慢慢走远了,那群乌鸦扇动着黑色的翅膀在她的头顶一直盘旋着。

艾莎环视了一下混凝土墙,埃尔德和她那探照灯一样的眼睛终于消失了,艾莎也松了一口气。至少,如她所观察到的那样,这个地方很干燥。那条狗又回到艾莎身边卧下。艾莎拿起埃尔德的一个金黄色的苹果。她拿到鼻子前,闻了闻那甜中带香的味道。也许等一会儿她会吃一个。此刻,她的胃让她马上咬一口,以缓解从离开莉莉安娜的公寓开始就产生的饥饿感。把水果堆到一起后,她又看到了那布满灰尘的、冰冷的墙,上面那些褪色的字迹又一次吸引了她的注意。这一次,她发现那些画的旁边记着比分,比分上方还写着日期,其中有大人的笔迹,也有小孩儿的笔迹。难道记录的是一种游戏吗?

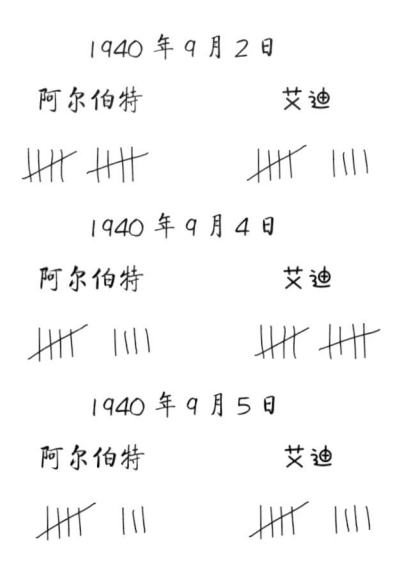

1940 年 9 月 2 日

阿尔伯特　　　　艾迪

卌 卌　　　　卌 ||||

1940 年 9 月 4 日

阿尔伯特　　　　艾迪

卌 ||||　　　　卌 |||

1940 年 9 月 5 日

阿尔伯特　　　　艾迪

卌 |||　　　　卌 ||||

　　埃尔德之前在说什么?她是说艾莎应该和其他人分享这些苹果吗?艾莎浏览了墙上所有的字和画,一个响亮的童声出现在她的脑海里。"我勇敢的爸爸,快点儿回来吧。"艾莎一阵战栗。埃尔德以为还有谁住在这里呢?

第二十三章

扎克走到森林家园荒芜的一边时,路上很安静。他没想到门是锁着的。于是他沿着周边走,可是铁栏杆被锁牢了,他没有别的办法,只能爬上去。他先把背包扔过去,然后数着数估测落下的位置,一、二、三……然后,他一路探索着立足点,稳步向上爬。栏杆的顶上是尖的,他停了一会儿,思考下去的最好办法。再然后,不知从哪里冒出成千上万道影子,突然向他俯冲过来,一大波翅膀打在他的头上。他抓着栏杆的手松开了,头着地掉了下去。

扎克正在以前所未有的速度奔跑,他的两旁是厚厚的土丘。他的脚被冻僵了,可他还在奔跑。一个声音在为他打气。"我们会通过的。"扎克低头看着自己的脚,他穿着那双薄薄的匡威鞋在泥土中艰难前行。他的呼吸很急促。这时,出现一道安静的白光,照片上的那个男孩埃德文从白光中走出来。他走过来坐在扎克身边,支持他。他从那厚厚的羊毛外套里摸出一张他和他爸爸的照片。"如果我们通过了这里,我就会接管家族事业。你知道我爸爸阿尔伯特吗？"埃德文问。

扎克点了点头。

"我也要当一名木匠，原本就是这么打算的。"他们在肮脏的战壕里挤成一团时，埃德文对扎克说，"你家里有人吗？"

扎克在口袋里摸了摸，可是什么也没有。一只老鼠急促地跑过他的手掌，他的手开始不停地发抖。

"你最好习惯这里的害虫！"埃德文提醒他。

扎克的头很痛，好像有人用棒子敲了它一下。当他睁开眼看到一个光线微暗的洞穴时，他皱了皱眉。各种气味扑面而来，令人难以抵挡——泥土、湿腐的空气、苦草、发霉的衣物、熟透的水果、陈旧的洗衣粉。他试着抬起那如铅一般重的头，可是动不了。他的胃缩了一下，他感觉就要吐了，可他体内已经没有能吐出来的东西了。他到这儿有多久了呢？

"红叶可以缓解你的头痛，现在休息一下吧，这里有一张舒服的床。吓了我这个可怜的老家伙一跳，你的头受伤了，我还以为你死了呢。"

扎克想说话，可是他的嘴巴又干又裂。埃尔德轻轻地把他的头往前倾，用一个果酱罐喂他水喝。

"好了，好了，克丽丝特尔！别再抱怨了。是绿眼怪抓到你了吗？我不是告诉过你吗？地星要着陆了。这一颗是直接从天上飞来的，对吗？它用了半夜的时间，把你拖到埃尔德这里。看啊！要用担架才能把你抬进来。虽然你很瘦，但对我来说还是一个很大的负担，我搬不动！"

扎克呻吟一声，一扭头，发现克丽丝特尔仿佛正盯着他。

第二十四章

一阵强烈的饥饿感将艾莎唤醒。昨晚,她去溪边清洗、祷告完后,也想拿出储备的食物痛快大吃,可是她忍住了,只是慢慢地吃了些冷的豆子和面包,一口一口地品尝。之后,她还吃了一个埃尔德的苹果,味道酸酸甜甜的。她还把面包和豆子放在一片干树叶上,给那条狗吃。它闻了闻那陌生的东西,勉强吃了下去。渐渐地,食物让她的胃变得暖和起来,她爬进睡袋里,迷迷糊糊地睡着了。可是,夜里她又饿醒了。她一翻身,那条狗就跳到了床尾。她正要把它赶走,可忽然感受到它那令人慰藉的心跳,于是她坐起来,摸了摸它那柔软的头。一道光蜿蜒地照在地面上。也许黎明已经到来。那条狗抬头看着艾莎,把头偏向一边,似有疑惑。

"谢谢你陪在我身边。"她轻声说。她很久没有说话了,突然听到自己的声音,竟觉得有些奇怪。她的肚子在咕咕作响,那条狗也发出了呜咽声。

"你一定也饿了吧?"她从睡袋里出来说。忽然,一张蜘蛛网贴在了她的脸上,她喘息一声,一只大蜘蛛匆忙地从她脖子上跑下去。它怎么能这么快就为自己织好了一个家呢？如果人类也能这么容易重新开始就好了。

艾莎小心翼翼地站起来，她的眼睛正在适应这昏暗的光线。她从背包里找出装洗漱用品的袋子，从上铺拿下毯子当毛巾，拿走盖在入口处的树枝，然后走了出去。她已经冒险走到了森林深处，她想不到除了埃尔德以外，还有谁能找到她。我想知道她住在哪儿。艾莎看了看四周，又抬起头，透过树林看着明亮的天空。她离开防空洞，走到欧洲蕨和杂草茂盛的地方。今天，她得做点儿什么，挖一个洞，再搭些掩护的东西，以便自己需要隐私的时候能不被埃尔德看见。艾莎往瓶子里装水，用来擦防空洞的地板。那条狗总是进进出出，她要尽可能保持地面干净。装满水后，她脱掉鞋子，洗了脚，然后擦干了。今早的空气中带着明显的寒意，可是已经好几周没下雨了。她在想，生活在湿冷的地方是什么感觉呢？她把手伸向脖子，摸着念珠，四处瞧了瞧，看看能不能发现埃尔德的踪迹。小溪另一边的森林静得出奇。溪岸有一小块平坦的空地，她把它打扫出来，当作她的祷告区。她在这块地的周围搭起了树枝，把它布置得像小花园一样。接着，她把垫子放在上面，开始祷告，她的身体往前倾，头碰到垫子上。那条狗远远地待着，好像它能感觉到她现在不想被打扰似的。

祷告完后，她感觉内心很平静，奇怪的是，连饥饿感也减轻了。她又走回防空洞，拿了些面包和奶酪，还有一个埃尔德的苹果。然后，她爬到陡坡的顶上，在那里，她能清楚地看见太阳从深橘色的光里升起来。飞机银色的机翼在闪闪发光，这提醒着她，她还是外部世界的一部分。如果她要躲开一阵,就得定量分配食物。她想,如果食物都吃完了,她还是要回去面对莉莉安娜、穆娜、索玛雅、玛丽亚姆和社会福利工作人员。她脑海里仿佛响起穆娜那欢快的声音,她心里充满愧疚,可她还没准备好回去。她已经算过了,如果每天只吃两顿,储存的那些汤罐和豆子就足够她坚持很长时间,尤其是定量分配后,能坚持更久。她已经见识过,在索马里,人们靠少得可怜的食物就能生存下来。她也可以的。

"斋戒让你变得谦逊……享受每一口经过唇间的食物……阻止你变得贪婪。"那是穆娜的妈妈告诉她的,可艾莎没有机会在斋月里尝试。的确,此刻,她正以前所未有的方式享受着放入嘴里的每一口食物。她拿出一片面包,然后丢了一些在地上,给那条狗吃。它嗅了嗅,好像不确定的样子,可是看见艾莎吃,它也跟着吃了。狗平常都吃些什么呢?她想,应该是肉吧。如果它饿了,也许就会出去捕猎。艾莎一边吃,一边看着晨光在树皮上闪着光芒,那强烈的光芒将树干从沙滩金变成了沙漠橙,再到铜红。也许斋戒让她的感觉更敏锐了,可是今天早上她确切地感觉自己与索马里故土格外亲近。昨天晚上,她竟然第一次梦到了过去那些与战争、斗争毫无关系的时刻。在村子里奔跑,在小河里玩水,姨妈在唱摇篮曲给她听,她和兄弟姐妹们一起玩儿,然后大家聚在一起用餐。在她的梦里,所有这些时刻都沐浴在家园温暖的光中。醒来后,她感受到了一种不同以往的渴望。她闭上眼睛,再次睡去——回到战争摧毁她对家园的记忆之前。她无法解释那是什么,不过,孤身一人在这森林里,她确实感觉与阿爸、姨妈和她从未见过面的阿妈的灵魂更加亲近了。

第二十五章

这里面一片死寂……这是哪里？空气中笼罩着一层厚厚的白雾。扎克抬起头，透过雾，看向那仿佛全由蜘蛛网结成的"天花板"。成千上万颗森林里的微粒被粘在了蜘蛛网上，好像蜘蛛网是在过滤空气，它捕捉到了大自然中最微小的粒子和昆虫。扎克看着一大群昆虫爬过蜘蛛网，那"屋顶"上的蜘蛛网便开始摇动。透过蜘蛛网，他能看出它后面的"屋顶"是由树枝做成的，树枝的上面盖着绿油布一样的东西。

扎克的头从一边转到另一边。就算不抬头，还可以往周围看看啊。这个屋子足够大，人能站在里面。它的两边都是由大大小小的树枝搭成的，树枝撑着一层油布，就像屋顶一样。这地方横在一个圆顶帐篷和一个巨大的古老洞穴之间。用作板条的树棍上蒙了一层苔藓，因而啮合在一起，那苔藓就像绿色的天鹅绒墙纸。这些树棍间长着有光滑的白色表面和有纹路的深色下柄的毒菌。它的里层，树棍整齐地排列成一面墙，伸向"天花板"的半中央。门口有小孩儿那么高，似乎盖着许多常青的松枝，松枝间还有许多细雾在打转。扎克感觉了一下,发现自己躺在用厚厚的叶子铺成的床上。他双手分别抓起一把叶子,又将它们放回地上,心想自己是否还在做梦,好像他被那漂浮着的小小的、白色的羽毛催眠了。

他斜视了一下洞穴的其他地方。他的右边是一张凸出墙面的长凳,上面还搭了一堆衣服。他的左边是一辆旧式的金属婴儿车。那长满苔藓的墙上散布着果酱罐、平底锅、旧水壶、碗、杯子、纸箱和一堆散口的柳条篮子。扎克的眼睛移向了一个破碎的瓷器人头,它应该是在烧窑时就坏了,没有合格。那破碎的瓷制颅骨腔的孔眼里都开始长出植物了。这时,扎克感觉自己的头上传来一阵急剧的疼痛,于是转过身,将指尖按在前额,却发现了一道很深、很痛的伤口。

他闭上眼睛,然后又睁开。也许他从高处摔了下来,这个地方只是他想象出来的。整理一下脑袋里的东西。想想你是怎么到这儿来的吧。

奔跑,我一直在泥土间奔跑,孩子们在逃离,我身后跟着士兵埃尔德和一个戴蓝色头巾的女孩。猫的眼睛在发光,有东西缠住了我的脖子,好紧……

扎克脑中一片混乱,只出现一些毫无秩序的想法和画面。潮湿的空气进入他的肺里,他开始咳嗽,唾沫也喷溅出来了。

"地星落下来了,落入埃尔德的巢中。孩子们饿了,受伤了,必须要照顾他们。温暖的红叶当作床,雾蒙蒙的天,昏沉沉的脑袋。一点点接骨木的酊就能让咳嗽好一些,清一清嗓子,如果没用……你可以吐出来。"那个老妇人沉闷地说。

扎克依稀记得和她握过手,还记得面包屑落在他的头上。这一切一定都是他想象出来的。她是什么女巫吗?是她引诱他来到她的洞穴的？她走近时，他把脸转开了。空气中充满了陈腐的气息，还有她身上的霉臭味，同时混合着发酵的果香和植物的味道。

"来，扎克，吃一口吧，吃了就好了。这是我自己做的。"

扎克？这是我的名字吗？他自己听起来有些奇怪。老妇人站起来，到处翻找，找出一个勺子。直到这时，他才注意到，婴儿车的轮子上靠着一个帆布包。那是我的包吗？它看起来比这里其他所有的东西都要新和干净。可是，他不记得了，只是隐约知道自己在逃跑。他不省人事地躺在这里多久了？老妇人费力地、慢慢地把果酱罐里浓浓的黑色液体混合在一起，然后跪在树叶上。她试着让扎克抬起头，那一刻，他的头痛得更厉害了。他拼命地理着自己模糊的思路，这时，老妇人将勺子伸到了他的口中。一开始，他还在反抗，紧闭着双唇，可她强行将勺子伸进去，同时抬起他的下巴，这样他就没得选择了，要么咽下去，要么就会被呛着。一开始，他还嫌苦，咽不下去，之后他就屈服了，无助地让她一勺一勺地喂进嘴里。我的名字叫扎克——她是那么叫我的。如果这是毒药，至少我还能在死前知道自己的名字。我的名字叫扎克，我的名字叫扎克，我的名字叫……

她放下那罐液体，从口袋里掏出一个装着东西的玻璃罐，开始往扎克的额头上涂抹。他的头变得很重，他感觉一只瘦得皮包骨头的手臂环绕着他的肩膀，扶着他躺回叶子上。

"好了，好了，不用担心了。季节变化，浓雾上场，你觉得它们永远不会散去，可是，我亲爱的，在埃尔德的丛林里，阳光总能寻路而来。"

听着老妇人在一旁吵嚷,扎克呻吟了一声,他感觉到她正在用手捋顺他的头发。我得想办法离开这儿。可是,又回到哪里去呢?他在脑中思考自己来自何处,可他能想起的,只是碎石落在了他的头上。他感觉自己曾和一个士兵一起坐在一张长凳上。我曾经在某次战争中被俘了吗?

"好了,我的克丽丝特尔,现在该轮到你服镇定药了。酸橙留给你。你一个,我一个,你又一个,我又一个。安静点儿,亲爱的,我给你讲讲古人的故事。埃尔德绝不会束手就擒的。折断了我的树枝,它们又会再生长;让我跌倒了,我又会从另一个方向追逐太阳。凌乱的头发,凌乱的树枝,张牙舞爪地向着太阳。没有人听我说话,可是,如果有人在听的话,他们就会知道,埃尔德是最伟大的大地母亲,是最幸运的树之种,只要你不干扰她,无论做什么都不要挖她。"

一片小小的、白色的羽毛漂浮在扎克的脑海中,扎克循着它的踪迹,感觉自己也飘到了地上。然后,一块布盖在他的额头上……那么冰凉……

"埃尔德是开始,埃尔德是结束。埃尔德是火,埃尔德是激情。狂风吹着我穿过门槛时,我可以给你讲讲你的母亲和祖母,还有古老的大地母亲讲过的故事。我能分辨好与坏,教你该留下什么、丢弃什么,我能让精灵们从土里出来。别担心,扎克!我会写下你的名字,然后把你藏起来。"

说着,老妇人捧起一堆树叶,开始撒在扎克的身上。

第二十六章

艾莎睁开眼睛躺在那里,听着大大小小的老鼠为了拾面包屑在防空洞里跑来跑去,直到那条狗又吼又叫,吓得它们仓皇逃走。啮齿动物的声音让艾莎警觉起来,于是她给自己定了一条规矩,那就是,只在外面吃东西。

虽然她讨厌那种声音,讨厌看见老鼠,可是,真正让她浑身起鸡皮疙瘩的还是那些巨大的蜘蛛。它们那黏人的蜘蛛腿到处乱抓,总会让她心惊肉跳。

早上,她在溪边发现了一个树墩,她把它当成桌子,这样就可以让食物区与防空洞和小小的祷告区分开。她仔细地分配着食物,还分了一半给那条狗。有时候,那条狗似乎很饿,可有些时候,它根本不吃东西。也许它还没有习惯那些食物。不过,它看上去倒是很健康。艾莎拍着这个家伙的肚子,才发现,它原来是母的。

日子一天天过去了,艾莎对黑暗的惧怕少了一些。她躺在下铺,听着林间空洞的夜晚之声,忽然发现,它们并没有想象中那么可怕。她想,也许是因为那条狗在她身边,可以充当她的眼睛和耳朵吧。艾莎开始信任这条狗以后，就不那么害怕夜晚森林里的声音了。于是，天一黑，她就闭上眼睛，迷迷糊糊地睡着了。

在灌木丛中搜寻的声音，松鼠爬树的声音，萦绕耳旁的猫头鹰的叫声，以及啄木鸟清晨的叩响，这些都已成为她每天的节拍。

最开始的几天，艾莎只顾着她最基本的需要。她例行打扫和清洗，就连那条狗也有了安排，它在执行艾莎所谓的"我们的秘密事业"——好像它能懂似的！

她用长树枝搭了一个三叉形的帐篷框架，顶上用剥了叶子的常春藤绑好。然后，她在那刺痒的、被虫蛀过的毛毯中间戳了一个洞。她把粗糙的毛毯从帐篷顶上盖下来，然后又用藤绑牢。帐篷的三端展开以后，毯子也就铺开了，就像一顶篷式帷幔。把它收缩起来，艾莎一只手就能抱着走。当她去上厕所，或去溪边洗澡、洗头的时候，带上它，她就不会觉得动物们正在用好奇的眼光看着她了——就算埃尔德回来了，至少她被遮住了，她也看不见她。那条狗总是在不远处跟着她，连背也转过去了，好像它既在保护她，又不想侵犯她的隐私似的。有一次，附近忽然传来急促的奔跑声，引得那条狗连连惊叫。艾莎立马让它安静下来，她害怕有人听到它的声音，自己也就会被发现了。

艾莎回想起第一个晚上，她吓得不敢动弹。她没想到自己能做得这么好。奇怪的是，斋戒似乎终结了她那种连续不断的饥饿感。好像大脑控制了她的胃，向它证明了她有多坚强。艾莎把手插在腰间。与那条狗不同的是，她确确实实瘦了。她弯下腰去拍那条狗，却突然感觉有点儿头晕，她的身体不禁向前倾，森林仿佛在绕着她旋转，一闪而过全是红色。那条狗靠在她的身边呜咽着，好像觉察出了她不舒服。

"没事的。我很快就好了。"艾莎想让它放心。

艾莎一动不动地坐了一会儿后，头晕眼花的状态过去了。我不得不停止斋戒，吃点东西了，她告诉自己，要不然我就会死在这片森林中的。

第二十七章

"三天前,十二岁的扎克·约翰逊于伦敦的家里失踪,他的爸爸是著名的历史学家,妈妈是战地记者。警方正在全面调查他失踪的原因。如果大家有该男孩的消息,请报告给……"屏幕上突然出现一张扎克的照片。

莉莉安娜从沙发上跳下来,凑到电视跟前。几天前她还见过那个男孩,她还给过他传单……他就住在这条街的前面。到底怎么回事啊?她看着记者在和扎克的爸爸说话,他正在恳求大家帮忙找他的儿子。两个孩子在同一条街上丢失,其中一个上了新闻报道,而对另一个孩子的搜寻似乎已经停止了,怎么会这样呢?莉莉安娜盯着电视屏幕。此刻,新闻已经切换成在叙利亚冲突中死去的儿童的照片。镜头摇拍到一群孤儿的时候,她用手捂住了嘴。为什么这个男孩的生命那么重要,而那些孩子们的生命就这么没有价值?

莉莉安娜并非生来就愤世嫉俗,但是此刻,她感觉自己就像那些孩子们一样,那么无力。她关掉电视,给自己冲了一杯茶,在桌边坐下来。艾莎的故事书还打开着放在桌上,那些空白的篇页谴责似的看着她。一触碰到那些纸,她的手就开始发抖。艾莎那封指责的信会是最后一项了吗?

艾莎消失的那一周,莉莉安娜的时间似乎延缓了,虽然她自己的孩子经常围在她身边,可她总忍不住思念她失踪的养女。她拿起当地的报纸,头条上是那个流浪女的照片,她曾在凯西森林商店的门外见过她。那个女孩手里拿着一张狗的画像。

一条红色的狗失踪了。《大事件》的销售员很伤心。如有见到者,凯西夫妇会提供酬谢。

头条新闻是这样写的。莉莉安娜到处翻找上一周的报纸,眼泪从她的脸颊上滚落下来。艾莎的照片刊登在第十三页,那是莉莉安娜最不喜欢的数字。她也曾试着摒弃这种迷信的思想,可艾莎还是没有消息。她每天都给报社打电话,努力说服他们更新内容,别让人们放弃对艾莎的寻找,可是,他们最多只能做到这样了。此刻,看到一条寻狗的消息占据了头条,莉莉安娜的血液开始沸腾。她擦干眼泪,感觉愤怒在身体里燃烧。

喂,莉莉安娜,你的斗志呢?她鞭策着自己。作为一个单亲妈妈和一个养母,她曾经为那些一无所有的孩子们努力抗争过。对于那些进入她生活轨道中的孩子们,她总是尽到自己最大的努力。也许她不能为新闻里的那些孤儿们做些什么,但她可以为了她的艾莎去战斗。我要让艾莎的脸和那个男孩的脸一同出现在电视上。他们有什么不一样的?她和他一样需要被关注。再说了,我们还是邻居。

第二十八章

来森林的第三天，艾莎就看见一对小鸟在防空洞对面的松树上跳来跳去。它们的头和颈上的蓝色条纹吸引了艾莎的注意力。

当它们在树洞里寻找昆虫时，艾莎看了它们好几个小时。它们是多么漂亮、多么丰满的小鸟啊！它们的眼睛上仿佛画了一道长长的黑色眼线。今天早上，艾莎从防空洞里出来，它们竟然没有飞走。艾莎看着它们头向前跳到松树的树干上，用那小小的、尖锐的声音召唤对方，就像小小的蓝背杂技演员。她知道这有些荒谬，但那两只鸟似乎已经习惯了她的存在，好像它们要和那条狗一样，把她当成朋友。

艾莎拣起那堆搜集来的七叶果——自从来到森林后，她每天都会搜集一颗。她把它们擦亮，又数了一遍。她已经在这里待了七个晚上，这是真的吗？自从她能够支配在这里的日常活动以后，那些小小的蓝背鸟、绚烂的秋天，还有那条陪伴她的狗，都让她觉得自己被森林保护着。

动物们来到她身边，似乎并没有想要离开。她摸了摸那条狗的脖颈,上面没有戴项圈。没错,既然他们已经是朋友了,那就给它取个名字吧。

"你的颜色和它一样,那我就叫你'七叶果'吧。"艾莎说着把一个七叶果扔到小山上,让那条狗去找回来。它不一会儿就回来了,把果子放在她的脚下。艾莎喜欢那条狗靠在她身上。她弯下身,用手抚弄它那圆顶状的头和丝般柔软的耳朵。她惊讶地发现,它那橙红色的耳朵内侧也像天鹅绒般柔软。

艾莎搂着那条狗,它的尾巴重重地拍打在地上。这是一种非常简单的关系:我信任你,你信任我。我爱你,你爱我。我靠着你,你靠着我。听起来多么清楚啊!她信任和深爱她的养母,但养母却想让她离开。阿爸曾经说他们总有一天会团聚,那时她也信任他,可是,过了这么久,他还是没有来找她。

艾莎把头凑到七叶果的旁边,对着它的耳朵小声说话。我靠着你,你靠着我。

第二十九章

莉莉安娜深吸了一口气,她要准备好去见扎克的爸爸妈妈。刚走几步,她看电视时对那孩子及其家人的怨恨就已经消失了。走在林登路上时,她想起了扎克那温和的脸和他对森林里那个无家可归的老妇人的关心,他还曾帮忙发艾莎失踪的传单。这不是他的父母比我有影响力的问题,而是两个脆弱的年轻人在同一条街上失踪了的问题。孩子不在家,扎克的父母也一定每分每秒都遭受着地狱般的煎熬,这一点她再明白不过了。于是,莉莉安娜深吸了一口气,冷静下来,按响了门铃。她听到有人朝门口跑过来,于是往后退了一步。

"扎克!扎克,是你吗?"那复杂的彩色玻璃镶板上映出一个娇小的人影。尽管莉莉安娜能看见那个女人,可她仍然感觉自己被对讲机的屏幕监视着。她不清楚这种东西是怎么工作的。

"不,抱歉,我叫莉莉安娜,就住在这条街上。我是为了扎克的事来的。我见过他一两次……"

一个穿着淡绿色纱丽的女人突然打开了门,此刻她正用力地抓着莉莉安娜的胳膊。

"在哪儿？你在哪儿见过他？是哪一天？"

莉莉安娜用了很长时间才让那个女人明白她突然拜访的原因。当她终于解释清楚以后，那个女人才平静了一些。

"所以说，你也是看护人啊。我叫莎莉妮，很抱歉在这种情况下相遇。但怎么会发生这种事呢？"她哭泣道，紧紧地握着自己的手。莉莉安娜伸出手去，碰了碰她的胳膊，安慰着她。

"我老家里也有自己的孩子。现在，我感觉自己谁都没照顾好。你知道吗？我把扎克当成亲生儿子一样对待。"

莉莉安娜当然知道。她慢慢地点点头，内心深处的悲伤眼看就要涌出来，再次将她淹没。

"不知你听说了没有，他的妈妈也失踪了。"莎莉妮把手放在头上，好像连她自己都不相信自己说的话，"好在她并不知道这件事。"莎莉妮悲伤地摇了摇头，然后咬着她的下嘴唇。"我觉得那就是压倒他的最后一根稻草。那个可怜的孩子那么渴望见到她，可是，在紧要关头，她却遇到了麻烦——我们也不是很清楚。"

"抱歉，我不明白……"莉莉安娜打断她说。

"不，不，该抱歉的是我，是我没有说清楚！"莎莉妮深吸一口气说，"扎克的妈妈是杰西卡·约翰逊——也许你在新闻上见过她。她主要是在战争地区进行新闻报道……她目前在叙利亚。"

莉莉安娜觉得自己可能知道那个名字。一个身材瘦削、面容紧张、留着短发，还带着点儿苏格兰口音的女人的样子出现在她的脑海中。

"我简直无法相信——妈妈和儿子同时失踪了。扎克的爸爸卢卡斯已经回到伦敦了。他一边和新闻媒体交涉扎克的事,一边等杰西卡的消息。可怜的男人。"

"他不住在这儿吗?"莉莉安娜问。

"他在纽约。他们离婚了。"莎莉妮解释说。

莉莉安娜点点头。这一切接受起来很困难。人们的生活怎么会如此复杂呢?不过,她自己的婚姻也不成功。想起很久以前吵吵闹闹的日子,她叹了一口气。她渴望公寓里平静、简单的生活——和艾莎一起坐在小桌子前,往故事书上贴照片。看到莎莉妮这么难过,她犹豫了——可她知道自己必须坚持,看看这家人肯不肯利用他们的影响力帮忙找艾莎。也许他们能做一些她做不到的事,让媒体写一则简单的生活故事,报道同一条街上失踪了两个孩子。

最后,莉莉安娜离开时,已经过了午夜,莎莉妮保证她会告诉卢卡斯关于艾莎的事,并会试着找个记者去采访她。

两个女人在门口拥抱告别,紧紧地拉着对方的手,好像她们害怕其中一个放手的话,另一个就会跌倒似的。

第三十章

艾莎试着用索马里语和英语命令七叶果"等一等""过来""坐下"。当她用索马里语说的时候,那条狗把头歪向一边,似乎正在绞尽脑汁思考她在说什么。艾莎心想,七叶果的感觉也许就和她刚开始学英语时一样,人们对着她说一连串的话,她怎么也听不明白。有时候,她要花很长时间挑选出一些话,再把它们拼凑起来理解。她记得自己当初也和七叶果一样困惑。不过,以前那个让艾莎害怕的动物,现在能让她笑了,而她自己的笑声,又减轻了她的孤独感。

我要留在这里,直到东西都吃完。如果他们在那之前找到我,我就回莉莉安娜家。也许到那时,她就知道我有多需要她了。艾莎拍着七叶果的头,它那柔软的尖鼻子躲进她的胳膊下。我敢说,这条狗一定明白我的感受。如果这时候莉莉安娜出现在眼前,艾莎也会跑过去,将头埋进她的胳膊下。我怎么能像爱莉莉安娜一样去爱一个新认识的人呢?艾莎大声地说出了她的疑问。七叶果抬起头,望着她。难道它想对她说什么吗?她知道,从害怕转为信任,再变成爱,是有可能的,只是,她已经没有力气再重复一遍了。艾莎第一次想到,莉莉安娜提议收养的事,内心也一定很煎熬吧。

她爬到防空洞的顶上,走过一座小斜坡,到了溪边,看着流水中自己那不断移动的倒影。

第三十一章

扎克睁开眼睛，环视了一遍这个洞穴，此刻一片安宁。他觉得好像有人卸去了他身上的重负。他摇了摇头，试着理清思绪。现在，他能够更清楚地拼凑出发生的一切了——他跑进树林里，后来受了伤。一定是那个无家可归的老妇人埃尔德发现了他，并把他带到这里。可她这会儿去哪儿了呢？他小心翼翼地坐起来，忽然发现头已经不痛了。他用手摸了摸额头。她是什么时候绑上这些绷带的？他开始回想起一些细节。她昨晚在这里吗？或者今天早上，或者一两天前……时间已经混乱了。他只记得她强迫他喝一种很苦的药。他还记得她把药喂到他嘴里时他在想什么。我可能再也醒不过来了。他扫了一眼这里，看见晾衣竿上晾满了洋娃娃的衣服。她一定是疯了。然后，就在晾衣竿下，他看到了他的帆布背包。真奇怪，他连自己的名字还没想起来，就认出了这个包。老妇人告诉过他，他叫扎克，可是这个名字好像漂浮在某个遥不可及的地方，不愿跟着他。不管我是谁，也不管她是谁，我都得在她回来之前离开这里。

第三十二章

莉莉安娜凝视着布告栏上的照片。凯西太太从报纸上剪下关于扎克的文章，贴在寻找艾莎和那条丢失的狗的启事旁。

凯西太太和莉莉安娜一起看着照片，她的胳膊环绕在莉莉安娜的肩上，以示安慰。"这都是什么事啊！两个孩子失踪，还有那条狗。昨天我还在和阿肖克说，这一切——"凯西太太指着海报说，"让我们心神不宁，你知道吗？"

莉莉安娜点点头，但是继续看着艾莎的照片，好像全神贯注地看着她的照片，她就会回来似的。

"可是我都在想些什么啊？你看上去脸色很不好。来，莉莉安娜，先坐会儿，喝杯茶吧？"凯西太太指着人行道上的一张小金属桌子和两把椅子说。这是她为艾奥娜准备的，这样她就不至于坐在地上卖杂志了。可是，凯西先生开玩笑说，她整天和朋友们坐着聊天，他们干脆开一家咖啡馆好了！凯西太太还记得那天她搬出桌椅，邀请艾奥娜过来坐时的情景。

*

"我不需要这些！我坐在地上挺好的。"艾奥娜说。

"可你得看起来专业点儿啊,你是在工作,这就是你工作的地方。"凯西太太坚持说。艾奥娜跳起来,在她脸上亲了一下,这让她很惊讶。

凯西太太从没和别人说过这件事,可那是她第一次在心里对那个女孩产生了母亲般的爱。如果是因为她从没感受过自己孩子的祝福,那又怎样?为什么这个任性的流浪女能让她感觉到温情,原因重要吗?就在搬出桌椅的那一天,她决定,无论艾奥娜多么执拗,她都会尽一切可能帮助艾奥娜。

"我想去森林里散散步,看能不能找到那个无家可归的老妇人。"莉莉安娜叹了一口气说,"你不知道,她可能见过艾莎。"

"埃尔德吗?也许吧。她很快会到我这儿来取她的罂粟花。每年的这个时候她都会来。罂粟花、大头针和金色钢笔。别问我她要这些做什么——不管我问多少次,她都不告诉我。可是她每次都要那种金属的、金色的、中等笔尖的笔。所有的东西都很特别!"凯西太太笑了,然后认真地做个了小小的手势——将拇指和食指合在一起,一只手扭来扭去,"罂粟花也是,她说不要红色的,只要白色的。我们通常会为埃尔德准备一点儿白色的,然后放些传统红色的到柜台上卖。可是今年,阿肖克存了一盒,两种颜色都有。他喜欢和顾客讨论白色罂粟花和红色罂粟花的不同意义。有一天,我回来的时候,他正在讲他的锡克教兄弟在两次世界大战中的经历!我说,'阿肖克,他们只是来买牛奶和面包的!'他对我说,'这你就说错了,人类不能只靠牛奶和面包生存!'我说,'好吧,

137

如果你不说话，他们可能还会买点儿别的东西！'他唯一能想到的回答是，'你倒是会说呢，亲爱的！'"

莉莉安娜笑了。和凯西夫妇聊过后，她总会感觉好一些。

"你知道吗？是我帮埃尔德染的头发。从二十世纪七十年代起，她就来找我做头发！"

"你开玩笑的吧！"

"没有开玩笑。她不愿留在防空洞里。她说她受不了住在混凝土墙里面，所以，我尽可能帮助她。很多年前，我发现她喜欢我用散沫花给她染的头发，所以，她来的时候，我就把那些令人毛骨悚然的虱子清除干净。有时候，如果我使用她带给我的、特制的接骨木药膏，她还会允许我靠近她的脚边。那种药膏对我这又老又硬的脚很有用。"

"别说了！你一说到虱子我就浑身发痒！"莉莉安娜抱怨道，开始抓自己的头皮，"不过，凯西太太，你真是个圣人！我可以自己用散沫花染发、自己贴药膏……"莉莉安娜叹了一口气，然后用双手捋过她那硬实的头发。

"不！不！不是圣人！"凯西太太咬着一块煎饼反驳道。"我只是一个爱吃甜食的、简单的女人，喜欢帮一点儿小忙而已——我就是那样的！"她捏着肚子上的一圈肥肉笑着说。

莉莉安娜也跟着笑，但她也知道，凯西太太明显只是为了分散她的注意力，不让她过于悲伤。

"别担心。我会问埃尔德是否见过你家艾莎的。我跟你说，我有一种正面的情感。那些新时代的人们怎么说来着？'良好的共情'，是吗？"

莉莉安娜捏着凯西太太的手说："这让我感到羞愧——

像埃尔德那么大岁数的人,连个遮风避雨的地方都没有。"

凯西太太把头从这边偏向那边,似乎在说,她可不这么认为。凯西太太说:"埃尔德多大年纪了?我不知道。给她提供了避难所,但是她又不去住。能怎么办呢?你又怎么知道她没有一个被她称为'家'的地方呢?"莉莉安娜笑了。凯西太太那些精彩的故事总是从疑问开始的。"我们开业那天,埃尔德是第一个进店的人。对此,我记忆犹新。她进店来买绿油布。阿肖克只有蓝色的,就在里屋。他说,'我免费送给你。'可她坚持只要绿色的!"凯西太太做出一副失望的样子,用手敲着头说:"我们为了开业的事忙得不可开交,于是我让阿肖克告诉她,这不是五金店,乞丐是没得选的,明白吗?可他却想,如果他满足了她的愿望,那么我们的生意就会受到保佑。我还能怎么说呢?"

"确实无可辩驳!"莉莉安娜笑着说。

"可不是嘛,所以,阿肖克就去买了绿色的油布,下一次埃尔德来的时候就给了她。她可高兴了!我们问她要把它带去哪儿,但她开始念念有词,没有告诉我们。我们觉得她在这附近应该有个家。也许就在森林里。"

莉莉安娜也记得凯西夫妇开业时的场景。那时,她已经把自己的女儿们抚养成人了。这对夫妻人很好。后来,他们认识了她收养的孩子们,有一次,凯西太太还问莉莉安娜,她自己怎么样才能收养一个。这对夫妻在这个社区的地位很重要,她难以想象没有他们会是什么样子。

"我会问问艾奥娜的。那个女孩一天到晚都在街上找她的狗。谁知道呢,也许她碰到过艾莎。"凯西太太说着指向那幅褪了色的、用粉笔画的雷德。"也是值得一试的。虽然这女孩有点儿没礼貌,但怎么说呢,她是个有口无心的人。"她笑着说。莉莉安娜的心里却沉重起来。

凯西太太继续说:"我已经把她为那条狗画的画像送去皇家艺术学院展览会了。我知道这有点儿不妥,可她又怎么明白,如果不接受帮助,生活会变成什么样呢?"她把一个手指放到嘴上,接着说:"但你可不要告诉她——她对自己没信心。"她冲艾奥娜点点头,那女孩正抽着烟走在人行道上,朝她们走来。

"还没找到雷德吗?"凯西太太朝她喊道。

艾奥娜沮丧地摇摇头,猛吸了一口烟。

"你为什么拿这种有毒的东西来毒害你的肺啊?"凯西太太指责道。

"你还卖烟呢!"

"但不是卖给你的,而且绝不卖给儿童!"凯西太太看起来有点儿生气。

"好吧,可我不是儿童,不是吗?"

"你也不是大人。"凯西太太对她说。

"我十九岁了!"艾奥娜伸出她那带舌钉的舌头说。

"哈!那是你自己说的!你知道我不相信,那是你自己编的……"凯西太太摇了摇头说,"你实际上多大?"

艾奥娜耸了耸肩说:"有什么关系呢?"

"有关系的,好吗?你为什么不告诉警察你只是一个孩子呢?那样,他们就会找人照顾你了。"

"我不需要人照顾!别管我,好吗?"说着,艾奥娜把烟头扔在了人行道上。

凯西太太走进商店里,嘴里还在喋喋不休:"我知道,我是需要人照顾的,凯西先生也是。对吧,阿肖克?"

"玛拉,你说什么就是什么!"凯西先生的笑声从商店里传出来。随后,凯西太太拿着一个簸箕、一把扫帚、一个三明治和一盒果汁走了出来。

"你为什么就是和别人不一样呢?"她问。

艾奥娜没有回答,而是伸手去拿三明治。可是,凯西太太指了指地上的烟蒂,把簸箕和扫帚递给了她。艾奥娜叹了口气,把那一小块地方扫了扫。

"马上去洗手。"凯西太太命令道。艾奥娜抬头看了看天,然后走进商店里,她嘴里嘟嘟囔囔着,还差点儿与走出来的凯西先生撞了个满怀。凯西先生走出来,又在桌边加了一把椅子。艾奥娜回来后,拿起三明治和果汁,盘着腿坐在人行道上,并不去坐那把椅子。她一边吃,一边用手指在褪去的粉笔画上描摹。

"听说你的狗丢了,很遗憾。"莉莉安娜平静地说。

女孩抬头看着莉莉安娜,嘲讽道:"你瞎操什么心?"

凯西太太拍了拍艾奥娜的肩膀。"女士,不要用那种语气和我的朋友说话!不是只有你一个人遇到了麻烦。"凯西太太指着橱窗里艾莎的照片说,"她的孩子失踪了。"

"她不怎么像你啊,不是吗?"艾奥娜笑着说。这女孩一番难听的话,让莉莉安娜退缩了。她从没见过有人在一只耳朵上穿了这么多洞,可真正刺痛人的是从她嘴里说出来的话,那些话令她很不舒服。莉莉安娜心想,和她所遭受的痛苦比起来，做这些只不过是小孩子的游戏。

"我是她的养母。"莉莉安娜解释说。

"那你就没必要关心了。"艾奥娜突然说了一句。

"我是没必要关心，但我就是关心，就像凯西太太在这儿照顾你一样。"莉莉安娜看见艾奥娜脸上的表情变得柔软了。

"这么说还算公平。我会帮你留意的。"

"还有那个男孩。"凯西太太指着扎克的照片说。

艾奥娜看着扎克的照片，皱了皱眉头。"我现在成了什么——替邻里看小孩儿的吗？"艾奥娜吃完了三明治，站起来，径直走了，既没有说再见，也没有往后看一眼。

"今天不卖杂志了吗？"凯西太太在她身后喊道，"客户会减少的，说不定会去找其他销售人员……"

"反正雷德不在我身边，也没人有兴趣买！"

第三十三章

汽笛声"嘀嘀"响个不停。人们跑着穿过森林,一个小男孩跌跌撞撞地从防空洞的石梯上走下来,后面还有一个年龄大一点儿的女孩。"来啊,爷爷。"她说,还有一个女人领着一个走路不稳的老人。小男孩坐在凳子上,晃着腿。

"爷爷,我们来玩一个游戏好吗?"

老人吃力地喘着粗气,从口袋里掏出一个小袋子。他从里面倒出一个球和一些小小的、带叉子的金属物。他把它们倒在面前,然后把球弹起来,开始拣那些银叉子,最后再用拣叉子的那只手接住球,看看在接球之前能拣多少个。"打败我啊!"他向小男孩发出挑战。

他站起来,走到墙边,在墙下面画了一条线。他在一边写上"艾迪",在另一边写上"阿尔伯特",还有日期:

1940年9月4日

阿尔伯特　　　　艾迪

"你要玩的话,要给我们的艾迪一次努力的机会哦!"那个女人笑着说,但老人似乎有点儿难过。

"爸爸,对不起,我不是故意让你难过的……"

老人摇摇头,擦了擦眼睛。

"要拣十个吗?"他问小男孩,小男孩满腔热情地点着头。

"我会赢你的,爷爷!"

这次该轮到小男孩扔球了,他把十个金属物全都捡起来了,然后接住了球。老人把笔交给小男孩,他骄傲地在墙上写下了分数。

  阿尔伯特   艾迪
    \\   \\

"我说过我会赢你的!"

"是打败你!"女人纠正他,"你可以吃些东西再玩。"她说着打开一块包着三明治的布,把三明治递给女孩。女孩拿了一块,然后依次往下递。艾迪拿起他的那一块,馋嘴地吃起来。

"那个外国女孩是谁?"艾迪朝艾莎的方向点了点头问道。他看了看艾莎,又继续吃。

"艾迪,别这么没礼貌。给她一个吧。毕竟她不嫌麻烦走了进来,还把这里打扫得这么干净。"

"可她睡在我的床上。"小男孩抱怨道。

"艾迪·洛伊,别这么自私。你已经使用了很久啦。她现在需要它!别担心,亲爱的,你不是一个人,我们会在这儿照顾你的。我叫佩吉。"女人对艾莎笑了笑,然后递给她一块三明治,"你饿吗?"艾莎点了点头,然后开始吃起来。

"你叫什么名字啊?"女孩问。

"艾莎。"

"我叫梅西,"女孩甜甜地笑着说,"你可以和我一起坐!"

"艾莎,"那位妈妈重复了一遍,"真特别。我之前从没听过艾莎这个名字,你呢,阿尔伯特?但是很好听,对吧?"

听到七叶果的叫声,艾莎突然从梦中惊醒。那条狗正走来走去,在凳子边上嗅着什么。艾莎拍了拍它的头,然后往睡袋里缩进去一点儿。七叶果跳到床上,艾莎转身抱紧那条狗,直到他们的心跳恢复正常。

"你也看到那些人了吗?"艾莎问。七叶果把头埋进艾莎的外衣袖子里,发出"呜呜"的声音,好像是在回答她。

光线从艾莎放在入口处的常青树的树枝间透过来。前天晚上,她听到了狐狸的嗷叫,就像女人的尖叫声一样,她用手捂住了耳朵。她担心在睡觉的时候,狐狸会进来。

艾莎拉开睡袋的拉链,站了起来,把树枝推到一边。这些树枝起到了作用,不仅挡住了狐狸,还挡住了缭绕的雾。此刻,那些雾正自由地往防空洞里钻。艾莎又看了看艾迪和阿尔伯特的比分。就是这么简单,我看了墙上的字,然后开始想象名字背后那些人的样子。那些人都是我编造的。一有动静,七叶果就会察觉——比如老鼠在地上跑过。就是这样,这里什么都没变——那么,为什么感觉那家人好像真的在防空洞里照顾她,在她睡觉时陪伴她呢?

艾莎打了个冷战,她的肚子开始叫了。她穿上外套和运动鞋,爬上石梯,把她用来数天数的七叶果扔进雾里。大雾缭绕在她的头顶,深深地笼罩着她。七叶果在入口处嗅了嗅,开始呜咽。艾莎看了一眼那棵高大的松树,它的孢子叶球已经开始往下落。今天,她没看见那些蓝背鸟的踪迹,也没听到它们欢快的歌声。

"走吧,七叶果,只是雾而已。"艾莎试着把那条狗哄过来,可它站在入口处不肯动。艾莎看向那被雾缩小的世界,头顶是深色的树枝,它们就像弯曲的四肢一样凸出来,也不知来自何处。这略带金属味的、潮湿的雾,就像城市里被污染的烟雾。艾莎爬到防空洞的顶上,往溪边走去,可是她就连自己放在前方的手都看不见。于是她退到了入口处,七叶果用鼻子紧紧地挨着她。那条狗一下把脸歪向这边,一下又歪向那边,它的头看起来就像漂浮在一朵云上。艾莎回到防空洞里,拿出火柴。她收集了一些树叶和细枝,想在外面生一堆火,但所有的东西上都有湿气,火总是熄灭。

"七叶果!今天我们得在这儿吃东西了。"艾莎对着那条狗说,可七叶果徘徊在入口处,不停地呜咽。难道那条狗也觉察到了战时那家人的存在吗?

最后,艾莎用尽浑身解数,终于慢慢地把那条狗哄进防空洞里。她坐下来,饿得有点儿发晕。于是,她打开一罐蛋奶冻,开始往嘴里倒。她还在一片干净的叶子上倒了一点儿,给七叶果吃,可是那条狗嗅了一圈,然后蹲在那里不肯吃。防空洞里光线昏暗,湿气已经渗进了每一个地方。艾莎爬回睡袋里,七叶果躺在她的旁边。天色不像黎明,倒像是黄昏。

艾莎渴望回到学校，和穆娜聊天，或躺在莉莉安娜家的她的房间里。她对自己说，打败你的只是你的想象。她又不断想起梦里的场景，还有埃尔德的话："你可以和其他人分享这些苹果。"

艾莎提醒自己，别被你的想象控制了。你是在一座森林里，只有一个无家可归的老妇人，没有其他人，这些苹果也没有问题。

艾莎拿起一个苹果，咬下一大口，然后转身对着七叶果。"我们这一整天做点儿什么呢，我和你？"

她说着又躺回床上，七叶果在一旁用鼻子蹭她。艾莎的胃在翻动，她觉得自己好像生病了。她闭上眼睛，想听听"森林乐队"的奏鸣，可是，那两只鸟今天没有叫。有那么一刻，她仿佛听到远处有人在喊叫，七叶果也站起来，竖起了耳朵。可是，大雾消去了一切声音，营造出一种怪异的安静，将艾莎困在其中。

第三十四章

凯西太太和埃尔德挤进商店的里屋,里面堆满了存货。角落里有一个水槽,水槽前是一把椅子。埃尔德坐在椅子上,凯西太太往她那湿润的头发上涂抹散沫花染发剂。最后,她用塑料袋包住埃尔德的头。

"像捡破烂的女人!"埃尔德大声地笑自己,凯西太太拍了拍她的肩膀,也笑了。埃尔德就是这样,总是出其不意地出现。有一段时间,她每周都会来,可是,过后,她就莫名其妙地消失了,他们一个多月都见不到她。凯西太太不知道埃尔德什么时候会来,所以,她总希望充分利用她来这里的时间,尽可能地帮助她。于是,在等染发剂固色的时候,她把埃尔德的双手浸湿,涂上埃尔德自制的药膏,然后把那像角一样的指甲剪掉。凯西太太一边做这些,一边和她聊天。埃尔德今天倒是很爱说话。

"他们要把我关在我自己的森林里。'到防空洞里来,到防空洞里来,'他们说,'这里干净又温暖,我们会给你东西吃,让你有地方睡,保证你的安全,为你治好皮肤。老埃尔德,你太瘦了。'全是建议,很贴心,可是埃尔德知道,他们只是想把你锁起来。混凝土墙守护不了吉普赛人的灵魂……他们没能把我关在防空洞里。所以,现在要把我锁在我的森林外边,或者里面。灯也灭了,还有宵禁,真可恶!"

"埃尔德,不是你想的那样。女警官告诉我,他们是担心万圣夜和烟火才把森林锁起来的。只有这样,那些年轻人才不会去那里搞恶作剧。"凯西太太一边为埃尔德洗头,一边向她解释,"你在森林里见到过什么孩子没有?就是我指给你看的那两个,他们的照片还在橱窗里。他们还没被找到呢,你知道吗?"

埃尔德摇了摇头。"窗户里的那条狗多少钱?那条拖着尾巴的……"埃尔德唱道,凯西太太则一缕一缕地为她梳理着头发。

"对了,森林的大门锁了,你又是怎么出来的呢?"凯西太太问。

"埃尔德又不傻!从吉普赛人的门里出来。在栏杆上找一个大点儿的洞,埃尔德就从那里挤出来,要脱掉几层衣服,还得缩紧身体。"

"你从雾里走出来的时候,我觉得你看起来很瘦。"凯西太太把埃尔德那凌乱的头发分开,检查了一下梳子,对着在拇指指甲缝里爬动的臭虫做了个鬼脸,掐死它,然后满意地叹了口气。

"没错!我这破烂的衣服下确实没多少肉!"埃尔德说。

"你确定不想洗个澡、换身新衣服吗?"

埃尔德摇了摇头说:"我要去溪边。那里的水最干净、最

149

新鲜,它能冲击心脏,让它前行,阻止它减速。"

凯西太太点了点头,走到一个橱柜前,拿出一条白色的毛巾,递给埃尔德。"答应我,下周再过来,我再给你梳头,好吗?"凯西太太说。

"答应了就答应了,答应了!"埃尔德点点头,闻了闻干净的毛巾,好像它有着全世界最香的味道,然后,她把它抱在肚子上,头往后倾斜进水槽里。

凯西太太帮埃尔德冲完头后,拿出一个塑料碗,装满温水,又往里面加了几滴抗菌剂。库房里仿佛有了医院的味道。她拿起埃尔德的一只脚,放进碗里,然后换另一只。埃尔德的头向后仰,痛苦地退避着,但她的脚还泡在水里。凯西太太的手温柔地滑过埃尔德那受伤的而又干裂的脚底,埃尔德脸上的表情开始放松。

"温度还好吗?不会太烫吧?"凯西太太问。

"我在天堂,在天堂了!"埃尔德闭上眼睛说。

凯西太太笑着走到商店的前面,然后手里拿着一双袜子回来了。

"这么冷,穿双羊毛袜吧!"凯西太太说着慢慢擦干那脱了皮的脚趾,然后把袜子穿到埃尔德的脚上,"我还买了惠灵顿长筒靴呢。擦干脚一定感觉舒服些了吧?"

埃尔德严肃地点点头,说:"湿气和冷气爬进了你的灵魂。"一想到此,她就打了个冷战,直到头皮感受到吹风机的热气,她才放松下来。

凯西太太最喜欢的就是替埃尔德吹头发。每次吹完头发后,埃尔德都会生机焕发。凯西太太发现,如果她放一些老歌,比如薇拉·琳恩和法兰克·辛纳特拉的，埃尔德还会跟着唱，有时候还会慢慢地围着商店旋转。她现在就是这样，顶着一头干净又干燥的鲜红色头发，穿着绿色的新长筒靴，慢慢地旋转。

埃尔德正在跟着唱"我们还会相遇，不知何地，不知何时……"，这时，凯西太太问道："克丽丝特尔怎么样啦？"

埃尔德立马停了下来，一脸怒色。

"我是不会把真的宝宝单独留在森林里的。你怎么想我的呢？"

凯西太太已经习惯了她这种喜怒无常，于是，她顺着埃尔德，换了话题。"要点儿茶和萨莫萨炸三角吗？"她一边扶着埃尔德的胳膊，把她领到商店前面，一边问道。埃尔德来找她已经好几年了，可她还是没能探听到那个老妇人的故事。

"哦——嚯！"看到做了头发后的埃尔德，凯西太太拍手叫道，"她就像从电视广告里走出来的欧莱雅女孩！"

埃尔德笑着回应她的赞美，然后把她那拉斐尔前派风格的头发甩到肩膀后。有那么一会儿，你可以根据她这个骄傲的动作猜出她年轻时的样子。

"不吃点儿吗？"凯西太太向萨摩萨三角点着头问她。

"就像我的小麻雀们一样胃口很大哟！"埃尔德说。

出去的时候，她停了下来，看着布告栏。

"如果你看到这些孩子，会告诉我的，对吗，埃尔德？"凯西太太提醒她。

埃尔德看了一会儿，然后慢慢地点点头。她都已经走远了，还在点着头。她打开牛津饥荒救济委员会衣服储库的抽屉，里面塞满了衣服。她从里面拉出一些袋子，挑了几件衣服出来，塞进她自己的袋子里，然后消失在浓雾中。

随后，传来一阵尖锐的刹车声和一个男人的喊叫声："看着点儿路，你个老东西！"

凯西先生匆匆走出商店，和他妻子站在一起，朝雾里望去。过了一会儿，当他们听到埃尔德又开始絮絮叨叨时，他们俩都松了一口气。

"埃尔德知道什么呢？太慢了。埃尔德没看见过什么孩子，只有克丽丝特尔。老东西，太瘦了，把她锁在里面，锁在里面。"

埃尔德走到路的另一边，弯下腰，把一根断了的栏杆取下来，然后四肢着地，爬了过去。

"站着爬，爬着站，快走啊，埃尔德。"她试着挺直那吱嘎作响的脊椎，可是身体不稳，绊倒了。走路的时候，她似乎要费很大力气才能保持平衡。"一、二、一、二，再来啊。埃尔德，坚持下去。"

第三十五章

　　扎克站起来的速度快了点儿,他的头有点儿晕,肚子也饿了。他抓起帆布背包,收紧绳子,把背包挂到背上,然后走出了洞穴,走进雾里。在那用树枝搭成的、低矮的门口,穿着一个由成百上千片红叶编成的叶环,叶子上写满了金色的、发光的字。最外边一层的一片叶子上认真地写着"扎克"两个字。他伸出手去,碰了碰那些字,心里想起了什么。那是我的名字。"扎克。"他小声念道。此刻,他靠近了看,发现每一片叶子上都写着一个名字,好像埃尔德在把人们收集分类似的。叶环外边那些金色的字还很新鲜,那些叶子看上去像是不久前才插上去的。他隐隐约约认出了一些名字。"艾莎。"他小声念出这个名字,脑海中立即浮现一个女孩站在阳光下的画面。扎克找到叶环的中心,那些金色的字快要褪色了。在那成百上千片叶子中,埃德文的名字赫然映入他的眼帘。可是为什么呀?这些叶环是用来干什么的?圣诞节的时候放在门口吗?还是……葬礼的时候用?扎克感到脊椎一阵刺痛。

"埃尔德带走了暴风雨。别怕,埃尔德在这儿!"

她的声音越来越近,扎克走进雾中,跑离了她声音的方向。树木就像巨人一样隐约出现在他的面前。偶尔有树枝将他绊倒,他又爬了起来。过了一会儿,他停下来,在背包里寻找手电筒。他装手电筒了吗?还是那也是他想象的?他一路跑着,感觉自己之前好像来过这里,是跟着什么人来到这里,跌跌撞撞地在林间穿梭。当他看到前面有一个男人穿着卡其色的军装艰难地走在战壕里,还不时地回头朝扎克喊时,他突然僵住了。

"是我——埃德文啊!别害怕啊。你现在和我在一起了……"那个年轻人向扎克招手,好像扎克是属于他们部队的,而他负责召回他似的。"埃德文。"扎克小声地说着这个名字,而这个名字也被写在了埃尔德的叶子上。

扎克从一个低矮的栏杆上纵身一跃,迎面扎进一丛荆棘里,荆棘的刺扎破了他的皮肤。他挣扎着站起来,扯出衣服。他踩着荆棘,走到一块空地,筋疲力尽地倒在地上。然后,他打开背包,在里面到处翻找,最后找到一根香蕉,便狼吞虎咽地吃起来。过了一会儿,他的头脑镇定下来。他闭上眼睛,脑海中全是一个女人的样子,她面容憔悴,眼睛是浅蓝色的,留着一头棕色的短发。她把手放在他的头上,抚摩着他的头发,他的嘴里不自觉地喊出一声"妈妈"。

他从背包里拿出睡袋,爬了进去,只听她一遍又一遍地小声说:"回家吧,扎克。安全地回家。"森林里一片死寂,好像小鸟和其他动物感知到了危险逼近,所以躲了起来。一阵沉闷、狂暴的雷声过去,天空暗了下来,一场猛烈的暴风雨释放出所有的威力。几秒之内，一切都淋湿了。被炙烤已久的泥土的气味飘进扎克的鼻子里。扎克胸口一紧，开始咳嗽，咳嗽又变成嘶哑的叫声，他的胸口开始疼痛。

"撑住啊，老兄，别放弃。没有多远了。"那个士兵把他拉起来，鼓励他。埃德文拉开湿透的睡袋，把它塞回扎克的背包里，开始在灌木丛中爬行。他摸了摸口袋，想找一张地图，他以为自己放进去了，可却什么也没有。再说，如果我不知道自己是谁，不知道我在哪儿，也不知道我在找什么，那么，地图又有什么用呢？他的记忆正在以片段的形式回来，可是它们很混乱，很难拼凑起来。那时，他甚至都不确定自己想起的是事实还是梦。打包的时候，毛巾里是不是包着钱包和其他什么东西？是一张照片。他想起来了，是一张父子俩的黑白照片。可是照片上的人是谁呢？是他爸爸和他吗？雨水从他的头发上滴下来，这一连串奇怪的东西开始浮出水面——是什么呢？是记忆、梦还是幻想……扎克看着前面的士兵埃德文，他又在前方召唤他。你想要我做什么？我为什么要跟着你？扎克很想问他，可却没有问出口。

"继续走啊，如果我们团结一致，就能走出这里。"那名士兵鼓励他说。

扎克感觉自己好像就要走出世界的边缘。他痛苦地往后退缩。那个老妇人对我的头做了什么？

第三十六章

"我的朋友,你怎么了?"见七叶果在颤抖,艾莎问道。

七叶果轻轻地把艾莎推了回去,然后抬起头,嗅了嗅空气。艾莎感觉一阵冷气刮了进来。头顶的天空雷声轰鸣,一阵滚雷回荡在树林里,然后,雨突然下起来,打在防空洞的顶上,发出震耳欲聋的声音。

艾莎闭上眼睛,试着想些高兴的、安全的事。她想着小时候阿爸搂着她的肩膀把她抱起来,想着和莉莉安娜一起吃热巧克力,想着和穆娜还有其他朋友们一起唱歌。一开始,艾莎只是小声地哼,到后来,唱着姨妈为她唱过的摇篮曲时,她的声音变得越来越大。七叶果抬起头,专心致志地听着。艾莎停下的时候,七叶果又推了推她,好像在让她继续。听见自己的声音盖过了雨打屋顶的声音,艾莎的心里感到一些安慰。她一边唱歌一边拍着七叶果的背,最后,那条狗安静下来,他俩都迷迷糊糊地睡着了,然后又迷迷糊糊地醒来。

*

艾莎坐在拉鲁姨妈的腿上,姨妈唱着她最爱听的摇篮曲。

拉鲁姨妈的声音低沉而粗哑。

"宝贝儿,现在轮到你唱给我听了。"拉鲁姨妈说。

艾莎那温柔的声音伴着歌词响起来,拉鲁姨妈的双手扣在一起。"你唱得和我亲爱的姐姐阿米娜一样好。真遗憾我没能遗传到你阿妈那样的声音,不过,看她给了你多好的天赋啊。"

第三十七章

扎克的身体冷得发抖。他的头又痛又紧,虽然那个年轻的士兵还在鼓励他,但他知道自己已经走不动了。就在这时,不知从哪里的地下响起一首动听的歌。扎克试着听清歌词,可那是用一种他听不懂的语言唱的。不管那甜美的歌声从哪里来,总之,他可以确定,绝不是从埃尔德的肺里发出来的。扎克循着歌声,左转,右转。他感觉自己以前听到过这个声音。他继续在雨中穿行,那声音变得越来越大,越来越近。那歌声好像在把他往前引领,虽然他时常被绊倒,可他感觉自己是在走向安全之地。

艾莎闭上眼睛,想听着摇篮曲沉沉地睡去,可是有东西在不停地抓她的胳膊,把她拉了回来。她睁开眼睛,看见一条狗正看着她,她吓了一跳。她站起身,从梦里醒来,回到现实中。那条狗用鼻子在她身边推啊推,好像要彻底把她推醒似的。

"七叶果,我的朋友啊,"她揉着眼睛小声说,"你为什么不让我睡觉呢？"

她打了一个呵欠，林地覆盖物的味道让她清醒过来。七叶果呜咽了一声，继续抓着艾莎，颈背上的毛都竖了起来。艾莎伸出手，抚摸它的头，想让它平静下来，可是七叶果的呜咽声更大了。

"你到底怎么了？"艾莎问道，跟着那条狗走了出去。

扎克脚下的土地消失了。他试着寻找一个立足点，可是没找到，于是他仰着滑了下去，水在他的两旁冲出了一座陡峭的泥坡。他在雨水中摸爬滚打了一番，还用手去抓泥巴。出于本能，他蜷缩着身体，用手臂护着脸，任水流将他冲走。他的头撞在地上，头部一阵剧痛，最后，他终于停了下来。扎克的脑中浮现出洋娃娃的头从身体里脱落的画面。他擦了擦脸，好像是要同时擦去这个画面和那厚厚的泥巴似的。他睁开眼，一条狗正看着他，气都喘到了他的脸上。它的后面，站着一个戴着蓝色头巾、面容如天使一般的女孩。一个名字从他心底浮现出来。

"艾莎。"他小声叫道。

第三十八章

"忘恩负义的孩子。克丽丝特尔,你为什么要把他留在这儿啊?现在你也别喊了。对不起,这没什么错。不是你的错。"埃尔德捡起洋娃娃,把她抱在怀里,"我知道,我的宝贝儿。你会一直在我身边。你永远不会离开我的,我的甜心,是不是?"

埃尔德坐在她洞穴的门口。"我们在这儿等着雨停,滴答,滴答,天哭个不停。"她把脚抬起来,欣赏着她的新威灵顿长筒靴,"没有塑料袋来包我的老脚了。人们以为埃尔德是个老疯子,住在水沟里。可是埃尔德看见地星着陆了。我的克丽丝特尔,你是第一个,还有那个戴蓝色头巾的女孩儿,还有那条狗——就是三个了。然后,那个叫扎克的男孩又掉进我的巢里。"她站了起来,走到婴儿车旁边,打开毛巾,拿出那个石膏制品、埃德文和阿尔伯特的黑白照片和一张撕毁了的地图。"四个迷失的灵魂,可是埃尔德的树枝上有五片叶子,有时候还会更多。五片小叶子聚集在埃尔德的森林里,如果它们留下来,还会在五月开花。我们会把它们那闪闪发光的头聚在一起……雨停了我们就走,你和我,我的克丽丝特尔。我们发现最后遗失的地星在独自漫步,在寻找她的狗,可怜的孩子。现在差不多了……再多一片叶子就好了。"

埃尔德把回收再利用的袋子扔在地上,将克丽丝特尔放进婴儿车里,然后把车推到洞穴外面坑洼的路上。那摇摇晃晃的轮子溅起很多泥巴,溅到了她的衣服和脸上。

"需要一块挡泥板。凯西太太把我打扮得这么漂亮,可我现在却浑身脏兮兮的,但你得出去,不能躺着,真为你感到抱歉。"埃尔德倚靠在婴儿车上往前走。

"哦,看啊!那是我呼出的气,温暖的呼吸,冰冷的空气,龙的气息,龙的头发!"埃尔德用手指穿过长长的头发,但却在中途卡住了,"埃尔德的叶冠又缠在一起了,天气把人折磨得真难受。"她把婴儿车往路的上方推,推向森林边的铁栅栏。

"太颠簸了吧?我会带你离开的。"她对克丽丝特尔说,然后把她抱在臂弯里,观察着她上一次爬过的"吉普赛人的大门"。地上湿透了,湿气渗入了她的每一层衣服和她的骨头。她的头最先探出来。她把克丽丝特尔抱在身前,朝人行道走去。

"搞什么鬼!"艾奥娜向后绊倒了。"对不起,埃尔德!"她认出是埃尔德从森林里出来,便含含糊糊地说了一句。埃尔德重重地坐在人行道上,喘着粗气。

"苹果从树上落下来,不会落得太远。"埃尔德笑着对艾奥娜说,"我是回来找你的!"

艾奥娜已经很久没有这么仔细地看过埃尔德了,她是真的老了。每一次见到她，闻到她身上的恶臭，艾奥娜都有一种想远离她的冲动。如果她这辈子都住在街上，拒绝一切帮助，她最后会像埃尔德一样疯癫、一样凄惨吗？

"可以帮我照顾克丽丝特尔吗？"埃尔德问。艾奥娜照她说的抱起洋娃娃，坐在那个老妇人的旁边，听着她喘气的声音。艾奥娜看着埃尔德的皮肤，好像是从她的颧骨上凹陷下去的，好像她的身体里再没有什么能将它撑起来了。只有这个洋娃娃陪着她，这些年她是怎么活过来的呢？如今，雷德不见了，我感觉就像当日从爱奥那岛乘渡船离开时一样孤独。她把胃里的东西都吐进海里时，那个摆渡者说了什么呢？那是多年来最糟糕的一次渡河。太糟糕了，然而，这种糟糕的感觉比渡河本身持续得更久。那天，她离开了曾经的世界里的一切人和事，甚至隐姓埋名，借用了那个小岛的名字。

"变天了。"艾奥娜看着黑压压的天空低声说。

埃尔德点了点头，从艾奥娜的膝盖上抱下克丽丝特尔。"抱她的时候小心她的头，要用手托住，你一点儿都不知道怎么照顾宝宝吗？"

"不太知道。"艾奥娜说。

两个人安静地坐了一会儿，看着路上。艾奥娜心想，我一定是没救了，因为我竟然觉得和埃尔德一起坐在这儿比我一个人坐在这儿好。这时，一个穿着打蜡夹克和带扣子的绿色长筒靴的男人朝她们走来，他的金毛猎犬穿着一件漂亮的外衣，连艾奥娜都不曾拥有过这么好的东西。她像往常一样这么想到。他会在前面遇到很有趣的东西，有趣到可以隐形，是什么东西呢？如果他就是这么计划的，那么，是他的狗毁了他的计划,因为那条狗正在艾奥娜周围嗅来嗅去。

"你的衣服可是专门设计的哦!"艾奥娜拍着那条狗笑着说,她说话的时候,眼睛却看着那个男人。

"你就是那个丢了狗的女孩?"男人问。艾奥娜点了点头。"我从报纸上看到的。"他解释道,然后从口袋里掏出十磅纸币。

"我不接受施舍,"艾奥娜一边翻着袋子一边说,"给——买一份《大事件》杂志吧。"

"留着吧!"男人说着,又把钱递给艾奥娜。

她的一只手握紧拳头,仍然不接受,另一只手则把报纸塞给他。"拿着!"她命令道。

"我不想要!"男人说,手里还拿着那十英镑纸币。

"为什么不要?你可以了解一些东西!"艾奥娜冷笑道。

"随便你!"男人耸耸肩,准备把钱放回他的口袋里,可是还没等他放回去,埃尔德一把抓了过来。

"给你们买一顿热饭吧。"穿着打蜡夹克的男人说,他的眼神曾有一瞬间落在埃尔德和她的洋娃娃身上,他的脸上闪过一丝怜悯的神情。看到他流露出真切的同情,艾奥娜心想,也许我误会你了。"已经冷得刺骨了。"他说着走开了。

"好像我们不知道有多冷似的!赶快走吧。你回到你温暖的家里,坐在炉火旁边去吧!"艾奥娜在他身后大声喊道,男人走上小山时,加快了步伐。埃尔德咯咯地笑了,她疑惑地把手里的十英镑翻过来,然后爬过栏杆。

"你要拿着它去哪儿?"埃尔德正要穿过栏杆,艾奥娜在她身后问道,"其中一半是我的!"

"汪！汪！汪！汪！"埃尔德一边叫道，一边摆动着屁股从栏杆的洞里挤过去。

"你这个老疯婆子，你干吗那样？"

"老疯婆子？这个老疯婆子可知道你的狗在哪儿呢！"

"什么？你知道雷德在哪儿？你见过雷德？"艾奥娜跟着埃尔德挤过栏杆去，"你就拿着钱吧。我怎么会在乎呢？"

"好了，克丽丝特尔，别哭了，有人在唱古老的摇篮曲。"埃尔德走到婴儿车旁边。她把洋娃娃放在里面，开始推着车慢慢地走回森林。艾奥娜觉得，跟着埃尔德走在颠簸不平的路上仿佛花了好几个小时，同时还得听她不停地念叨。她看上去比之前更虚弱了。"听到了吗？我有流不完的眼泪吗？"埃尔德停下来，指着那些树说，"那是老汉娜，她像报丧女妖一样哭个不停，流的眼泪都能让泉水永不枯竭了。汉娜，安静，别哭了，让埃尔德给你唱一首摇篮曲吧！"艾奥娜朝她指的方向看去，可什么也没看见。最后，她们来到一个像洞穴的地方。埃尔德转身对着艾奥娜，她的脸因疲惫而显得灰白。

"可怜的汉娜，她哭得我心力交瘁，可是她知道心碎而死和英年早逝是什么滋味。你知道吗？我能感觉到它们，不管是过去的灵魂，还是现在的灵魂，我都能感觉到。早上我再带你去。现在，埃尔德要睡觉了。"她把婴儿车推进洞穴里，招手示意艾奥娜进去。然后，她懒懒地躺了下来。"现在，所有的地星都就位了。"埃尔德张大嘴巴打了一个呵欠，露出腐烂的牙齿。

"什么是地星？"艾奥娜问。可是，埃尔德虽然醒着，却没有回答她。

第三十九章

"你是在开玩笑吧?你就住在这儿吗?"艾奥娜观察着埃尔德的洞穴问道。

"那你又住在哪儿呢?"埃尔德问道,同时拍了拍地面,示意艾奥娜坐到她旁边去。艾奥娜之前就发现了埃尔德的这一习惯,她能一下子从情绪暴躁变得完全正常。

"我还凑合。我偶尔在旅馆住,有时蹲着,有时住在凯西太太的库房里,有时在街上。我总是搬来搬去。"

埃尔德点了点头,然后站起来,想把靴子脱了。"这是凯西太太送给我的礼物。"她一边笑着说,一边费力地够着自己的脚。艾奥娜帮她把鞋脱下来。"脚好痒啊,好痒啊。"埃尔德不舒服地说,然后脱下羊毛袜,开始挠她的脚趾。

"长冻疮了。"艾奥娜看了看她的脚,同情地做了个鬼脸。

"这是我一生的祸害。我每天要用这双老脚走很多路。"埃尔德说。

"但你说过,早上会带我去找雷德的,对吗埃尔德?"没人回答她。几分钟后,那个老妇人就开始打鼾了。拜托,拜托,可千万别是她为了让我陪她过夜而编出来的谎话啊。艾奥娜比谁都明白那种极度渴望陪伴的滋味,那种时候,不管是谁,你都希望他能陪着你,只为了看看自己映入别人眼中的样子。艾奥娜观察了一下那蛛网密布的屋顶。即便外面一直在下雨,这个地方依然是干爽的。埃尔德真够可以的。过去几年来,她一定往上面加了许多层叶子,才让它不漏水。

看见那十英镑纸币撒在埃尔德床上的叶子间,艾奥娜笑了。她把它捡起来,走到婴儿车旁,放到了垫子下面。她把钱藏起来的时候,一群潮虫爬过她的手,她把它们赶了下去。如果明天早上埃尔德带我去找雷德,我就告诉她钱藏在哪儿。毕竟,生活中的一切都是交易。也许除了像凯西夫妇这类人,每一个人都得这么想。但他们也有他们的宗教信仰,他们每天都会做好事,她不明白他们为什么要帮助她和老埃尔德,以及其他需要帮助的人。她还记得凯西太太第一次在他们家的商店外搭起帐篷时的情景……

"如果你不想接受我的施舍,那就自己做点事吧。"凯西太太说着把一份《大事件》杂志交到艾奥娜的手上,"你可以在我的商店外面卖杂志,如果你愿意的话。"

艾奥娜没想到自己真的喜欢上了卖杂志。这似乎是一场"你必须尊重我"的公平交易。这和她沿街卖艺是一样的。世界上有一种交易,不只是关于同情和良心。

这些想法经过艾奥娜的大脑时,她在埃尔德的旁边躺了下来,她看了看埃尔德那张苍老的脸。一缕缕红色的头发撒在叶子上。她那没有表情的脸，就像一张她自己的面具，好像真正的埃尔德已经渗进了地下，只留下这具空的躯壳。一想到此，艾奥娜不禁浑身发抖。"你不会死在我旁边吧？"她大声地说。她像埃尔德一样，在和自己说话。和这个无家可归的老妇人挨得这么近，看着她，就像看着自己的未来，就像走在自己心灵的碎片上。至少，埃尔德没有问太多的问题。艾奥娜不愿意告诉旅馆的管理员自己为什么要睡在街上。这关别人什么事呢？她有自己的原因就是了。可是，看着埃尔德紧紧地抱着洋娃娃睡觉的样子，艾奥娜心想，这个老妇人为什么会落得如此可怜的境地呢？当然，她也不是第一次这么想了。艾奥娜看着埃尔德的脚，轻轻地摸着她的脚趾，它们是冰冷的。于是，她走到一堆衣服前，拿了一件外套盖在埃尔德的腿上，又拿了一件被虫蛀过的羊皮衣盖在埃尔德那像鸟一样的身体上。

第四十章

男孩躺在防空洞的入口，七叶果闻了闻他那带血的绷带。

艾莎确定他刚才小声叫了自己的名字，可是，他的脸上满是泥巴，她看不清他的样子。那条狗拽着他的袖子，艾莎看着它把那个男孩的脸舔干净。这下她认出他了。这是那天她在森林里见过的那个男孩，埃尔德把面包屑撒在他的头上，野餐时他还和莉莉安娜说过话。他是来找她的吗？艾莎弯下身，摸了摸他的头。那个男孩睁开了眼睛。他的身体冷得发抖，他的头在发烧。艾莎把那湿透的背包从他背上取下来。然后，她拉着他的胳膊，使出全身力气把他往里面拖。她把他放在石梯上，同时还很小心地避免碰到他的伤口。她抬不起他，于是便把下铺的垫子拿来，铺在地上，把他翻了上去。然后，她又出去，拿回他的背包。她打开一看，里面全湿了。于是，艾莎拿出自己的睡袋，拉开拉链，放在他身上，看着他。那个男孩的眼睛变得很沉重。七叶果躺在他的肚子上，好像要为他多增加一层温暖似的。艾莎低头看着他，他正在解开额头上那弄脏的绷带。他的伤口很深，本来应该缝针的，可是似乎已经结痂了，伤口周围还有一些紫色的擦伤。她拿出一个装满水的塑料瓶子，跪在他身边，轻轻地擦拭伤口。男孩不停地在抖动，他那双深色的眼睛睁开了一下，可是，眼中似乎没有一丝感情。最后，他终于沉沉地睡了过去，这令艾莎感到很高兴。

一切怎么变化得这么快？一想到这个，艾莎就感到震惊。男孩睡觉的时候，艾莎开始祷告。过了一会儿，她睁开眼睛，发现他正看着她。

"你的头怎么了？"艾莎轻声问道。

扎克没有回答，而是用手去摸他额头上的伤口，碰到伤口的时候，他皱了皱眉。他依稀记得那个老妇人往上面擦了些又苦又臭的东西。他来到森林以后发生了什么事？他甚至不记得自己来这里多久了。他感觉自己好像被抢劫了，被蒙上了眼睛。

"我叫扎克。"他说，不过这个名字在他的脑中还是一个问题。可是他知道这个女孩叫"艾莎"。他看着她的眼睛时，记忆如洪水般涌回来：他们一起站在森林里、沐浴在阳光下时她的样子，她和她的朋友们在森林里野餐，她那甜美的声音，他亲手画她的画像……他把寻人启事贴在一棵树上……

"大家在都在找你，"扎克拼命地整理出记忆的碎片，"我以前也见过这条狗。"

接着，一个令人害怕的、盘着头发的女孩的样子出现在他的脑海里。"那不是你的狗，对吗？"扎克问。

艾莎摇了摇头。"它是自己出现的。"艾莎说。

"就像我一样！"扎克对她笑了笑，可是她并没有笑着回应他。

"你会告诉他们我在这儿吗?"艾莎问道,搂着那条狗靠着自己。

"我告诉谁呢?"

扎克看着艾莎,然后又看了看那光秃秃的混凝土墙……这是什么地方?防空洞吗?他一直在找这个地方吗?他突然想起那个在雨中鼓励自己的士兵的声音。此时此刻,他唯一确定的是,自己抛弃了原来的生活。记忆的碎片浮现在他的脑海里:一道熟悉的楼梯,一面倒塌的墙,一个拖着丝绸纱丽穿梭在灰尘堆里的女人,某个走在儿童队伍里的人,一则新闻报道,一个在屏幕对面大喊大叫的男人,一张黑白照片——上面有一个戴花呢帽的男人,他的手环绕在他儿子的肩膀上……扎克晃了晃他的头,也许他睡得再长一点儿,他的头脑就清晰了。

"我不会告诉任何人任何事的。我自己也是离家出走的。"扎克告诉艾莎。

第四十一章

"耐心是一种美德,美德是一种优雅,格雷西①是一个不洗脸的小女孩!"埃尔德笑着说,"那古老的韵律停留在你的脑中。那个人死了更好。"

"可是埃尔德,你答应过我,今天早上要带我去找雷德的。你不是瞎说的吧?"

埃尔德不理会艾奥娜,只顾把一种深色的液体混合进果酱罐里,然后又倒进一个塑料瓶里。

艾奥娜站在入口旁,看着叶冠上的名字。

"你为什么把这些名字写在这儿啊?"艾奥娜看着那些金色的字迹,开始读出声来,"阿米娜、阿布迪……艾莎、扎克……这不就是那两个失踪的孩子吗?是他们吧?"

埃尔德没有回答。

"那其他人又是谁?"艾奥娜转过身,等着埃尔德回答,可她还在鼓捣那发臭的液体。

---

① 原文为 Gracie,人名,其拼写和发音与 Grace(意为优雅)接近。

"他们全都是我以前的地星！我在寻找他们。"埃尔德说着指向一片叶子，艾奥娜循着她的手指，看到了她自己的名字。她把旁边的一片叶子翻过来，上面写着"雷德"。她心里忽然感到一丝希望和幸福，脸颊也温暖起来。

"原来我们在这儿啊！"艾奥娜笑着说，"对我们还是有些好处的！"

"给它点儿时间。好了，这下应该可以发挥作用了……"埃尔德说着拧上瓶盖。

"雷德生病了吗？"艾奥娜的声音里充满了担忧。

"别担心。雷德健康得很。"埃尔德对艾奥娜笑了笑，然后她自己咕噜一下喝了一大口那种液体。吞咽的时候，她摇了摇头，做了个鬼脸。

"这东西真苦！"她打了个激灵，咳嗽一声，清了清嗓子。

她们走在树林里时，埃尔德好像退回到了自己的世界里，边走边哼唱念叨。她偶尔会在袋子里翻找，找出面包屑撒在风中。鸟群飞下来向她发出叽叽喳喳的问候，她就傻傻地笑。

"雨停了，我的小可爱们，我们又可以欢蹦乱跳了！"两只蓝背鸟落在埃尔德的身边时，她咕哝道。它们好像被驯服了一样。

"你们在这儿啊，我的五子雀。有没有陪着我的其中一个地星呢？你们的头上也有蓝色的纱。他们都是宝贝，对吗？他们永远不会失去平衡，不像老埃尔德一样，最近总是跌倒！"

这已经够艾奥娜抓狂的了。埃尔德扯得越远，把她和雷德团聚的时间拖得越久，她就越愤怒。艾奥娜一方面很同情这个老妇人，另一方面却又想冲上去摇她、对她大喊。艾奥娜讨厌心中生恨的这种感觉，因为她很清楚这种愤怒从何而来。她的手肘开始疼痛得厉害。难道身体也有记忆吗？她揉了揉上次骨折的地方，心里想到。正是因为那次骨折，她才决定离开的。不要，不要，不要像他一样！艾奥娜用意志命令自己，同时拼命擦去脑海中继父那仇恨的怒吼。那怒吼之后，接着总是一顿狠狠的抽打。

埃尔德在一截树桩上坐下来，不停地喘气。她拍了拍木头，示意艾奥娜坐过去，然后看着那个女孩的眼睛。

"这就对了。你过来，陪着老埃尔德坐一会儿。我们俩都能歇口气。现在，我有话对你说！"埃尔德把艾奥娜的肩膀转过来，这样她就只能与她对视了，"别像老埃尔德这样，一辈子流浪。带上你的狗，去找一个家吧。"

艾奥娜看着埃尔德的胸部上下起伏，她感觉自己的盔甲正在破裂。我这是怎么了？她想大声尖叫。到目前为止，她很确定，再也没有人能触碰到她的伤口，可是此刻，埃尔德给予她的一点点温情，却突破了她的防卫。至少，在生气的时候，艾奥娜觉得自己很强大，可是，埃尔德的温情让她心里的某些东西崩溃了。她害怕自己哭起来就止不住，所以，她没有哭，而是说出了一个她多年来未曾说过的名字。

"你在你的叶子上写的是艾奥娜，可我的真名是露西。"说出这个名字的时候，她的声音在颤抖，好像它猛然将她拉回到了她拼命想要摆脱的过去。

"露西。"埃尔德重复了一遍，好像正在努力适应这个事实，"告诉我，这个失踪的露西是谁？"

"就是我以前认识的一个人。"艾奥娜叹息道。

"露西·洛克特弄丢了她的口袋,不知道去哪儿找……"埃尔德唱道。她又溜进了另一个无法触及的世界里。这会儿,老妇人正提起她那叠了很多层的衬裙,翻过一座低矮的围墙,围墙的那边是一片荆棘。

"你确定我们没走错路吗?我什么声音也没听到啊。"艾奥娜怀疑地问。

埃尔德转过身,抬头看着树,点了点头,好像她是在根据它们判断方向似的。

艾奥娜走到埃尔德身边,托着她的手臂。

埃尔德转过身,对艾奥娜温暖地笑了笑。"你觉得,那个牵着时髦的狗的男人以为我们是一家人吗?你和我……还有克丽丝特尔?"埃尔德点了点头。这个想法似乎让她很高兴。

艾奥娜一直想问一个问题,这个时候问再好不过了。

"克丽丝特尔怎么了?"

"克丽丝特尔是个洋娃娃!"埃尔德厉声说。

"我知道,但真的克丽丝特尔呢?"艾奥娜轻声问道。

埃尔德停了下来,把手放在艾奥娜的头发上,说:"如果我是你的妈妈,我会为你刷那可爱的牙齿,为你找漂亮的衣服,把你养育大,把你宠坏。你太瘦了。"

艾奥娜点了点头,把埃尔德的手臂握得更紧了。这真是讽刺,她曾经渴望自己的妈妈站在她这边,为她撑腰,可妈妈却选择了帮那个怪物……埃尔德绝不会那样做。看起来,妈妈想要的只是一个属于她自己的、需要她自己的家。

此刻,埃尔德又开始像往常一样念念叨叨,口中念叨着潮虫和一种被她叫作死帽蕈的蘑菇。她时不时还朝那个被她叫作汉娜的、看不见的女人挥手,她好像深信汉娜正在森林里游荡,正在寻找自己的孩子。有时候,她会弯下腰,指着一种长在树洞里的、星形的奇怪毒菌嘟嘟囔囔。

"死帽蕈和地星在一起。听我说,灵魂会从这棵树里飞出来。所以,露西·洛克特,我要在这里和你分别了。"

"那我的雷德在哪儿?"艾奥娜问。可是,还没等埃尔德回答,那条狗就从山那边朝她跑来。它高兴地叫着,往她身上撞,还拼命地用尾巴拍打地面,好像把土地当成了鼓似的。

"我的雷德!我的雷德!"那条狗在艾奥娜的脸上到处舔,一边呜咽着一边在她身上蹭鼻子。然后,它突然又莫名其妙地跑下山去了。这时,艾奥娜听到有人在喊,她抬头便看见了在街上遇到的那个失踪的女孩。艾奥娜正要喊她,却想起了对埃尔德的承诺。

"埃尔德不是一个老东西,埃尔德知道,埃尔德知道自己种的是什么。"那个老妇人又一路念叨着走开了。

"埃尔德!你的十磅纸币在婴儿车里,在克丽丝特尔的垫子下面。"

老妇人顿了顿,然后点了点头。"露西·洛克特,你知道吗?他们都不愿意给我的克丽丝特尔十英镑。只是有一天他们突然出现,带走了她。他们说我的脑子有问题。这让我悲痛了一生。"埃尔德叹息着走开了,还一路唱着"露西·洛克特弄丢了她的口袋,不知道去哪儿找……"

埃尔德告诉艾奥娜这些,让她很震惊,一瞬间,她一句话也说不出来。然后,她在埃尔德身后喊道:"谢谢你!"埃尔德停顿了一下,但是没有回头。

175

第四十二章

三个女人坐在凯西森林商店前的桌子旁,看着埃尔德慢慢地、吃力地走在街上。

"她的行动明显迟缓了,真不知道她还能不能挨过下一个冬天。"凯西太太看着埃尔德叹息道。

"我买得起,我买得起。我自己买得起!"埃尔德咧嘴笑着,一只手挥舞着二十英镑,另一只手挥舞着十英镑。

凯西太太拉开椅子。"嗯,她今天看上去精神不错!抱歉,女士们,我的顾客来了。"

埃尔德看上去好像长高了一点儿。她朝莉莉安娜和莎莉妮点了点头,然后昂着头走进商店里。

"哦——嚯!埃尔德,中彩票了吗?"当埃尔德把钱放在柜台上时,凯西先生问道。埃尔德没理会他。

"我把篮子拿过来,你好好选,告诉我你需要什么。"凯西太太说。

听着凯西太太在里面唠叨,莎莉妮和莉莉安娜在外面相视而笑。"很高兴你的胃口又回来了……让我看看营养成分……杏子——富含铁,你知道的——还有坚果……"

"森林里有很多坚果,还有苹果、李子、血红色的浆果,埃尔德可收获不少呢。"

"好,好,那就罐头吧,带拉环的罐头,这样你就不需要开瓶器了。意大利面……我给你的旧平底锅还在吧?还有火柴、蜡烛?"

"再要点儿火柴吧。"埃尔德说。

"肥皂和洗发水呢?不,不——美容美发用品是我赠送的。"凯西太太说着把它们放进篮子里,同时还放了些药膏和防腐剂。

"我知道你会自己做药膏,可万一你没有时间呢。现在有面包、百吉饼、华夫饼,嗯,非常好吃哦。"

在柜台前,埃尔德从凯西先生的盒子里拿了几枝白色的罂粟花,然后,她似乎想了想,又抓了一大把。

"确定够了吗?"凯西先生笑着问道,"哦!我差点儿忘了,我给你找了一个上发条的手电筒。我们不需要了,你拿去用吧。"

"好了,埃尔德,准备好梳头发了吗?"凯西太太说着伸手去摸埃尔德那已经打了结的头发。

埃尔德把她的手拍了下去,说:"今天不行。"

"可是,埃尔德——"凯西太太开口说。

"听埃尔德的吧。"那个老妇人喊了起来。

凯西太太很早以前就学会了,最好别和埃尔德争吵。

埃尔德从商店里出来的时候,手里提了两麻袋东西。

"你是在囤积东西过冬吗?"莉莉安娜问。

她点了点头,看了看桌子上的报纸。扎克和艾莎的照片吸引了她的注意,在照片下面还有一张女人的照片。标题上写的是:处在危机中的家庭。

凯西太太循着埃尔德的目光看去。

"还没找到吗?"埃尔德问。

三个女人点了点头。

"埃尔德的眼睛睁得很大。"埃尔德说,然后在袋子里翻找,最后拿出三枝罂粟花,递给那几个女人。

"花朵表示纪念——戴上吧。"她的语气听起来更像是命令,而不是请求。

"谢谢。你需要我们帮你拿这些袋子吗?"莎莉妮问。她正要起身帮埃尔德。

老妇人摇了摇头。"埃尔德可以照顾自己。"她骄傲地说。可是,每走几步,她就得停下来歇息一下。

三个女人默默地坐在那里,看着埃尔德穿过马路,拐过转角。她们默默地,一个接一个地把花戴在衣服上。

"这么冷的天,她去哪儿找住的地方啊?"莎莉妮问。

"她不告诉我。她说自己有地方住。"凯西太太回答。

"她买的东西可真不少!"

"廉价商店……十英镑就买那么多!"

莎莉妮拍了拍凯西太太的胳膊说:"一定不止这么多钱!凯西太太,你真是个善良的人。"

"不,不,只是尽一份义务罢了,不是吗?"

莎莉妮点了点头。

凯西太太紧扣着双手,好像是想让气氛变得轻松点。"不过,既然两个孩子引起了国家报纸的注意,这也是个好消息。事情肯定会有转机的。"

"你会感谢扎克的爸爸,对吗?这是他帮忙安排的。"莉莉安娜敲着艾莎的照片说。

莎莉妮点点头,然后说:"可怜的男人,一夜之间头发都愁白了。我以为那样的事只会发生在小说里,可他真的是那样。他的妻子和儿子同时失踪了。你能想象吗?"

"你不是告诉我他们离婚了吗?"凯西太太说。

"是啊!但你知道吗?他们还很在意对方。如果扎克能明白就好了。"莎莉妮叹息道,"我的问题是,他不见了,我就没事可做了。"莎莉妮将双手拧在一起。"我只能在家里等消息,接他哥哥打来的电话。霖登每隔几小时就会打电话来,可怜的孩子。他没有回扎克的信息,心里很愧疚。"莎莉妮说。

很多时候,凯西太太都有办法让她们暂时忘记自己的烦恼,可是今天,她们都完全陷入了自己的遭遇中,就连她自己也开始担心起了艾奥娜。出去这么多天了,连吉他都没带,这一点儿都不像她。每次路过她那把靠在商店墙边的破吉他时,凯西太太的心里都会烦躁不安。女孩的吉他从未离身过。

"你知道我邻居家的那个老人吧?"莉莉安娜问。

"他被送去医院了。见他没在花园里,我就过去敲门,但却没有人开门。他摔倒了。我怪自己没能早点儿发现他,可是我一直在担心艾莎……我今天去看他了,看起来他的时日不多了……"莉莉安娜把手放在嘴上,试着让自己镇定下来。

莎莉妮站起来,眼里充满了泪水。"每年,我们都会一起过排灯节,扎克和我。我一直期盼着,当他看到满天的灯时,

179

或许就会回来了……"

莉莉安娜和凯西太太抱了抱莎莉妮,她耷拉着肩膀,走开了。

看着稍微年轻一点儿的女人离去,凯西太太扣着莉莉安娜的手,说:"隧道尽头必然有光。我的朋友,别放弃希望。"莉莉安娜摇了摇头,眼睛盯着人行道。凯西太太抬起她的下巴,让她看着自己的眼睛,说:"想想老埃尔德。无论头脑遭受着怎样的折磨,无论经历过什么苦难,她的心里始终有一颗希望的种子,不然,她怎么活下去呢?你也一样,要对艾莎抱有希望。"凯西太太说着伸出手,拍了拍她戴在衣服上的罂粟花。莉莉安娜的脸上泛起一抹淡淡的笑。

"谢谢你。"莉莉安娜小声说,两只手扣住别在心脏旁边的花朵。

第四十三章

艾莎和扎克彼此对望着。待在这空间有限的防空洞里，两人都觉得十分尴尬，他们试着寻找话题。一开始，艾莎毫不犹豫地伸出了援手。她怎么能丢下受伤的他不管，怎么能让他任凭天气摆布呢？可是，扎克渐渐苏醒后，她才意识到，他们要一起待在这防空洞里，会让她觉得自己狭小的私人空间被侵犯了。

就算记忆不清楚，那个男孩似乎也感觉到了她的不安。"我不会留在这里的，"他小声说，"只需要在这里等我的头脑清楚些。"

昨晚，艾莎拿出帐篷，把它撑到了下铺。这样，它就像屏风一样挡在他们之间了。她把所有的衣服连同毯子一起挂在上面，这样一来，他们俩就看不见对方了。虽然扎克不太清醒，还不能自己站起来，可是有了这个"屏风"，艾莎感觉安全多了。他现在睡在其中一条长凳的垫子上。七叶果卧在她的脚边，偶尔朝扎克身边挪一挪。我根本用不着害怕他，艾莎告诉自己。

就算这样,她也一晚没睡,脑子里呼啦啦地想着事情。她还记得,第一次看到这个男孩的那天,自己是多么快乐。那天,她和她的朋友们还有莉莉安娜一起在森林里野餐。她还记得,埃尔德把面包屑撒在他头上时,她正从他身边走过。那些事,都像是上辈子发生的事了。那个无家可归的老妇人还有不为人知的事吗?艾莎打了个冷战。认真想一想。你之所以睡不着,是因为冷,因为这个陌生人出现了,把一切都搅乱了。别胡思乱想了。

她感觉寒冷彻骨,因为她把自己的睡袋给了扎克,虽然她现在又把所有的衣服盖在了身上,但冷气还是渗入了她的骨髓。今晚,我之所以这么不安,是因为我一直生活在自己的世界里,可现在,我要试着和别人分享。甚至,连扎克呼吸的声音都能改变这里的气氛。可她确实很同情他,好像他经历了一场与自己的战斗似的。

第二天早上,天气晴朗,为了不吵醒扎克,艾莎带着她的帐篷和她用来当毛巾的毯子从他身上爬过去。七叶果一直待在扎克的身边。雨后,土地又湿又滑,到处都是小水洼。随后,当艾莎坐在那被她当成桌子的树桩上吃着变了味的饼干时,她看见扎克从防空洞里走出来,伸展了一下四肢,好像刚从深度睡眠中苏醒。他四处寻找她,喊她的名字,可他看不见她。她看着他一路打着滑、跌跌撞撞地走上陡峭的泥坡,走到森林的杂乱处。七叶果跟在他身后,好像跟艾莎比起来,它现在更担心他似的。艾莎看着七叶果奋力地爬上坡,待在那个男孩身边,她心想,真是一条善解人意的狗啊。就在那一刻,她想过背上包走出森林,回到莉莉安娜和她的朋友身边，可她又想不通自己为什么要被这个男孩赶走。另外，她还是有点儿好奇他为什么会来到这儿。

到目前为止，他只能说，他是在找一个防空洞。他含含糊糊地说了几句：他跟着一个士兵来到这里，他还帮一个灰头发的女人在树上张贴有艾莎头像的传单。他想不起来那个女人的名字，可艾莎知道，他说的是莉莉安娜。当听到远处的警车或救护车的鸣笛声时，她的内心感到一阵愧疚。她躲在森林里，不知道外面发生了什么，可她试着不去想莉莉安娜、穆娜和其他朋友们的感受，也许那警车就是在找她。很奇怪的是，她越是去想外面的世界，警车的声音仿佛就越大。也许，她一个人到这里的时候，就已经有办法屏蔽它了。也许这就是她一直以来所需要的：关闭外面的世界，好让她弄清自己心里真正在想什么。他们的头顶，一架直升机低声飞过，等它再出现的时候，声音就变大了。

扎克回到防空洞时，艾莎和他保持了距离。可是，时间一久，她在他面前就更加自在了。她指给他小溪在哪儿，她祷告的地方在哪儿，还有被她当成桌子的树桩。她还告诉他，她是怎么做的这顶私人帐篷。可现在，一切都不一样了。她觉得自己不能像以前那样例行祷告了。当他打开背包，拿出衣服挂在树上时，艾莎就明白，他要留下来，而她永远都回不到原先平静的世界了。

扎克一定是看出了她的沮丧，于是问道："我可以留在这儿把东西晾干吗？"

"这地方又不是我的。"艾莎耸了耸肩说。

"你有火柴吗？"

艾莎点点头。

"我想生一堆火,一小堆就好了,把我的睡袋和衣服烘干。"扎克对她说。

"好吧。这么多树,我想也没有人会看见烟的。"艾莎说,抬起头看了看厚厚的树冠。

他们把棍子堆成一堆。扎克从防空洞里拿出一些干树叶,放在木棍上。他点了又点,可是,好像什么都是湿的,就连艾莎给他的火柴也是湿的,火怎么也点不着。

"没关系。"艾莎咕哝了一声,走了进去。

可扎克觉得很有关系。如果他能做好这件事,至少他会觉得自己在做贡献。他站在防空洞外面,不知道该不该跟着艾莎进去。

"我可以进来吗?"他对她说。

"进来吧。"她回复道。

艾莎爬到了上铺,扎克则在门边的凳子上坐了下来。他感到焦虑不安,于是又站了起来。他走到墙边,看到了墙上记录的得分。扎克看到阿尔伯特和艾迪的名字时,他的脑中一阵晕乱。他好像很熟悉这些人。

"你知道他们的事吗?"扎克抬头看着艾莎问道。

"我做过一个奇怪的梦……"

"我感觉自己还在做梦。"扎克想起了埃尔德写在叶子上那些金色的字,他的头又晕又乱。那上面还写了谁的名字呢?

"你为什么不倒着走试试呢?"是治疗师让艾莎这么做的——为了帮她找回记忆。

扎克看着眼前的名字,给艾莎讲了他昨晚一路的经历,还告诉她是一个穿着军装、名叫埃德文的男孩带他来的。扎克摸了摸墙上的名字,他也不知道为什么,自己竟有些希望能感受到心跳。写在这儿的名字是艾迪,可那个士兵的名字叫埃德文。两个名字发音相近。你只是在偷换概念而已,扎克试着不去想名字的事。可是,一个男人和一个男孩的一张黑白照片不停地浮现在他的眼前。

"我觉得我身上带了一张照片。"扎克一边翻着背包,一边告诉艾莎。可是,他什么也没找到。当他告诉她,他在家里的石膏制品上看到过那个名字时,她的脸上露出了怀疑的表情。"我觉得那个父亲的名字就叫阿尔伯特。"扎克说。

他的话一点儿根据都没有。

扎克觉得自己很傻,很碍事,可是,看着墙上的这些名字,又看到了艾莎,这让他确定自己来这儿是有原因的。可是,是什么原因呢?

"你饿了吗?"艾莎问。她把同一句诗读了一遍又一遍,却依然不明白它的意思——

时间一点一点流逝,
如同蜡烛慢慢燃尽。

可是,至少,她埋头读书,就不会觉得难为情了。

"不饿,谢谢。我还有点儿不舒服,不过我有吃的。我想我一定带了吃的,准备离开一阵。"

艾莎点了点头,把书翻了一页。在这儿听到男孩的声音感觉很奇怪。扎克站起来,开始四处走动。他拿起艾莎当作扫帚的粗松枝,开始心不在焉地将混凝土凳子下面的树叶往外扫。然后,他看见远处的角落里有什么东西,于是弯下身去,身体差点儿贴到了地上。

"这是你的吗?"扎克拿着一个束口的绿色小袋子问艾莎。艾莎正要从上铺下来,看到扎克手里的东西,她摇了摇头。他解开绳子,拿出一个红色的橡皮球和一些没有光泽、两端尖尖的银制品。他把它们放在凳子上。她坐了下来,稍微与扎克分开。

"抓子游戏!"扎克把那些金属制品拿在手上,让它们掉下来。他弹起球,捡起相邻的两根叉子,然后用同一只手接住球。有一次放假时,他和爸爸还有霖登一起玩过。

艾莎又看了看墙上的名字。

"想试一试吗?"扎克把金属制品和球传给艾莎。他发现她的手在发抖。"你还好吧?"扎克问。

"我以前从来没听说过这种游戏,可是我梦到一个老人——"她抬头看着墙上的名字,"他叫阿尔伯特,还有一个男孩……艾迪……像你刚才那么玩,把球弹起来,然后去捡那些……"

"子。"扎克把四个子扔到空中,然后接住它们。

艾莎和扎克就这样打破了两人之间的紧张,开始说话。他们没有提到对方,没有提到他们为什么会离家出走,又为什么到这儿来,而是说起了艾莎的梦。她梦到的战争年代的人,他们的名字就写在墙上。

"那个梦一直萦绕着我,就连白天也不例外。你做过那样的梦吗?"

"做过吧。"扎克自己坐在一堆碎石间的画面出现在他的脑海里。艾莎在讲她的梦时,扎克脑海中的裂缝开始弥合。现在,他想起更多细节了:学校入口处的滴水嘴、和一个男孩打架、坐在图书馆里、在古河道地图上找防空洞。他看见自己的手把书里的地图撕了下来。然后,他又在用毛巾包一块石膏制品,还往里面放了一张黑白照片。

扎克感觉自己的头就像被老虎钳夹住了一样。艾莎的梦和抓了游戏似乎将他们俩和这个地方联系起来。可他还是不确定自己想的这些是真实的。艾莎是和他一起在这个防空洞里吗?还是他做梦也梦到了她?毕竟,他在这儿看到她的时候,还以为她是天使呢。

摸到头上肿起的地方,扎克做了个鬼脸。难道那个老妇人为了让他留在她的洞穴里,攻击了他、敲打了他吗?艾莎走到她的背包前,拿出两个埃尔德的苹果,递给扎克一个。

"埃尔德给我带来的。你要吃一个吗?"

"我才不吃她的苹果呢,"扎克颤抖地说,"她把我吓坏了。你知道她把你我的名字写在了她用树叶做成的叶冠上吗?那是什么意思呢?"

"我不知道。"艾莎回答。

"这么说,她来过这儿了?"扎克问。艾莎点了点头。扎克想起了用金色笔写的艾莎的名字。埃尔德想用他们的名字干什么呢?

"我觉得她没有恶意,她也没有打扰我,但是她跟我说,这些苹果是要和那家人一起分享的。"艾莎看了看混凝土墙上写的那些名字,"我觉得她指的就是他们!"

第四十四章

　　看着扎克睡觉的时候，艾莎意识到，如果他继续这样昏昏沉沉的，她可能得想办法让他走出森林，那样他才能得到帮助。可是，时间久了，他的头脑好像越来越清楚了。所以，如果他醒来的时候能吃点东西，也许就会完全恢复。

　　艾莎爬到上铺，躺下来，试着看看书，每隔几分钟还会看扎克一眼。一开始，他睡得很安详，可是很快，他就开始断断续续地翻来覆去。七叶果抬起头，凑到他身边。令艾莎惊讶的是，扎克睁开眼睛站起来，拍了拍那条狗的头，然后恍恍惚惚地走了出去。艾莎以前从没见过别人梦游，她总觉得那有些可怕，好像扎克的一部分走出了他的身体，离开他独自在外闲逛。七叶果看着艾莎，好像在问，这是怎么回事？也许它感觉到那个男孩还处在睡眠状态，因为他爬过防空洞，往小溪走去的时候，那条狗如影随形地跟着他。奇怪的是，他的脚步很稳，好像他知道自己要去哪里似的。

　　艾莎跟着他，但和他保持了一段距离。也许我不叫醒他，说不定还能知道他心里在想些什么呢。她听见他在睡眠状态下不停地喊:"回家吧,求你了,妈妈,求求你回家吧。"他现在离溪边很近,艾莎匆忙赶上前,以防他掉进水里。可是,她还没走到他身边,他就绊倒了。七叶果舔着扎克的脸,他睁开了眼睛。

"你现在醒了吗?"艾莎跪在他旁边轻声问。

扎克点了点头。

"你睡觉的时候提到……你的妈妈。她去什么地方了吗?"艾莎问。

"她在和孩子们一起往前奔走。"扎克回答,好像他说得完全正确似的。

"什么孩子?"艾莎追问。也许在这半睡半醒间,他对她的防卫会减少一些。

扎克想了想说:"难民。"

"那你妈妈现在在哪儿呢?"艾莎问。

他耸了耸肩。她扶着他站起来,然后他们慢慢走回防空洞,坐在凳子上,面对着彼此。

"也许你是不愿意想起来,"艾莎感叹说,"很长时间我也有那种感觉。"

"为什么?"扎克问。

也许是因为他们身在一片被古树默默信赖的森林里,也许是因为扎克不愿正视自己的过去,也许是因为他根本不知道她在说什么,所以,艾莎可以很自在地和这个几乎不认识自己、不知道自己从哪里来的男孩说话。艾莎抬头看着战争年代那家人的照片,他们也曾坐在这些凳子上,所以她有种奇怪的感觉,那就是,听她说话的不止扎克一人。这个防空洞里好像挤满了人，他们都在等着她说话。"我和你一起坐吧。"梦中那个女孩的声音又回到了她的脑中。艾莎讲她的故事时，感觉好像有手臂从墙里伸出来安慰她。她开始讲述藏在自己心里的事情，讲的时候，她几乎不去看扎克。她开始细致地描述她经历过的那些恐惧，她的拉鲁姨妈和家人是怎么被屠杀的；她最后一次见到阿爸的时候，他在关卡被逮捕了——因为他背上有枪。她从来没对莉莉安娜和她的朋友甚至治疗师讲过这些，从来没向他们提起那忘不掉的血肉烧焦的味道，忘不掉的掳掠者们像一群猖獗的野兽一样袭击她的村子时那种邪恶的眼神。

她讲完以后，防空洞里鸦雀无声，好像她是在法庭上做陈述似的。

"真替你难过。"扎克小声说，可是他知道，这些话远远不够，他希望自己能告诉她，他多么同情她。此刻，他的脑中满是她经历过的那些恐惧。他妈妈的样子也出现在他的脑海里。他看见她了，好像他面前有一个屏幕，他还听到了她的声音："这就是我为什么要离开的原因，扎克。成千上万的儿童流离失所，他们全都饥肠辘辘，有的还受了伤……"

"我告诉你，有一天，我会保护那些和我有同样遭遇的人。"艾莎咬紧牙关对扎克说，她的样子，就像他妈妈决定帮助别人时一样；就像昭示着一种态度：争吵是没有意义的。扎克相信艾莎。他想，这个女孩的话绝无半分虚假。

"你让我想起了她——我的妈妈，她是一名记者，"扎克说，"她在战区和难民营报道各种冲突。我想她应该去过索马里。"

"我很想见见她,"艾莎的眼中亮起一丝希望的光,"也许她能帮我找到阿爸!"

"也许吧。"扎克看上去也不确定。

艾莎等着他说更多的细节,停顿良久之后,他开始说话。

"她也失踪了。"扎克小声说。

"所以你才离家出走吗?"

"我想是吧。"扎克还感觉自己的思维被大雾覆盖着,正在慢慢变清楚。记忆隐约出现在他的脑海里,就像光秃的树枝穿透迷雾。这说不通啊。我确实记得一个带着蓝色头巾的女孩在跳舞,她很快乐、很自在,可是那个女孩和刚才艾莎口中的女孩似乎毫无关联。也许他是因为太痛苦了,所以杜撰了这么一个女孩出来。扎克捡起装抓子的袋子,把里面的金属物倒出来,再弹起球,然后捡起抓子,再接住球。也许,他注定要在这里遇到这个女孩。要明白,眼见不一定为实。艾莎并不是他想象中的那个在阳光下跳舞、如天使般快乐的女孩。

这时,七叶果突然抬起头,听了一会儿,然后狂吠着冲出了防空洞。

第四十五章

"七叶果!"那条狗疯狂地叫着跑出去,艾莎跟在它身后喊,它的尾巴拍打着地面。艾莎跟着它走出去,然后迅速躲进防空洞的入口,可还是太迟了——流浪女已经看见她了。

艾奥娜看了看艾莎,两个女孩对视了一会儿,可是,接着,艾奥娜就心烦意乱地扭过头去。她移开了视线,可是还听得见声音。她在和谁说话吗?雷德开始慢跑回艾莎身边,她跪下来,摸了摸它。

"雷德!到这儿来!"当那个流浪女再次出现在小坡顶上时,她命令道。可这一次,那条狗并没有离开艾莎的身边。

"你偷了我的狗!"艾奥娜咬牙切齿地朝艾莎喊道。

艾莎的心跳得很快,可她还稳稳地站着,慢慢地摇了摇头。"我不知道它是你的。"

艾奥娜看样子很生气,好像她正准备跑过来,冲艾莎的脸上打几拳似的。

扎克踉踉跄跄地走出了防空洞,斜眼看着外面的光,正好看到那个头发卷成圈的女孩。他把双手放在脖颈上。现在,他确定想起来以前在哪儿见过那条狗了。

"好啊,好啊,好啊,这不是扎克嘛!多么温馨的场景啊!你的状态不太好哦!"艾奥娜一边叫喊着,一边磕磕绊绊地从斜坡上朝他们滑下来,手指朝着天空。

"他受伤了。"艾莎小声说,伸出手臂挡在前面,好像她以为艾奥娜要袭击他们俩似的。

"关我什么事?"艾奥娜厉声说,"你们俩以后离我的狗远点儿,不然我会杀了你们。"

扎克走上前,可是,他还没来得及插嘴,那条狗就对艾奥娜露出了牙齿——真奇怪,他还能回想起那个女孩的名字。她往后退了一步。在此之前,她从未觉察到雷德有任何攻击倾向。

"对不起,我不该……雷德讨厌打架。我也是。所以我才需要它陪在我身边,让我不至于六神无主。"她一边啜泣,一边抱紧自己的手肘,慢慢瘫在地上,十分沮丧。那条狗走到她身边,一边呜咽着一边用鼻子蹭她。

"你受伤了吗?"艾莎问,因为她看到那个女孩抓着手臂时脸上带着痛苦的表情。

艾奥娜摇了摇头。"是旧伤了,"她说着转过脸去,"时不时又复发。哦,我的雷德,我还以为再也找不到你了呢。"艾奥娜摸着那条狗的毛说。然后,她的表情变了。"有人在找你们两个!到处在找你们,你们还上了报纸。"她指着扎克说,"尤其是你!新闻上和其他各种媒体上都有你。他们以为你被绑架了!"艾奥娜怀疑地上下打量着他,"也许我可以拿你和他们交换!"她一边从袋子里找出狗粮饼干,一边笑着说。

她用手喂雷德，那条狗高兴地吃着。"你就不能假装他们都快把你饿死了吗——我看你太健康了！他们用吃的把你宠坏了，对吗？我们离开这儿吧，雷德！让这两个宝贝儿留在这森林里，接着玩他们的捉迷藏游戏！"

看着艾奥娜离开，扎克感觉自己又能呼吸了。可是，雷德呜咽着，围着艾奥娜的腿转了一会儿圈，然后，又在两个女孩之间跑来跑去。

"它的颈圈上没有名字，所以我叫它七叶果。"艾莎解释说。那条狗扬起头，仿佛听懂了它的名字似的。

"它叫雷德！"艾奥娜朝她吼道。一听到这个名字，那条狗也扬起了头。

"好像这两个名字它都会答应。"扎克插嘴说。

"你是什么，和稀泥的联合国吗？"艾奥娜突然喊道，"它是我的狗，你们不能像这样把它从我身边抢走。"

艾莎走上前去，把手搭在艾奥娜的手臂上，可是，艾奥娜却在她胸口推了一把。

"把你的手拿开，离我的狗远点儿。"艾奥娜的手指伸向空中，艾莎向后摔了一跤。

扎克走上前帮忙，可是，那条狗已经站在两个女孩之间了，它正冲艾奥娜生气地狂吠着。

"看看你都干了什么！让我的狗和我作对。"艾奥娜指责说。她颓坐在艾莎旁边的地上，愤怒的眼泪刺痛了她的眼睛。此刻，那条狗卧在两个女孩之间，用爪子抓着艾奥娜。

"好了，好了，我会温和点儿的。"艾奥娜向那条狗承诺道。艾莎伸出一只手去摸它。她靠近艾奥娜时，就像在靠近一头野兽,随时都有可能跳起来袭击人的野兽。

"它不是我偷来的。它找到了我,然后就守在我身边了。"艾莎小声说。

"啊哈!听起来还蛮合理的,"艾奥娜点点头说,"这条狗的心肠很好。"艾奥娜把脸贴在那条狗的头上,双手绕着它的脖颈,它舒服地依偎在她身边。"嗯,我现在需要它回来了……好像你们至少已经陪伴过彼此了。走吧,雷德,又是你和我在一起了,宝贝儿。"

艾奥娜站了起来,唤着雷德,准备走开,可是那条狗在入口处呜咽着,不肯跟着去。

艾奥娜耸了耸肩。"好吧,如果你们收留雷德,那么也必须收留我。"不等他们邀请,她便走到坡底,跟着那条狗进了防空洞。

第四十六章

扎克和艾莎在外面徘徊着，不知道该拿那个流浪女怎么办。扎克坐了下来，艾莎漫无目的地走着。艾奥娜的愤怒会传染人，艾莎胸中也涌起一阵愤怒。她怎么敢就这样占了我的防空洞？想到这里，艾莎又反省了一下。这里什么时候成了她的了？她开始变得就像那些谈论移民入侵的人——艾莎一直觉得他们很天真，就像学步的孩童说"是我先来这儿的，这就是我的地盘，你不能进来"。每当在电视、广播，甚至大街上听到人们谈论这些，她就想朝他们大喊："难道人们会无缘无故离开他们的家园吗？"而此刻，她的想法竟和他们一样。她喜欢扎克，和他交流很轻松，所以，她允许他进来，可是她不喜欢艾奥娜的样子，所以希望她出去。这样的我成什么了？艾莎问自己。她想，除了那些修防空洞的人，这里不属于任何人，可那些人为什么要修这个防空洞呢？因为当时世界处在战争中。艾莎告诉自己，这是一个避难所。很明显，避难所不该拒绝任何人。她用眼角的余光看到蓝背鸟勇敢地从松树的树干上走下去。艾莎深吸了一口气，昂首站着，准备去面对艾奥娜。她不想争吵,可是,这个女孩也不应该大摇大摆地走进去,占领这个地方。

"我们进去吧。"她对扎克说,然后埋着头走了进去。他们俩坐在一边的椅子上,面对着艾奥娜。艾奥娜见他们进来就站了起来,而且一直站着。那条狗躺在中间的地上,好像不愿意选择阵营似的。

"让子弹像雨一样落下来吧!"艾奥娜说着快速旋转,占领了防空洞。然后,她开始在她的背包里翻找。最后拿出一块馅饼,开心地吃起来。"我饿了!"她说。

这么明显的侵犯让艾莎很惊讶。扎克的出现可不一样,因为他意识不清楚,她可以掌控局面。她知道他神志昏迷,还想像姐姐一样保护他。而且,她也明白父母失踪是什么滋味。虽然她猜想他们年龄相当,但在她看来,扎克似乎要年幼一些。不过,同龄人在她眼中都是如此。扎克似乎对她一点儿威胁都没有,但这个流浪女不同。

艾奥娜又咬了一口馅饼,艾莎怒视着她,她感觉自己心中的怒气正在上涨。"你那不算饿!"她说,"你应该看看真正的饥饿是什么。你一看到就会恶心——浮肿的空肚子、饥饿的眼神和像沙漠一样干的嘴唇。"自己竟能说出这么有力的说辞,这让艾莎很惊讶。她决定勇敢地对抗这个女孩——她只知道一件事,那就是勇敢地对抗恶霸。艾奥娜的眼神突然变得很冷酷。

"你一点儿都不了解我!我曾经因为饥饿只想蜷缩在大街上,永远不要醒来。"

"那你也不能在这儿吃东西!这里是卧室,老鼠会进来的。"艾莎警告她。

"你又怎么知道我不是老鼠呢！我可是一只大阴沟鼠。我想干什么就干什么！再说了，家里的卧室是什么样的？这森林里就没有人说些有意义的话吗？你简直就像埃尔德一样！"艾奥娜摇了摇头，继续吃。

扎克心想，艾奥娜怎么变得这么冷酷、这么怨愤？

"你又是从哪儿来的？"艾奥娜问艾莎。

"我觉得这不关你的事。"扎克插嘴道。

"你是说从哪个国家吗？"艾莎不理会扎克的话，直接问艾奥娜。自打来这儿以后，她曾无数次、以不同的方式被询问过。

"你有发言权。"艾奥娜嘲讽着艾莎。

"索马里。"艾莎骄傲、有尊严地说出了这个词，好像她说的是一个她爱的人的名字。

"难民？"艾奥娜问。

艾莎点了点头，然后闭上眼睛，头靠在混凝土墙上。七叶果在她身边跳了起来。

"啊，原来如此，看来我们这里都是难民。嘿，雷德！"艾奥娜又四处观察着防空洞，似笑非笑的样子。

扎克看见艾莎的呼吸变慢了。她是在祷告吗？或者她只是不愿再和艾奥娜多说一句话。

然后，他又把注意力转移到那个流浪女身上。如果可能的话，他希望能用眼光把她赶出防空洞。

那女孩微微露齿而笑，回看着他，好像这是他们之间的一个游戏。最后，她打破了沉默。"她怎么了？"她指着艾莎问。

艾莎一动不动,看上去好像根本没有呼吸似的。

"别惹她行吗?"扎克小声说,"她经历了很多事。"

"我们不也是吗?咱们都一样!我不知道你们俩在这儿干什么,但是你们应该回家去。我看到那个印度女人在找你。"

"莎莉妮。"她的名字从扎克内心深处浮现出来,伴随而来的还有满满的温暖,以及她穿着满是灰尘的纱丽、站在周围全是脚手架的门口的样子。也许正是那些脚手架关闭了他大脑的电路,让所有的记忆断在原处。现在,他全都想起来了,一个场景接一个场景地在脑海里回放。学校……那个叫斯比特的男孩和斯莱特老师……他的爆发……回到新家……看见艾莎和她的朋友们在森林里,她们野餐时吃的食物有肉桂的香味,他的肚子咕咕响……在石膏制品上发现两个名字……埃德文和阿尔伯特的照片……地图……在网络电话里和爸爸争吵,妈妈的报道……一直等着她回来,墙塌了……莎莉妮站在门口,紧扣着双手,告诉他,他妈妈失踪了。

"她是斯里兰卡人。"扎克纠正艾奥娜。

"我管她是哪儿的人呢!我只知道她在找你,至于她嘛——"

"我叫艾莎。"艾莎睁开眼睛说,然后转头看着扎克,不理会艾奥娜。

艾莎的眼睛里没有睡意,但扎克很高兴,因为她现在看起来平静而坚强。她需要应对艾奥娜那带刺的言论。

"好吧,艾莎,那个叫莉莉安娜的女人在到处找你,好像有人把她的心掏出来了似的。你们俩都应该庆幸,至少还有人在找你们、想你们,永远都不会放弃。而我,除了我的脾气和那条总是离开我的狗，我靠什么活下去呢？"艾奥娜把那条狗拉近，紧紧地抱着它。

"你之前说得没错。我一点儿都不了解你。可是，你也一点儿都不了解我！"艾莎冷静地回答。

艾奥娜慢慢地点点头，好像同意艾莎的说法。见艾莎这么勇敢地为了自己而战，扎克感到莫名的惊讶。也许是她之前讲的故事让他觉得她需要保护吧。既然他知道了自己离家出走的原因，那就应该变得更强大。他第一次在森林里见到艾莎的情景又清晰地浮现出来。艾莎有那样的过去，怎么还能快乐地歌唱呢？

现在，艾奥娜把注意力集中到了扎克身上，她那灰色的眼睛就像探照灯一样。

"你又发生了什么事？"

扎克没回答，但注意到女孩的嘴角露出了冷酷的痕迹。

"别那样看着我！我倒想给你找一面镜子，让你照照自己那可怜样儿！"

关于那条狗，艾奥娜有权利生气，可是她说话的方式和她的行为举止，让扎克觉得她很享受对他们的控制权。

"难怪那条狗要离开你！"扎克回了她一句，然后抓起一把艾莎留在防空洞里的木头，"我试着再去生一次火。"

"你去吧！"

扎克做了个鬼脸。艾奥娜的口音总是让他想起他的妈妈，这一点令他很反感。

"你以为你是谁啊？人猿泰山吗？快去生火吧！"艾奥娜在他身后喊道。

第四十七章

　　扎克深吸了一口冷空气。艾奥娜为什么非得在他和艾莎正在彼此了解时出现呢？他感谢艾莎让他苏醒，他想继续和她说话，想报答她，可是有这个坏女孩在，他没有机会。

　　他希望艾莎跟着他走出防空洞。他不想把她留下，让她和艾奥娜一起在那里。扎克站在入口处，听着里面的动静，可是，那两个女孩一句话都没有说。也许，艾莎有自己的反抗方式，那就是静坐示威，不让艾奥娜把自己赶出去。她们在这儿能做什么呢？扎克想起艾奥娜攻击艾莎时她闭上眼睛的样子，好像她能将自己孤立起来似的。也许她们都睡着了。至少，现在这里很平静。那条狗也安静下来了。

　　扎克把柴堆成金字塔形，就像爸爸曾在周末露营时教他的那样。此刻，他对爸爸的记忆倾泻而出，好像闸门被打开了：当扎克升起第一堆火时，爸爸的脸上充满了骄傲的神情。他的记忆里，过去和现在一定全部混淆了，可是，斯莱特老师写在黑板上的东西不断浮现在他的脑海里……扎克重复着那些话，好像这样有助于他理解似的："如果记忆的特权是痛苦，那么回忆的表现就是爱。"

"你知道吗？艾奥娜是'被祝福'的意思！"妈妈的声音在他脑中响起。"我们应该在加勒比海，而不是苏格兰。能有两周这样的天气，真是幸运啊，我们可真是受到了祝福呀！"他们站在渡船上，看着白色的沙滩退到闪闪发光的大海里，她说："有时候我在想，我是否该回家，我告诉你，在这里，我感到了前所未有的平静。"

"你真的想回家，然后在这里生活吗？"爸爸牵着妈妈的手从渡船走到陆地上时，他问她。

"哦！那不实际，但你明白我的意思！有时候，你不是也觉得心里的一小部分还留在纽约吗？"

他的爸爸点点头，伸出长长的手臂，她走进他的臂弯里。然后，他们开始拥吻，霖登和他看着他们卿卿我我，在一旁抱怨着。

没错，即便是最快乐的时光，现在回忆起来也很痛苦，可总比之前被迷雾侵袭、大脑一片空白好。扎克深吸了一口气，走回防空洞找火柴。艾莎坐在原来的位置，她的手放在项链上。这一次，她看上去像是真的睡着了。艾奥娜的包敞开着，五颜六色的粉笔散落在凳子上。扎克看着之前还很单调的混凝土墙。艾奥娜正在画一幅画，是埃尔德的肖像——红色的头发上零乱地扎满了树叶。

艾奥娜俯视着艾莎。

"听她祷告，我也差点儿睡着了。但还是有点儿好处的，至少让我平静下来了。"

扎克凑近看了看艾奥娜的作品。"简直和埃尔德一模一样!"扎克说。

艾奥娜连埃尔德衣服上的纹理都画出来了。

她甩了甩手,说了一句令人毛骨悚然的话。"到我这儿来吧,我的地星!"她咯咯地笑着说。

扎克感觉透不过气来,往后跳了一步。

"吓着你了吧!不过那倒也不难!"看着他脸上那震惊的表情,艾奥娜嘲笑道。

雷德立刻站起来,提高了警觉,以防他们吵起来。刹那间,扎克几乎想转身走出防空洞,可他决定不让艾奥娜得逞。他想,你和你的名字不相配,祝福和你没什么关系。

"我和埃尔德在一起待了一个晚上,所以头脑中才有她的样子。"艾奥娜一边继续画画,一边解释。

"我才刚刚成功摆脱了她,我可不希望那个老巫婆在这儿监视我。"扎克说着摇了摇头。好像是让自己不再去想埃尔德,"我们现在好像没得选哦。"

艾奥娜耸了耸肩继续画,仔细地描画着埃尔德头发上的叶子。"你觉得我是铁石心肠吗?"她问。

"我可没那样说!"

"你不用说。你和你的女朋友把一切都写在脸上了。"

"她不是我的女朋友。"扎克小声说。

"随便了!"

扎克低头看见艾莎还睡着,他很高兴她没有听到。

他突然想起了自己以前画的艾莎,与艾奥娜的作品相比,简直太差劲了。由于某种原因，他对艾莎的印象还停留在第一次见她的时候。将注意力完全集中在某个人身上，就能引起他的注意，这可能吗？他也见过艾奥娜，还在这森林里见过埃尔德。他们为什么都来这片森林了？他抬头看着那幅巨大的画，想起埃尔德逼他把苦涩的液体喝进嘴里，不由得打了个寒战。

"我敢说老埃尔德把你吓了个半死。"艾奥娜笑着说。

"她就没吓着你吗？"

"只在我以为自己最终会落得和她一样下场的时候。"她叹息道。

"那你会吗？"

艾奥娜停下手中的粉笔，转身对着扎克说："我告诉你一些我知道的事吧。你们在这洞穴里玩，而那些爱你们的人都快担心疯了。"

"那么你又为什么不回家呢？"扎克问。

"我没有家。我很多年都没有家了。这下你知道你们俩和我有什么不同了吧？"

扎克摇摇头，踢了踢地面。

"也许你不想听到真相，真相一点儿都不美好。没有人找我，就连我妈妈都不会找我，所以，我就是那千万个隐形人中的一个。"

"你这么说是什么意思？"

"那是我发现的一种现象。你住在街上，就像穿了一件隐形衣。一开始，你不知道，也不明白人们为什么看不见你。然后，你看着他们，就明白他们是怎么做的了。他们有办法让你消失，他们能用眼神把你溶解。如果你坐在街上，他们可以立刻对你视而不见。"

"可是我见你卖杂志的时候，有人停了下来。"扎克说。

艾奥娜耸了耸肩。"有时候我做得很好，可就算你有东西卖，他们没有借口不看你，他们仍然可以迅速决定是否看得见你。我告诉你是怎么样的吧。"艾奥娜坐在凳子上，面对着扎克，"他们看见你在前面就马上转开，好像突然碰到一块石头似的，然后，他们的眼睛也发生了变化——就像从里面关闭了一样，变得眼神呆滞。"艾奥娜看着扎克脸上的表情，好像是要看看他会不会别过脸去。不过，他没有。"他们从你身边路过，突然看向远方，就像一个累赘突然出现在地平线上。然后，呸！他们过去了！他们走到了安全地带——我发誓我曾看见他们的肩膀放松下来，好像在说，天哪，我终于脱离危险了……这还是那些至少知道自己应该在乎的人们。"艾奥娜说。

艾奥娜指着艾莎，咂了咂嘴说："如果和她养母那样的人在一起，我不介意被收养。反正，至少我找回了雷德。"艾奥娜和那条狗依偎在一起，"我也不知道为什么，也许是它用那信任的、恳求的眼神看着你。不过，它会让人们停下的时间久一点儿，让他们伸手去掏口袋。"艾奥娜的身体往前倾，好像在向扎克吐露秘密似的，"这多么悲哀啊，我想研究它的表情，模仿它。你看怎么样？"

艾奥娜抬起头，她的嘴角变得柔和了些。她羞怯地把头偏到一边。

那可真是悲哀。扎克心想。

见他脸上的表情没有丝毫变化,艾奥娜笑了,那是一种浅浅的、伤人的笑。"明白了吧!我告诉过你的,心的融化是看不见的!这些都是事实。雷德走丢了以后,我一份杂志都没卖出去过。"艾奥娜紧紧地抱着雷德,"你是我的吉祥物,对吧,雷德?是我的'显身衣'。"

"如果你看起来不那么……"

"那么什么?"

扎克犹豫了一下,然后极小声地说出"凶"这个词,好像担心这个词会叉向他似的。

"也许我需要看起来凶点儿!"艾奥娜说。她伸出舌头,露出舌钉;她把发绺从这边甩到那边;她睁大她那猫一样的眼睛,让自己看起来就像一张部落面具。

就在这时,艾莎睁开了眼睛,一副惊恐的样子,直到艾奥娜恢复平常那愠怒的表情。艾莎的目光在墙上移动,埃尔德的画像赫然出现在她面前。

"你是一名艺术家吗?"艾莎问。

"也许是吧。"艾奥娜开始画埃尔德头发的纹理,"很抱歉,我对你发那么大的火。"她含含糊糊地说了一句,并没有转过身。

"我也对你发火了。"艾莎说。这时,那条狗跳到了艾莎身边。"你好啊,雷德!"艾莎说。

听到艾莎叫那条狗的真名,艾奥娜转过身,第一次对艾莎温暖地笑了,艾莎也回了她一个微笑。

第四十八章

秋天的太阳已经早早退出了天空,此时的空气寒冷刺骨。扎克划了一根又一根火柴,可是仍然没能点着火。最后,艾奥娜走出防空洞,把她的打火机递给扎克。她的手掌呈杯形,围着潮湿的叶子,扎克试着点燃他放在底层的引火棍。第三次点燃打火机的时候,火生起来了。

"我以前生过几次火。"艾奥娜看着眼前呼出的白气感叹道。她凑近火堆,伸出双手,抬头看着树林。"如果你们想藏起来,这里是个很好的地方。你们得生一堆大火,别人才看不到烟。还有,这个时候在森林里烧大火,"她闻了闻空气接着说,"我喜欢这种烧木头的味道!"

他们三个站在一起,看着橙色、红色、紫色的火星在树枝间飞舞,火焰滋滋地跳动,然后消失在森林里。过了很长时间,火堆才开始释放热量,他们都因困倦和满足而沉默下来,好像火焰从里到外把他们暖透了。雷德依偎在艾莎和艾奥娜之间。此刻,好像世界缩小到只剩下他们三个人,而那条狗也加入到火堆旁。他们似乎可以生活在任何时期。扎克心想，一代又一代人中，有多少人像我们这样，在一片森林里围着火堆取暖呢？当扎克抬起头看着艾奥娜的脸时，他注意到，在这琥珀色的火光下，连她看起来也更温和了。至少，她已经试着道了歉。

艾莎正盯着火看，她的思绪已经飘远了。她一定注意到扎克正看着她，于是抬起头，与他对视了一眼，然后跟着他尴尬的眼神看向树林。月光照耀着高处的树枝，向他们投下滑动的影子，但那影子还未到达地面。

一个火星从火焰中跳出来，落在艾莎的牛仔裤上。扎克跳起来，帮她拍了下去。

"你的反应可真快！"艾奥娜笑着说。

扎克希望她不要继续说这些嘲弄的、暗示性的话。如果艾奥娜没有发现他们，那就好多了。她不停地暗示他和艾莎之间有什么，很明显，这让艾莎觉得很尴尬。还有，艾奥娜在这里总喜欢到处看。她没有什么可想念的。她就像一个自由随性的火星：你永远不知道她什么时候会跳出来，把你烧焦。

艾奥娜在她的包里翻找一阵，然后拿出一块巧克力。她打开包装纸，把它分成三份。"我请客！"她说着递给扎克和艾莎。

"谢谢。"他们异口同声地说，两人都为这个女孩的慷慨感到惊讶。

自从艾莎向艾奥娜解释了什么是真正的饥饿以后，扎克就试着不去想自己那咕咕响的肚子。他脑中划过一个想法：有了足够的食物，他才能待在森林里。他最讨厌的感觉之一就是，明明很饿了，却不知道自己什么时候才可以吃东西。他觉得很悲哀。这些都是他妈妈报道过的情形。因为没有食物和水，人们不得不背井离乡，而且不是离开几天或几周，而是离开数月或数年。吃巧克力的时候，他吞得太快了，以至于胃痛得痉挛。一天又一天，不知道什么时候才有吃的，那是什么样的感觉啊？巧克力在他嘴里融化，覆盖在他的喉咙上，留下一抹丝滑的甘甜。

"假设你们想吃的都能得到，现在你们最想吃什么？"艾奥娜问，"我有时候就玩这个游戏打发时间……你们可以叫它折磨游戏！"

"莎莉妮做的辣椒酱咖喱和印度烤饼。"想起红辣椒、香菜和椰浆的味道，扎克的脸上泛起一抹微笑。

"加了西红柿、罗勒和蒜蓉酱的意大利面。"艾莎想起自己最爱吃的食物，不由得舔起了嘴巴。

"巧克力味的海绵布丁和奶油冻！"艾奥娜拍着肚子笑着说，"哦，太棒了！我吃得太饱，动也动不了了！"

艾奥娜舔着手里的巧克力，它只剩下薄薄的一层了，覆在银色的包装纸上。"喏，这就是我过活的方法之一！"她说。

把手上的巧克力舔干净后，她开始一边敲着脚，一边舔手指，好像她脑子里放着音乐似的。

"我们已经享受了虚构的盛宴，来点儿娱乐怎么样？只可惜我没带我的吉他，"艾奥娜说。然后，她唱起了歌："这是一座美丽的城市，这里的女孩多么漂亮，在这里，我第一次见到了可爱的艾莎和扎克，他们滚动着独轮的手推车……"

她是在嘲笑他们，扎克讨厌这种感觉。她的声音沙哑而强劲,充满了"再艰难也要生存下去"的力量,就连她的歌声也像是一种抗议。一曲结束的时候,她转过身对着扎克。

"该你了!没有歌曲就不叫篝火晚会了!"

扎克摇了摇头说:"我不会唱!"

"胆小鬼!"艾奥娜笑着说。

"不,真的,我真的不会。"扎克说。

"我也不会,"艾奥娜笑着说,"但我绝不会停下来。除非我和我的搭档在街头卖艺的时候,有个家伙过来对我们说,他要花钱请我们停下!"

艾莎笑了,雷德摇着尾巴兴奋地跳到她的身边。

"你呢,艾莎?会唱几句吗?"艾奥娜问。

艾莎沉稳地看着艾奥娜,她们的眼神中带有挑战的意味。然后,她的头向前倾斜着,开始哼起了歌,好像她是在慢慢地把音乐从地底下拉上来似的。扎克心想,这就是吸引我来到这个防空洞的那首歌吗?然后,歌词出来了。艾莎那平稳的歌声在夜空中响起,雷德把头靠在艾莎的膝盖上。扎克听得入了迷。这究竟是怎么回事?听一首用其他语言唱的歌,你一个字都听不懂,可是唱歌的人仍然能让你感受到她的感受?艾莎唱歌的时候,她看着火焰,在火光的映衬下,她的脸变成了金色。

扎克觉得她很漂亮,但他永远没有勇气告诉她。她的漂亮,不仅在于容貌和气质,还在于她表现出的骄傲和力量。他希望自己做得比这更好。

雷德困了,睡得正香。艾莎的歌声结束后,树叶在微风中轻轻摇曳,似乎在安静地起舞。最后,还是艾奥娜说了话。

她说话的时候，声音中的棱角已经融化了。

"歌词是什么意思？"她问。

艾莎想了想，然后开始翻译。她一边翻译，一边又唱了起来。"讲的是……一种鹿……一只远离家乡去旅行的羚羊。每一个在路上遇到它的人都会问，'你在找什么呢？'它回答，'我在找我的爸爸妈妈。'然后，路人又问，'可它们为什么丢下你呢？'羚羊回答不出来，只能用蹄子在地上踢来踢去。它找了很多年，直到有一天，它遇到一位拄着权杖的老妇人。'你为什么一直在游荡？'老妇人问它，'你不觉得你该放手了吗？'"

讲述的时候，艾莎的眼里噙满泪水。她一只手挥过脸庞，因自己的情不自禁而发笑。"我也不知道！翻译这种歌词很困难。这只是我的拉鲁姨妈唱给我听的。"艾莎说。

艾莎说话的时候，扎克产生了一种极为奇怪的感觉，他觉得自己以前来过这里。然后，他想起了他的梦。艾莎和艾奥娜都出现在了那个梦里，她们在逃离的儿童群中，而她的妈妈又是带领他们走向安全地带的那个人。

"那么，你的家人又在哪儿呢？"艾奥娜问艾莎。

想到艾莎告诉他的那些经历，扎克感到很恐惧。

"我不知道。"艾莎小声说，但并没有进一步解释。

"好吧，我喜欢那些歌，它们可以把你带到遥远的地方。有时候，离开也是好的。"艾奥娜感慨道。

艾莎点了点头说："唱那首歌的时候，我仿佛回到了家。"

扎克假装在看那些小小的、明亮的火焰，可是，他却在认真听那两个女孩说话。

他心想，艾奥娜之前是在避免和人相处吗？因为现在他已经能从她身上看到一丝温和与友好了。她也没有那么坏，可他还是忍不住要谨慎些，以防她又嘲笑他。

艾莎开始唱另一首歌，歌声充满了渴望与期盼。艾奥娜向后躺着，闭上眼睛，认真听着。艾莎唱完后，艾奥娜吹起了口哨。"接下来是一首足以将死人唤醒、让人难以忘怀的歌！下一次，我要带上你们去街头卖艺。你们的长相和声音足够让我们大赚一笔！"艾奥娜说。

艾莎笑了，说："将死人唤醒，你为什么那么说啊？"

"今天是万圣夜啊！"

那也就是我的生日啰，艾莎心想。

"哎，今天晚上，到处都是幽灵！"

艾奥娜跳起来，拍着双手，雷德也用后肢站起来，和她一起围着火焰跳舞。她就像疯了一样，甩着头发，耳钉闪闪发光。扎克把手伸到脖子处，艰难地吞着口水。他感觉喉咙又酸又痛。就算艾莎是天使，艾奥娜也算不上魔鬼，她只是经历了痛苦而已。扎克把冻僵的双手凑近火堆取暖。

他想起妈妈曾让他摩擦双手，还把它们放进她的外套里。想到这里，妈妈的话又回荡在他的脑海中："手是冰冷的，但心是温暖的。"扎克把他的手放在心上，感受着心跳的节奏。让她活着吧，让她活着吧，让她活着吧。

第四十九章

自从艾莎把用来数天数的七叶果扔掉以后,她就不知道自己在森林里待了多久了。所以,今天是她的十三岁生日,她都差点儿忘了。她想告诉扎克和艾奥娜,可又有什么意义呢?这又不是真的派对,但这也算不上多么糟糕的生日,毕竟与往年不同,也许,只是也许,今晚,在这个特别的日子,她会得到从来到这个国家开始就一直想要的东西。

他们中没有人故意决定要在外面过夜,可是,篝火将他们聚在了一起——只要火还在燃烧,就没有人想离开这温暖舒适的地方。扎克想起了在老房子里过万圣节的情景,想起了桌上点燃的南瓜灯散发出温暖的光芒;想起他和霖登一起玩"不给糖就捣蛋"的游戏,他们贪心地收集糖果,然后跑回家,把它们存在大罐子里。他一口气就把所有的糖果吃光了,而霖登则努力地存起来,接下来的一周就用这些糖果折磨他。想起爸爸那浮夸的万圣节装扮,扎克露出了笑容。在美国,过万圣节要隆重得多。

此刻,扎克想起了一年前的万圣夜。

*

"爸爸,你太入迷了,多令人尴尬啊!"

"扎克,把鬼魂挡在门外可是一件很严肃的事!"

"那只是一堆垃圾而已。除了糖果,我什么都不信。"

然后,当扎克走出家门时,他的爸爸戴着一副难看的、没有表情的白色面具,跳到他面前。扎克吓了一大跳。

"哈!吓着你了!居然能把一个不信鬼的人吓成这样!"

扎克想,今天晚上,爸爸是否也在纽约想他呢?扎克的头脑里装满了这些。他发现,火的热量让艾莎的困意越来越浓了。艾奥娜抓了一把干树叶塞进她的睡袋里,用来保暖。他的衣服终于干了,他把它们连同外套一起堆在睡袋里。然后,他舒服地躺进垫得厚厚的睡袋里,看着大树投下的巨大阴影。

徘徊在森林里的鬼魂和外面那些在街上游荡的假鬼魂完全不一样。扎克闭上眼睛,想起了第一次见到艾莎时的场景,她当时站在一片阳光里;想起了老埃尔德把面包屑撒在他们头上;想起他逃离埃尔德的洞穴,跟着埃德文来到这个防空洞。虽然有些事扎克还想不明白,但是他感觉,冥冥之中,真正的鬼魂把他们带到了同一个地方。

雷德呜咽着来到他的身边。扎克摸了又摸它那丝滑的毛。他又把一大截木头扔进火里,看着它闷烧一阵,再燃起火焰。他抬头看着月亮,缕缕银光从月亮之上一掠而过。看得久了,那些阴影仿佛形成了妈妈的样子。

扎克闭上眼睛,感受着火光照在脸上的感觉,就这样沉沉地睡去。

埃尔德的脸在黑暗中出现了。

"埃尔德知道哪里长着常春藤,揭开常春藤,回到过去,剥掉葡萄藤……"

她抓着他的手,拉着他在森林里走。"手是冰冷的,但心是温暖的;心是冰冷的,但手是温暖的。他们是这样说的吗?"当她推着他往前走时,秋天的红色与锈色渐渐变得模糊。

"你是在找这个吗?"她问。

他转过身,可他又变成了一个人。他跌倒在地上,在口袋里摸着照片。他拿出来,看了一眼。沉重的靴子的声音迫近了,一个穿着军装的男人在召唤他。

"原来你在这儿啊。我一直在找你呢!"

埃德文把一只手搭在扎克的肩膀上安慰他,盯着他手中的照片看。"哦,我记得那个!"他说,"那真是快乐的一天。从那以后,我们就很少相聚了。"

"可你爸爸还活着,不是吗?"埃德文问。

扎克点了点头。

"你妈妈呢?"

扎克摇了摇头说:"我不知道,她失踪了。"

埃德文抱了抱扎克,说:"我和你做笔交易吧。你如果找到我安息的地方,我就向你保证你妈妈一定会安全回来。"

"什么意思,你安息的地方?为什么想让我找到你?"

埃德文拿起照片,悲伤地笑了笑,然后交给扎克。"你觉得呢?并不是只有你们在这里躲避战乱。我妈妈,我妹妹佩吉,我爸爸,还有小梅西和艾迪……阿尔伯特·班布里奇——你知道吗?他不只是石膏上的一个名字而已。我献出了我的生命,我的兄弟们也是。你不觉得我们值得被纪念吗?"

这时,树林中出来一个女人。她看上去好像一直在哭。埃德文站起来,朝她走去,他的手臂大张着。他在拥抱她之前,转身对扎克说:"这是我妈妈,汉娜。你看到了吧,他的儿子们没有被记住,她就不能安息!"

埃德文的声音似乎渐行渐远。扎克看了看四周,却只有他自己。此刻,树林的那边又传来埃尔德的声音。

"嘘,汉娜,你安息吧,安息吧。让你的灵魂安息吧。"

第五十章

在艾奥娜准备睡觉前,她闭上了眼睛。她感觉到扎克正在看着她。她想,万圣节那些破事和我一点儿关系都没有。每年,只有在今晚,她才可以出现在陌生人的门口,接受别人给她的糖果,这可真是个冷笑话。去年,她去敲某家的门时,他们还夸了夸她的"服装"。

"年轻人通常都不怎么装扮!"当艾奥娜拿了一把巧克力时,那个女人高兴地说道。

艾奥娜总在想,如果告诉那个女人自己一点儿都没有装扮过,她又会说些什么呢?虽然她街上的朋友们只是觉得这个故事很滑稽,可是每次想到背后的事实,艾奥娜就有想哭的冲动。难道我变得和埃尔德一样疯、一样吓人了吗?她开始想着从埃尔德的洞穴一直到这里的情景。她站在斜坡顶上,朝艾莎大喊,让自己的样子变得和那个"怪物"一样。她讨厌自己变成他那样,讨厌艾莎和扎克目睹了她当时的样子。她已经很久没有和比她年轻的人在一起了。想一想,她有好几年没有和任何人一起待这么长时间了。扎克和艾莎对她的恐惧，可能多过他们对森林里的鬼怪的恐惧。

和埃尔德在一起，看着她睡觉，听着她念叨，这令艾奥娜震撼不已。可不管埃尔德疯到什么程度，艾奥娜还是觉得，和她在一起比和那两个人在一起自在。虽然今晚她也偶尔觉得可以和他们成为朋友。但我在开什么玩笑呢？两个人可以做伴，三个人就多余了。

"怪物"的声音不停地在她脑中噼啪作响，他捶着她的门，狂轰滥炸似的骂她："你就是个多余的……没有你我们会好很多……毕业后就滚出去，你个小吸血鬼！"艾奥娜装好背包，走了出去，她从她妈妈的身边经过，她正抱着头坐在桌前。

"你走了也好，"她小声说。"不过，等一等——"她的妈妈解下自己的十字架递给艾奥娜，她的双手在颤抖，看也没看艾奥娜一眼，"愿上帝保佑你吧。"

两个人可以做伴，三个人就多余了，艾奥娜提醒自己。如果到现在她还不知道这一点，那就永远也不会知道了。如果她能说服雷德跟着她走，那么她明早就离开。艾奥娜抬起脸，感受着火的热量，闻着木头的香味。

"怪物"坐在她的旁边。他的一双大手捏着她的手肘。他逼近她的时候，她屏住了呼吸，拉紧脊背，每一根神经都在反冲。

她感觉从胃里跳出一大团火花，火焰开始在她身体里燃烧。它经过她的喉咙，从她的嘴里出来，变幻成埃尔德的样子，她那火红的头发在整个森林上方形成一个拱形的天篷。那老妇人握着艾奥娜的手,指着下面,远处有一个顶针大小的"怪物"正在瑟瑟发抖。

"他伤害不了你。他什么也不是,连你脚上的尘土都不如。别再害怕了,埃尔德在这儿呢。安息吧,亲爱的,安息吧。让你的灵魂安息。"

第五十一章

艾莎的思绪在林间漫游，时而流连在枝叶飞舞的小树上，时而深入盘根错节的老树根里。

埃尔德眨着眼，走出了防空洞。她举起一根古老的树枝，示意艾莎跟着她。艾莎跟着她，走到一株空心的树干前，那树干很大，人可以从上面走过去。艾莎一步一步地往前走，她感觉自己的脸在发热。她发现自己正站在家乡的红土上。

"等等！"埃尔德冲她喊道。她拿出她的树枝，围着树根画了一个圈。

"地星降落了，死帽草在等待，灵魂在呼唤，热量在上升。"

埃尔德把手伸到脖子处，摘下她的琥珀珠子，解开绳结。她用双手搓着一颗琥珀珠子。艾莎看着它冒烟，然后变成火花，又燃烧成火焰。埃尔德的皮肤上覆盖了一层金色的松脂，就像蜂蜜一样粘。

"看啊，看它飞啊！"埃尔德小声说。一只瓢虫开始在里面搅动，然后爬过她那皱纹密布的手，最后从黏糊糊的树液中冲出来。它展开翅膀，飞了起来，落在艾莎的额头上。

"跟着我唱……瓢虫啊瓢虫，飞离了家园，你的房子着火了，你的孩子们都在流浪。"

艾莎重复着那些话。

"闭上眼睛，许了愿，它就会飞走！地星降落了，死帽蕈在等待，灵魂在呼唤，热量在上升……"

埃尔德的声音渐渐消失在远方，艾莎睁开眼睛，发现自己的愿望实现了。

"阿爸！我的阿爸！"艾莎喊着朝爸爸跑过去，一头扎进爸爸的怀里。她躺在他的臂弯里，久久不肯离去。爸爸给她唱了一首生日祝福歌。她回到家了。

埃尔德冲艾莎喊了又喊，可她听不见。于是，那个老妇人走到树干旁，抓起艾莎的手，使劲把她拉回来。

"难产，难产……"埃尔德一边小声说，一边摇晃着艾莎的胳膊，好像她是个婴儿似的。然后，她抬起艾莎的头，又指着树那边。远处，一对男女从热气中走出来。

"我的阿爸和阿妈，现在他们在一起了。"艾莎小声说。她向他们伸出手，然后拼命地从埃尔德手上挣脱，可是那个老妇人紧紧地抓着她。

"让你的阿爸和阿妈安息吧。如果你爱他们，就让他们走吧。"

艾莎停了下来。她抬起手，不停地挥着，直到阿爸和阿妈变成宇宙中的两个小点。

"嘘，艾莎，别哭，埃尔德在给你唱摇篮曲呢。安息吧，让灵魂安息吧。"

第五十二章

艾奥娜爬上去,翻过防空洞,来到小溪边。雷德在那里呜咽着。艾奥娜叫它,可那条狗还在嗅着空气,好像什么东西或什么人严重打扰到它似的。

"我不知道它怎么了,那里没有人!"艾奥娜返回去时,对他们说。那时,火堆已只剩下余烬。

艾莎蜷缩在睡袋里,擦干了眼泪,艰难地哽咽着。她以前从没做过这么真切的梦。她希望阿爸能在她生日那天出现,但她没想到阿爸和阿妈能够团聚。在她的内心深处,她知道,再也见不到他了。此刻,她无法睁开眼睛面对这些陌生人。可是,雷德在抓她,逼她翻身。

"有人来过这儿。"扎克说。

艾莎睁开眼,看到扎克和艾奥娜正蹲在火堆的另一边,打开装满食物的袋子。

"是埃尔德给我们的!"艾奥娜笑着说,"我就觉得她在附近嘛。也许正因如此,我才会梦到她。"

艾莎颤抖了一下,她的头冻得紧绷起来。她抱着自己,发现外套上有一朵白色的纸花。

"是谁放在这儿的?"艾莎问。

艾奥娜指了指她和扎克的衣服,上面有一模一样的花。"看来我们每个人都有哦。"艾奥娜说。

一想到埃尔德偷袭他们,趁他们睡觉时在他们的梦里游荡,扎克就浑身不自在。

艾奥娜一边打开包装,一边笑着说:"她可真贴心——不仅带了吃的,还带了一口锅、一个杯子、勺子……各种各样的东西。还有肥皂和干净的毛巾!她一定花了不止十英镑!"

"什么十英镑?可能是她从我那里偷走的,还有我的其他东西!"扎克抱怨道。现在,他确定他把钱包放在背包里了,里面还装了二十英镑。

艾奥娜在包里翻了一阵,拿出一个钱包,打开它。

"给你。"她拿出二十英镑纸币,扔给扎克,"她只是无家可归,但并不能说明她就是贼。"

第五十三章

"你凭什么觉得这是她给我们的?"扎克观察着罂粟花的花瓣问,好像他要把它摘下来,但却被什么阻止了似的,"我想,白色的罂粟花象征着和平。在这个森林里的某个地方应该有一座战争纪念碑。我在我找到的一张地图上看见过。但我就是不明白,为什么埃尔德把我的钱包还给我,却留下了我其他的所有东西。"

艾莎咬着嘴唇。"你确定照片和地图不是我给你讲了我的梦以后,你想象出来的?发现那个游戏,也许只是奇怪的巧合。也许我以前见过他们,却不记得了……而且你也没有伤到头。"艾莎说。

"相信你希望的吧,但我们确实梦到了同样的人。"扎克叹息道,然后转过头去,"写在墙上的名字不是我编出来的,对吧?我去找找埃尔德,看能不能拿回我的东西。"

艾莎朝防空洞里看了一眼。艾奥娜在里面和雷德依偎着,待了一会儿了。看见艾奥娜那么爱雷德,艾莎觉得很内疚,因为那条狗是因为她才留下的。就让她们平静地享受团聚吧。于是，艾莎转身对扎克说："我跟你一起去吧，如果你愿意的话。"

他们带着各自的梦走在森林里，就像背上有所负担似的。艾莎觉得扎克糊涂了，扎克不怪她。她说得没错，他当时什么也不确定。可她似乎也卷进来了，因为她梦到了战时的那一家人，而且，埃德文把他带到防空洞，一定是有原因的。他想不明白，但他也忘不了埃德文告诉他的……好像如果他不去寻找那个纪念碑，就是在蔑视命运似的。埃德文的话萦绕在他的心头。艾奥娜说起了公平交易。没错，这就像一次输不起的交易——找到纪念碑，让埃德文的妈妈安息，我的妈妈才能安全回家，他一边踢着路上的藤蔓，一边反复告诫自己。

艾莎抓着扎克的胳膊，把他拉回来，以免他踩到前面的什么东西。

蜘蛛网杂乱地悬挂在欧洲蕨那拱形的枝丫间，上面挂着露珠，一闪一闪的，就像棉花糖一样。

艾莎停下来，看着它们。"这么脆弱的网，怎么能承受像清晨的眼泪那么沉重的东西呢？"她指着一滴眼看就要将丝线融化的水珠问道。

"你是说露珠吗？"扎克仔细地观察着蜘蛛网说。

"不，我说的是眼泪！"艾莎说，"有一次，我做了噩梦，莉莉安娜就给我讲了这个故事。也许她只是想安慰我吧。她说，这些是捕梦网。编织者整夜都不睡，就为了织网来捕捉你的梦。阳光照耀大地的时候，它们就都消失了，而且还把你梦里不好的感觉带走,只留下美好的东西。真是一个美好的故事,是不是?"

她说话的时候,扎克试着不去看她。他喜欢听艾莎讲她的故事。她的英语说得很棒,虽然带了一点点口音,不过,从她口中说出的字句,让人感觉很新奇。也许,她认为埃德文和阿尔伯特也是编的故事吧。

"你认为我跟你讲的那些东西都是捏造的吗?"

艾莎耸了耸肩。

我要怎么做才能让她相信我呢?扎克想起了她向他讲述梦境时他脑中的疑问。"你梦到的艾迪有多大?"他问道。

"大概九岁或十岁吧。"艾莎回答。

"阿尔伯特呢?"

"我不知道,我只知道他是个老人。"

"所以,他可能和我照片上的阿尔伯特是同一个人。"

艾莎友善地对他笑了笑,说:"我没见过照片。"

扎克突然觉得自己很傻,好像她在同情他似的。埃尔德为什么要留下他的东西?它们对她有什么价值?如果他能给艾莎看照片、地图和石膏上的名字,也许她就会相信他了。

"有时候,想着陌生人比想着你真正思念的人要容易一些。"艾莎气喘吁吁地说。然后,她在一棵树桩上休息了片刻。

当扎克再看她的时候,他很惊讶,因为她竟然在哭。"我昨晚做了一个梦……"她尽量控制着情绪说。扎克朝她走了一步,可她抬起一只手,好像在说,我不需要你安慰我。她深吸了几口气,让自己平静下来。

"一个关于我爸爸的梦……他以前是一名翻译。"她说得很小声,扎克不得不竖起耳朵听她说的话。

"以前?"

"我觉得他已经死了。"她小声说,任凭眼泪从脸颊上滚落下来。

扎克又离她近了些,可她再次抬手让扎克走开。站在她对面,看着她难过,扎克觉得很不安,于是,他跪了下来,这样感觉离她近一些。这时,艾莎看着他的眼睛,她的呼吸似乎顺畅了一些。"你知道吗?在我的国家,翻译是一份非常危险的工作。有时候,谁都不相信你——把这边的东西翻译给那边的人听,人们会想,你是否从中添加了什么或者省略了什么呢?"

"但是我不明白。昨天到底发生了什么?你怎么知道他的情况?"

艾莎举起一个拳头放在胸口,说:"这里,感觉不一样了……"

扎克摇了摇头。这次,轮到他不相信她了。

"你不明白……我以前每周都会听 BBC 索马里广播,看能否听到我阿爸的名字。有时候,我甚至在想,就算知道他死了,也比无望的等待好。每年过生日我都会许愿,希望他能履行承诺,能来找我,而且今年我觉得他会回来的。可是,就在昨晚,在我的梦里,他来和我道别了。当我醒来后,我确定他已经不在了。"

之后,两人沉默了一阵,扎克试着理解这一切。他昨晚的梦也很真实,但他不能告诉她。很明显,她以为他的头脑还不清楚,可是,她说的她爸爸的事也是一种感觉。扎克站了起来，这时，她拉住了他的手。他们一起往前走着，但他不敢看她。当他触碰到她那冰冷而光滑的皮肤时，他只希望她永远不要放手。

"昨天是你的生日吗？为什么不告诉我们呢？"他不知道该说些什么，能想到的只有这些。

艾莎耸了耸肩。

扎克抬头看着大树。这个森林里充满了梦和捕梦者，斑驳的光在地上舞动，就像来自另一个世界的精灵。这里，并不是你藏身或隐藏事实的地方。他觉得，自己好像是梦游到了这个森林，现在才开始清醒。也许，对于艾莎来说也一样，只是为了找个借口与爸爸道别而已。他内心的某种东西终于融化了。如果他要做最后一件事，那他会向艾莎证明，他没有瞎说。

第五十四章

有人朝着天空撒面包屑,成百上千只鸽子仓皇飞起,它们一边拍打翅膀,一边争抢着啄食。埃尔德走在这灰色的、颤动的鸟之海洋里。鸟群突然分开,在咕咕声中为她让出一条道。出于本能,艾莎和扎克蹲下躲了起来。埃尔德转到他们藏身的地方,指着栏杆另一边的路。扎克和艾莎望向她指的地方。一辆白色的小警车正朝森林慢慢开过来,一直开到窄路上,直到无法通行了才停下来。车门打开了,然后传来紧急的声音和狗叫声,那些狗一边叫着一边在灌木丛中翻找。两条阿尔萨斯狼狗一路嗅着朝他们走过来,可是,中途被埃尔德拦下了。她抓着它们的项圈,击打它们的眉心。最后,那两条狗就像温顺的小狗崽一样转过身去,让她挠肚皮。

"只有那个无家可归的老妇人!"一名警察朝另一名警察喊道。

"我叫埃尔德!"她纠正说。

"你在那儿还好吧,埃尔德?需要帮助吗?"那名警察问。

"埃尔德很好,就像好酒一样,越老越好!"她被自己的笑话逗笑了。

"是吗？好吧，如果你需要，就来找我们，我们会带你去避难所。我们还在找那些失踪的孩子。你看到过他们吗？"

她摇了摇头，手也从那两条狗身上拿开了。它们站起来，朝扎克和艾莎的方向嗅了嗅，然后跟着警察回到警车上，好像它们被催眠了似的。

"我觉得她知道我们在这儿。"艾莎悄悄对扎克说。

"我很怕她。"

埃尔德开始朝他们走过来。

扎克抓着艾莎的胳膊，把她拉到一边，好像担心那个老妇人会袭击他们似的。可是艾莎挣开他的手，从灌木丛中走了出去。

"地星在降落！不准冲到埃尔德跟前，容易受惊的老心脏啊，仿佛暂停了跳动。"埃尔德拍着胸脯，艾莎的出现似乎并没有影响到她，就像那些停靠在她肩膀上的鸽子一样。

"你知道我们在这儿！"艾莎小声说。扎克走过来，站在了她身边。埃尔德对他笑了笑，然后摸了摸自己的头，指着扎克那完全结了痂的伤口。

"你是来感谢埃尔德治好你的吗？"

"你为什么不告诉他们我们在这儿？"扎克问。

"不关我的事！埃尔德可不是爱管闲事的人。你们要留下，我也不拦着。自由的国度——他们不是这么说的吗……"

"你还给我们带了吃的。"艾莎说。

"不能让我的地星们饿着啊。"

"还有那些罂粟花。"艾莎指着戴在身上的那一朵补充说。

230

"罂粟花象征着和平、安息,让灵魂安息吧,那就是我要说的意思。"

埃尔德伸出手,撒了一把树叶,它们飘荡在风中,离她远去。"小小的红叶落了下来,落得到处都是,可怜的小孩子,心在滴血,埃尔德只想要和平、和平、和平。"

"谢谢你把钱包还给我。我能要回其他东西吗?"扎克咬着嘴唇说。

埃尔德毫无征兆地拿起她的棍子,在地上扑打。

扎克和艾莎往后退。埃尔德的情绪转变后,看上去真像个疯子。

"我有一张地图……我在找森林里的一座纪念碑。"扎克继续说道。

"看下面,下面,再下面!"埃尔德一边说一边跪到了地上。

艾莎和扎克也跟着她弯下身来。

埃尔德在树木间挥舞着她的棍子,挥向一堆厚厚的荆棘丛。"都长得太快了,都被遗忘了。"埃尔德说。

"那是什么?"扎克问。埃尔德转过身来,鸽子飞走的时候,她的头发飞了起来。

"死人啊——你以为呢?"

第五十五章

扎克抓着艾莎的手，他们奔跑着穿过森林，一半欢笑一半惊讶。

"我觉得昨晚应该是万圣夜！我不管你怎么说，总之她的脑子有问题。她不在的时候，我会再回去的，"他们停下来喘气的时候扎克说，"可她好像一直都没有走远。"

扎克开始觉得，埃尔德正在将他们引向无法理解的深处。为什么她要帮他们保守秘密？甚至还向警察隐瞒他们的行踪呢？

雷德叫着欢迎他们，还跑上坡来迎接。此刻，它正领着他们去艾奥娜那里。防空洞里正回荡着艾奥娜沙哑的歌声。

扎克放慢了脚步。火燃起来了，周围挂满了毯子和衣服。火堆上还放着一口平底锅。

"你们俩去哪儿了？"艾奥娜看着入口处说。

"去散步了。"艾莎回答。她没有告诉艾奥娜关于纪念碑的事，扎克很感激。

"去那边荒地里散步吗？"艾奥娜又被自己的笑话逗乐

了,"管它呢!反正你们高兴就好!"

"只是去散步而已。"扎克咕哝道。

"哦,多谢邀请!如果你们担心我和雷德,那么,我们很好,一直在忙,对吗宝贝?"艾奥娜说着把雷德抱进怀里,那条狗也紧紧地依偎在她身上。"要喝点儿茶吗?"艾奥娜问。她把平底锅里的开水倒进一个金属杯里,然后用勺子舀了点儿糖进去,再加上牛奶搅拌。艾奥娜在火堆旁放了三根原木,他们坐下来,挨个儿传递着埃尔德的杯子。艾莎抿了一口,感觉喉咙和胃都暖透了。艾奥娜咧着嘴对艾莎笑了笑,然后从一个袋子里翻出意大利面,放进开水里。面煮好后,她把水控干,从一个罐子里倒出番茄酱,拌匀,然后递给艾莎,让她先尝。

艾莎拿着叉子在意大利面里转了一下,然后尝了一口。"真好吃!"她说,"这是我做梦都想吃的食物!谢谢你!"

艾奥娜耸了耸肩,好像她很不喜欢别人向她道谢,竟不知道该怎么回应似的。"别谢我,要谢就谢埃尔德!"她说。

他们吃饱以后,便在火堆旁懒懒地伸展着四肢。吃饱的感觉竟然如此美妙。扎克在想,艾奥娜的怨气和她很多时候都吃不饱有关吧。当她挽起袖子煮面的时候,他注意到,她一点儿肥肉都没放。

艾莎说:"我希望我们从埃尔德那里离开没有冒犯到她。"

"我看她已经习惯了。我觉得她喜欢我们在这儿。"艾奥娜举起喝茶的杯子,"敬疯狂而善良的老埃尔德。"

"她总是不知道从哪里冒出来,吓我一跳。"扎克说。他感觉火焰正在融化他冰冻的脚趾。

233

"那你就应该保护我们！"艾奥娜笑着说。

"谁说的？"扎克和她一起笑着说。

"你们俩，闭上眼睛。"艾奥娜用双手蒙着扎克的眼睛说。他躲开了。她又说："别担心，我又不会吃了你！"

艾奥娜推着他们朝防空洞走去，可他们绊倒了。"好吧，好吧，把你们的手给我。"她抓着他们的手，挨个儿把他们领了进去。

"闭上眼睛。"艾奥娜跳来跳去，让他们坐在一个凳子上。

"芝麻开门！"

只见防空洞的一整面墙上都是粉笔画。扎克看向门口，战时那家人的名字还在原来的地方，只是艾奥娜在它们的周围画了一个行李箱，好像那些古老的名字就要踏上新的旅程。除此之外，上面还画着艾奥娜在和雷德打招呼，戴着蓝色头巾的艾莎围着篝火唱歌，扎克坐在她的旁边，埃尔德坐在他们中间，她手里抱着克丽丝特尔，罂粟花和鸟群围着她，她是这一切的总指挥。整面墙上顿时有了超现实主义的效果。粉笔的颜色有些晕染，但艾奥娜画里的每一幅场景都还清晰可辨。

"你真是太有天赋了。"艾莎轻声说。

扎克只是看着摇了摇头，说："我以前从没见过这个。"

艾奥娜靠在对面的凳子上，脸笑成了一朵花儿。艾莎也对她笑了，她从艾奥娜的脸上看到了绘画带给她的快乐。艾莎也知道那种感觉，对于她自己，唱歌就是一种释放。

*

他们整个下午都围着火坐在一起，他们一起愉快地聊天，一起唱歌。女孩们取笑扎克那粗哑的声音，还和雷德一起疯闹。艾奥娜似乎很喜欢扮演主人的角色，她一会儿传递饼干，一会儿为他们热茶。他们围着火光传递着同一个杯子，扎克觉得，这温热的甜茶是他喝过的最好喝的东西。

夜幕降临时，雷德是第一个察觉到的。它怀疑地嗅了嗅空气，然后呜咽着躲进了防空洞最里面的角落。轰隆，轰隆，轰隆，他们的头顶传来一阵沉闷的声音。他们跑出去一看，只见一道道亮光喷向天空，在夜空中溅起缤纷的色彩，然后又落回地上。一阵深沉而空洞的"隆隆"声过去，白色、蓝色、粉色的光如细雨般洒落在他们身上。扎克和艾莎站在森林中央，他们待在原地，屏住了呼吸。艾奥娜观察着他们的表情。她喜欢看人们一见到烟花就转变了的表情，喜欢看着他们的担忧渐渐消退。在这烟花表演面前，就连那最古老、最愤世嫉俗的面孔上，都会洋溢出童真与惊奇。雷德呜咽着，又开始发抖。艾奥娜感受到了它的害怕，于是走进去抱着它。她最喜欢看烟花了，可自从雷德跟了她以后，她就没有好好欣赏过了。每年，一听到放烟花的声音，雷德就吓得全身发抖，艾奥娜只能护着它，让它有安全感。如果你爱某样东西或某个人，你就得这么做——不能把自己放在第一位。她永远不明白，为什么妈妈不站在她这边，反抗那个怪物。

艾奥娜把埃尔德给他们的手电筒拧开，在墙上晃，手电筒的光照在了那些儿童的名字上，他们是战时进来躲避的。

轰隆，轰隆，轰隆，烟花的声音继续着。

蜷缩在这混凝土的防空洞里，炸弹纷纷落在你周围，你不知道自己还能不能出去，那是什么样的感觉呢？当你回去的时候,你的家是否成为一堆碎石?艾奥娜问自己,如果我回到那个岛,去看看我家发生了什么事,我会发现什么呢?

烟花终于落幕了,雷德抬起头来。艾莎走进来,坐在那条狗的旁边。过了一会儿,轰隆声又开始了。

"轮到你看了!"艾莎说着把艾奥娜推了出去。

"排灯节快乐!"扎克和她打招呼。此时,他们头顶的天空奏出了一曲色彩的交响乐。记忆中,每年他都会欣赏莎莉妮所谓的"排灯节天空"。她总是会带上他一起,而且每年她都会哭。此刻,远离了那些他爱的人们,扎克觉得,自己大概知道为什么这天晚上莎莉妮总是那么感性了。一想到和自己的儿子同在一片天空下,可是好像又隔着全世界,难免伤感。

艾奥娜屏住呼吸,握着她妈妈的十字架。她用双手环抱着自己摇晃起来,好像她的灵魂飞升了。当最后一道火花消失在天际的时候,她的身体似乎从里面崩溃了,她开始啜泣。扎克不假思索地把手绕在她的肩上,搂着她。情绪从她胸口涌起,越来越强烈,折磨着她的身体。

这时,雷德出现在防空洞的入口,它的身体还在因害怕而发抖。艾莎跟着它出去。那条狗走过去,把头埋进艾奥娜的侧边。

"我再也不能像这样活着了。"艾奥娜伸出手去安慰雷德。

艾莎也把手绕在她的肩上。他们四个围着火堆的余烬,紧紧抱成一团。

埃尔德从树后面看着这一切,看着那些小小的地星组成的星群在她面前散发出温暖的光芒,点亮了她的森林。

第五十六章

夜未过完，火堆就烧成了灰烬。他们把所有能找到的衣服都穿在身上，不管是谁的，都拿出来分享：手套、帽子、袜子、连衫裤和外套。两个女孩占了那古老的双层床，扎克躺在其中一个长凳上。他们没有说话，只是闭着眼睛，每个人都在思考自己的问题。那晚，他们都迟迟没有睡意。对他们每个人来说，烟花点燃了他们对温暖和光的渴望。

"扎克！扎克！扎克！你要完成那项任务才可以回去！"坐在他对面的是一个隐约有些熟悉的老人。

"是阿尔伯特吗？"扎克小声问。

"瞎说！我还没那么老！阿尔伯特是我的爷爷！我是艾迪。"那个老人指着墙上那个儿童的名字说，"那是从前的我！在我走之前，还想来看看以前常来的地方！"

"去哪里？"扎克问他。

"我不知道。我们要去哪里呢？去敲天堂的门，在地下，你告诉我啊。"

扎克耸了耸肩。

"你把这个地方打扫得挺干净的嘛!我喜欢那些画。"艾迪欣赏地朝着艾奥娜的粉笔画点了点头。

扎克指着睡在上铺的艾奥娜说:"是她画的。"

"我以前就睡在那儿,直到有一天,炸弹不停地落下来,吓得我尿裤子!可怜的梅西和妈妈在底下!爷爷就睡在你坐着的地方,有时候我会和他蜷缩在一起。奶奶死后,他一个人就难以入睡了。多么和蔼的一个老人啊,可是,因为我叔叔埃德文和其他人英年早逝,他整天都很悲伤。好像他只要叫到我的名字,就会想起自己的儿子。"

扎克走到他的背包旁,拿出抓子游戏的道具。

"这是你的吗?"他问那个人。

艾迪双手拍着膝盖。"哈!最后玩一次抓子游戏!"他把球抛上去,开始捡那些物件,可是,最后,他没能接住球。

"好烦啊。我以前最擅长这个游戏了,"他把手翻过来,检查了一下,"看到了吗?满手的关节炎,静脉凸出。玩抓子游戏需要灵活的双手。"

那人拍了拍扎克的背。

"你要是愿意的话,就留着这些东西吧!轮到你了!"

扎克把球抛向空中,然后捡起全部的子,最后不费吹灰之力地接住了球。

"看到了吧!"那个老人拍着他的背笑着说。他把翻领上的红色罂粟花摘下来,别在扎克的身上。

"你会让大家记住我们所有人的,对吗,孩子?"他对扎克眨着眼说。

＊

扎克试着整理脑中的信息，可是头脑一阵眩晕。无论出于什么原因，总之，他对石膏上的名字入了迷，那些人控制了他，不肯放手。好像他们需要他，就像他需要他们一样。艾莎相不相信他又怎么样呢？为了埃德文，为了他自己，为了他妈妈，他不得不这么做。然后，他会回家去，看看埃德文有没有履行他的承诺。也许，他和艾莎可以一起走出森林。自从她做了那个梦以后，他觉察到，她也已经准备要回去了。扎克想象着他们一起回去的场景，他们背着背包，沿着林登路，经过门廊铺排整齐的红砖房，先去22a号，再去48号。艾莎会先到家。

想到这里，他抬头看了一眼睡在上铺的艾奥娜，心中对她十分同情。她表现得尖刻是对的。她会怎么样呢？他想到了埃尔德。她辛辛苦苦地穿过森林给他们带来食物，就是因为她孤独，她想让他们留在那儿。不过，也许还有更多的原因。也许，其他问题的答案也可以从她那里找到吧？

曙光初现的时候，扎克悄悄地从睡袋里爬出来，尽量不发出声音。空气冰冷刺骨，他的身体瑟瑟发抖，可是，他没有别的衣服可以穿了。于是，他穿上靴子，走了出去。

"雷德，你要和我一起吗？"他小声说，"来吧，宝贝！"雷德爬到斜坡顶上，看着下面的防空洞，好像在犹豫要不要陪他去。

"那你最好还是留在这儿吧！"扎克拍了拍那条狗的头，之后，它慢慢地跑回了防空洞。

艾莎打了一会盹儿，阳光一缕一缕地沉淀在防空洞的入口。最后，她睁开了眼睛，她觉得自己需要洗漱，哪怕天气再冷，也要把自己清洗干净。她从包里找出牙膏、牙刷、肥皂和埃尔德给带给他们的干净毛巾，然后从床上抓起帐篷和那个对折叠好的毯子，朝外面走去。清晨的阳光晃得她头昏眼花。地面、树木和叶子上都覆盖了一层银白色的霜，在太阳底下闪闪发光，为大地增添了清新的气息。即便穿着运动鞋和两双袜子，艾莎仍觉得自己仿佛冻成了冰块。她低头看了看表，想不到已经十点了。几天前，她还是天一亮就会醒来呢。她心想，扎克是什么时候离开的呢？那时应该还很早吧。

一群鸟聚集在溪边，所以，一开始她没看见埃尔德。埃尔德蹲在水边洗手、洗脸、洗头。如果不是那与众不同的发色，艾莎还认不出来那人是谁。那个妇人脱去了衣服，只剩一条丝质三角裤，她那小小的身板骨节突出、皮肤松弛。她的身体在发抖。没有了那些衬裙和衣服，埃尔德的身体只有小孩子一般大小。看着这么一个又老又弱的人住在荒郊野外,任凭大自然的摆布,艾莎惊讶地捂住了嘴。埃尔德在洗她的洋娃娃,她托起洋娃娃的头,就像对待新生儿一样。她的整个身体都在摇晃。

"像水晶一样清澈,清澈如水晶的水,"她看着那浅灰蓝色的天空小声说,"清澈的天气!"

艾莎也抬起头,看着飞机飞过时留下的唯一一道白色轨迹,好像天空被一片巨大的羽毛着了色。她想喊埃尔德,可却被什么东西阻止了,好像那个妇人沉浸在自己的世界里,周围贴满了"不要打扰我"的标签。最后,埃尔德抬起了头。她似乎是直接看向艾莎的,就像之前一样,她觉得那个老妇人知道她在那儿。

"是时候清理悲伤了,是时候对我们爱的人放手了。"埃尔德用毛巾包好洋娃娃说。

那些话是说给我听的吗?

"我还以为你们又丢下我走了呢。"艾奥娜爬到防空洞的上方说。艾莎转过身,把手指放到她的唇上,朝埃尔德的方向示意着。艾奥娜踮着脚尖来到艾莎的身边,看着埃尔德擦干她那瘦得皮包骨的手臂。她弯下身,想拣什么东西,不料摔倒在前方。这时,艾奥娜抓起艾莎手臂上的干净毛巾,快步走到埃尔德倒下的地方。

埃尔德把毛巾搭在自己的肩膀上,对艾奥娜笑了笑。然后,艾奥娜本能地抬起了埃尔德的双脚。她已经无数次看见凯西太太这么做了。埃尔德的脚趾看起来不像脚趾,更像是多节的细枝,她轻轻地擦干它们,好像生怕会弄断它们似的。

埃尔德的头往后仰着,好像这温柔的触摸就足以抚慰她了。此刻,老妇人安静下来了,艾莎心想,不再念念叨叨的埃尔德看起来竟然这么安详。艾莎向前走过去想帮忙,但是艾奥娜摇了摇头,似乎她想自己来照顾埃尔德。当她的脚擦干以后,埃尔德指了指她的衣服。艾莎把衣服递给艾奥娜,然后,艾奥娜开始帮埃尔德穿,她把那些羊毛衫、衬衫、T恤、衬裙、短裙、紧身裤……一层一层地穿到她的身上。替她穿衣服的时候,艾奥娜才发现,原来霉味不是从埃尔德身上散发出来的,而是从这些衣服上。老妇人洗完衣服后,不知道怎么晾干,她衣服上的味道和他们用作毛巾的毯子上的一样。艾奥娜发现,穿上那些衣服后,她身上又有了霉湿味。最后,她帮埃尔德穿上那双发亮的长靴,然后扶她站起来。埃尔德甩了甩肩膀,好像在检查穿戴是否完整,然后,她转过身,对这两个女孩一句话也没说就离开了。

第五十八章

艾奥娜坐在溪岸上,肩膀缩成一团,双腿随意地张开。艾莎走近时发现,她的脸颊上又流下了眼泪。艾莎她的身边跪了下来。

"我不能变成她那样,"艾奥娜哭着说,"我不该是那样。"

当艾奥娜抬起头,第一次毫无防备地看着艾莎时,艾莎竟然说不出话来。于是,她本能地做了莉莉安娜曾在她悲伤得不能自已时做过的动作。她把艾奥娜的头搂过来,靠在自己的肩上。

艾奥娜躲开了。"别对我这么好,不然我就会一直哭!"她勉强破涕为笑,"对了,雷德去哪儿了?"她四处寻找它。通常,她难过的时候,雷德都是第一个来到她身边的。

"和扎克一起出去了。今天早上,我听到他们一起出去了。"艾莎说。

"他还在想那些关于战争的东西吗?"

艾莎点了点头。

"哦,我觉得我们该做点儿正事了。我要让自己走出这种状态。"艾奥娜说着往森林里望去,好像在找埃尔德似的,可是,她没发现她的踪迹。"你知道吗?她告诉我,她的孩子被带走了,她一直无法释怀。我一直在想,在城里的某个地方,有个叫克丽丝特尔的女人,不知道自己的妈妈有多么爱她,那该多么悲哀呀,不是吗?她忘不了那个被带走了多年的孩子,而我的妈妈甚至不愿意寻找我!"

艾莎慢慢地点点头。她明白,这个女孩有多信任她,才会对她讲这些。她心中涌起对艾奥娜深深的同情,目光变得呆滞。她多想伸出手去,给她一个莉莉安娜式的拥抱,可是,她觉得艾奥娜会推开她。

于是,艾莎拿过毯子,走到帐篷边,迅速脱下外套、超大的套头衣和牛仔裤,走了进去。

艾奥娜看着她。她没想到艾莎这么自然随性。"你在做什么啊?"艾奥娜问。

"洗澡,清洁!"艾莎小心翼翼地解开念珠,从里面喊道。然后,她解开了头巾,手从帐篷里伸出来,把头巾和念珠挂在毯子旁边的棍子上。她走进冰冷的水中,倒抽了一口气,冷水刺痛了她的皮肤。她感觉头皮紧绷,还伴有刺痛感。可是,洗澡的时候,埃尔德带来的玫瑰味肥皂香钻进她的鼻孔,让她想起自己将鼻子埋进拉鲁姨妈头发里时的场景。艾莎闻着浓浓的玫瑰味,唱起歌来。埃尔德知道这个味道能带她回家吗?然后,她把头浸入水中。冷水冻得她头盖骨紧缩,她开始发抖,然后,她抓过毯子。

"你能把这个拿到岸上吗?这样我就能穿衣服了。"艾莎朝艾奥娜喊道。

艾奥娜把帐篷移到岸上,艾莎也走了过去,开始穿衣服。

"你的东西可真齐呀。我可以学你吗?"艾奥娜说,"我将就洗一下!"

艾莎出来的时候正擦拭着搭在背上的一撮头发,她的身体还在发抖,艾奥娜尽量不去看她。

"你自己来吧!"艾莎说着把毯子递给艾奥娜。

"我不要。我有这个!"艾奥娜拿着给埃尔德擦过身体的毛巾。"你去里面脱衣服,脱完后,我把它递给你。"艾莎说。

"你不应该像那样把头发藏起来!"艾奥娜走进帐篷里换衣服时说,"你为什么要把它盖住呢?"

这个问题,艾莎被问到过无数次了。

她还记得第一天盖起头发时的情景。她感觉头巾把她安全地包裹起来了。她照着镜子,发现自己像极了拉鲁姨妈和阿爸指给她看的、阿妈年轻时的照片。她正要回答的时候,艾奥娜尖叫了一声,艾莎以为她受伤了。

"冻死了!"艾奥娜洗脸的时候,冰冷的水从帐篷的缝隙中溅出来。

听着帐篷里传来夸张的叫声,艾莎笑了笑,然后用双手摸着头。她要怎么跟艾奥娜解释呢?戴上头巾,她就有一种归属感,祷告的时候,她也会觉得理所当然。第一天戴着头巾去学校的时候,和其他女孩们站在一起,讨论头巾的新戴法,她产生了一种稳固、强大的感觉,她感觉除了自己,她还属于别的一些东西。

"你最好别让扎克看到你放下头发的样子!瞧他看你时的眼神!"艾奥娜喊道。

"他没有!"艾莎傻笑着说。

她把帐篷举到岸边,替艾奥娜挡着,让她穿好衣服。艾奥娜把毛巾搭在头上,走了出来。她双手抱着自己,一边揉胳膊,一边跳来跳去,好让自己暖和起来。

"并不是说你遮住头就不漂亮……我知道,我要是带着那东西,就是另一副模样了……索马里是什么样的?"艾奥娜穿好衣服后问道。

"你真的想知道吗?"艾莎并没有忘记第一次在街上遇到她时,她是怎么侮辱自己的。

艾奥娜点了点头,说:"除了这里和苏格兰,我从没去过其他地方。"

"上学时,我写了一首关于我的国家的诗,是这么写的……"

"继续说啊……"

艾莎深吸了一口气,然后开始背诵:

我的村庄从前很漂亮……

河水流入大海

那里有宝石蓝的天空

绿松色的大海

和苍白的沙滩

那里有草木葱翠的山脉

和红色的土壤

温暖的阳光照在皮肤上

到处散发着玫瑰油和没药的香味

可是我不知道，它现在变成了什么模样

我的祖国……

我的祖国

遥远记忆里的

生活

在我的孩提时代……

"你的家又在哪里呢？"艾莎问艾奥娜，可她并没有回答。

艾奥娜坐在地上，双膝抵着胸部，藏起脸上的表情。然后，她咳嗽一声，清了清嗓子。"艾奥娜来自爱奥那岛！苏格兰的爱奥那岛。你的诗让我想起了我们在海边的小房子，还有建造的沙堡。不过，那是在那个怪物出现以前的事了，他一出现，就毁了这一切！"

"那个怪物是谁？"艾莎走过来，安静地坐在艾奥娜身边。

"我的继父。"艾奥娜紧紧地握着手肘说。"不过，你不会想知道那些事的。"她用棍子狠狠地戳着地面，"对不起。"

这句"对不起"，只比悄悄话稍大声一点儿。

"为什么要说对不起呢？"

"为我在街上见到你时说的那番话。"

艾莎慢慢地点了点头。"谢谢你。"她平静地说，然后用眼角的余光看到了什么东西。于是，她的一个手指放到嘴唇上，指着正跳到艾奥娜背后的一只蓝背鸟。

她转身笑了笑。"五子雀！长得就像你一样！"她小声说，然后举起手，似乎害怕再一次侮辱了艾莎似的。"我不是开玩笑的——埃尔德也这样觉得，它们也有蓝色的头巾和大大的眼睛……"一听到艾奥娜的声音,鸟就飞走了,"总之,埃尔德说她最喜欢它们……没有冒犯你的意思。"

"没关系!"艾莎笑着说。

"关于头发,有什么说法吗?许多宗教好像都有关于它的规定。"

"哈哈,你裹着毛巾的样子就像凯西先生!"艾莎开玩笑说。

"我倒想看看他那头巾下的头发。他说他一辈子都不会剪!然后,埃尔德也把头发染了……"

"那你的头发是因为什么而留的呢!"艾莎说,"是宗教还是文化?"

艾奥娜笑着说:"还从来没想过呢。"

两个女孩在小溪边坐了一会儿,从结冰的树枝,到闪闪发光的坚硬地面,阳光慢慢将一切融化。

"那么,发生什么事了?你为什么要离家出走?"艾奥娜轻声问道。

艾莎喜欢艾奥娜的直接。她身上有一种别人没有的诚实品质。她深吸了一口气。自从来到森林以后,她就没怎么多想。

"我只是不相信莉莉安娜居然想过让我离开。"

"对不起,我没告诉你……那个女人正在到处找你。她都快疯了。她看上去很伤心。"艾奥娜说。

"可她竟然愿意我被别人收养!"

"你多幸运啊!"艾奥娜叹气说,"有两个家庭想要你。"她捏着艾莎的胳膊,像是要让她高兴起来似的。

"我只是不相信她愿意让我离开而已。"艾莎重复道。她咬着嘴唇，努力不让眼泪掉下来。此时此刻，当日打包离开时的那种感觉又回来了。

"我看到她的时候，倒不是你说的那样。也许是你自己以为的呢？你知道那首歌吗？"艾奥娜哼了一会儿，终于想起歌词，"如果你爱一个人，就给他自由？"

艾莎摇了摇头。

"就是让别人选择的意思。也许她就是那么做的。"

听到艾奥娜这么说，艾莎很吃惊。第一次见到她时，她做了令她讨厌的事，对她评头论足。如果很多人那样对你，而你又没有爱的人，时间一久，你就会变得冷酷。如果没有莉莉安娜，我会是什么样子呢？此刻，在森林里，她认识了另一个艾奥娜，她说得没错。也许并不是莉莉安娜不爱她了。也许她来这里是为了让自己接受阿爸不在了的事实，好让她停止寻找他，走向自己的未来？艾莎的脑海里闪过埃尔德的琥珀点燃火和瓢虫自由飞翔的画面。现在，她知道了，她来这个森林，是为了和阿爸永别，从此开始没有他的人生。

"扎克呢，他是怎么回事？"艾奥娜问。

艾莎说了她知道的事情，扎克的妈妈失踪了，他的父母离婚了。"他迷迷糊糊地说什么搬进新家，还说墙倒塌了。我不确定其他关于士兵的事，可他好像对战争的东西入了迷。也许他正在试着了解他妈妈的工作吧——他有点儿混乱了。"艾莎耸了耸肩说。

"我们不都是吗？"艾奥娜笑着说，"现在看他那么难受，我心里挺不舒服的。只希望他照顾好我的雷德。"

第五十九章

莉莉安娜和莎莉妮站在艾迪·洛伊新挖的墓穴前。莉莉安娜将一束鲜艳的菊花装在花瓶里,然后把花瓶放在他的墓穴前。

"他喜欢我们的花园。他曾经告诉我,它给他带来了最大的快乐,尤其是在他不能经常出门的时候。"

"他是做什么的?"莎莉妮问。

"木匠,他说是祖祖辈辈传下来的手艺。他好像对自己的手艺很骄傲。"

"可他现在没有家人了吗?"

"好像没有了!"莉莉安娜对着艾迪旁边的墓穴点了点头,上面刻着"梅西·洛伊"的名字。"她是他的姐姐,我想我以前见过她。"她一边看着其他墓碑一边说,"佩吉·洛伊……看上去像是他们的母亲。"

莎莉妮深深叹了一口气。"一想到老人临死时没人将他们的故事传递下去,没人守在他们的临终的榻前,我就很难过。老家里就不常发生这样的事。"

"我要为他立一块墓碑,"莉莉安娜说,"如果有人来寻找,至少还能找到他。"说话的时候莉莉安娜的声音在颤抖。

"你真是他的好邻居。"莎莉妮挽着她的手,她们一起离开了教堂。

"我也只能尽力了。扎克的妈妈还没有消息吗?"

莎莉妮慢慢地摇摇头。"有人说扎克可能因为政治原因被带走了,因为他妈妈的工作特殊。他们在等着那些人出面提条件。"她说。

时间越久,她们就越觉得空虚和绝望。

莉莉安娜回头看了一眼那座新的墓穴。"最难的就是,人们根本不知道他们身上发生了什么事,也不知道应该去哪里纪念他们……"莉莉安娜说。

国家媒体报道以后,艾莎失踪的事件也升温了,他们搜遍了整个地区,也不见那两个孩子的踪影。两个女人默默地走在冰冻的大地上,她们在心底问着那个谁也说不出口的问题。什么时候才能找到扎克和艾莎?找到他们的时候,他们是什么样子呢?

"真的已经入冬了。"莎莉妮说。冷空气穿过她那长长的羊毛外套,她开始发抖。莉莉安娜握着她朋友的手,安慰地挤了挤。在这种危机的时候相互陪伴,只有这样,她们才能熬过这莫名的痛苦。

第六十章

扎克折回到他和艾莎最后一次见到埃尔德的地方。他弯下身子,跪在灌木丛中。他很确定,在那浓密的荆棘丛中,立着一块爬满常春藤的石碑。

他不假思索地踩着地面走过去。当走到荆棘很密的地方时,他就找了一根垂下的树枝,一路敲打着为自己开出一条路。他那温暖的呼吸吹进清晨寒冷的空气中。他感觉荆棘刺进了他的皮肤,可他并不在乎,他必须找到那块纪念碑。

这时,他感觉脚下有一块混凝土板,于是,他抓起上面的常青藤。它们就像粗实的绳子一样,他拉啊拉啊,最后,一块长满苔藓的石头出现在他面前。他四处寻找,找了一根尖的棍子,开始刮去石头上的苔藓。最后,石头上显露出字迹,他开始读着那些被覆盖了多年的文字。石头的边上雕刻着常春藤、橡树子和树叶。

扎克读的时候,难以置信地屏住了呼吸,只见上面写着:

纪念我们牺牲的家人

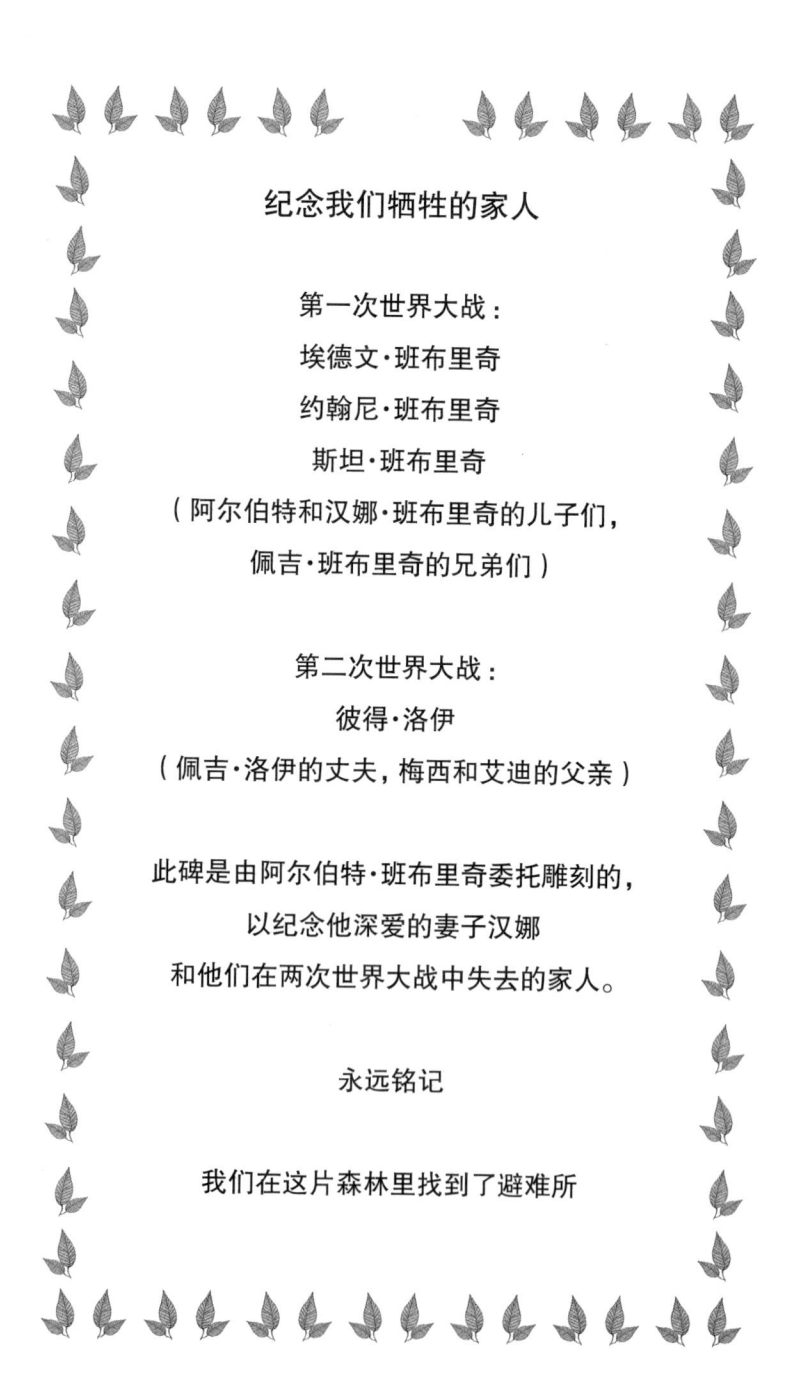

第一次世界大战：
埃德文·班布里奇
约翰尼·班布里奇
斯坦·班布里奇
（阿尔伯特和汉娜·班布里奇的儿子们，
佩吉·班布里奇的兄弟们）

第二次世界大战：
彼得·洛伊
（佩吉·洛伊的丈夫，梅西和艾迪的父亲）

此碑是由阿尔伯特·班布里奇委托雕刻的，
以纪念他深爱的妻子汉娜
和他们在两次世界大战中失去的家人。

永远铭记

我们在这片森林里找到了避难所

读的时候，扎克的胃一阵痉挛。他不知道这一切是怎么发生的，可这些名字对他来说已不再陌生。他觉得他们是自己认识并且关心的人。他想起了自己对斯莱特老师说的那些轻蔑的话——"历史只不过是一堆垃圾而已。"现在他知道，新家的那个手艺人选择了他，让他来发现这块纪念碑。再一次读着那些名字，他试着理清那家人的关系。就是说，约翰尼和斯坦是埃德文的兄弟，他们或许都死在了战壕里。可怜的阿尔伯特和汉娜……他的妻子。她是什么时候死的，又是怎么死的？她是否因为三个儿子都死了，所以心碎而死呢？只有他们的女儿佩吉活了下来。想起阿尔伯特和埃德文的照片，细数着时间，扎克算出埃德文死的时候大概二十五六岁。那个将他领到防空洞的年轻士兵也是这般年纪……扎克想起了照片上那张微笑的面孔。在那样快乐的时刻，阿尔伯特估计根本想不到，他的三个儿子那么年轻就会离他而去。

扎克心里想着这些，又看了一遍那些名字。所以，那个领着他去防空洞的男孩是埃德文，他和他的兄弟们在第一次世界大战中都牺牲了。那个出现在他梦里的老人是艾迪，那些"子"就是他的，他的名字很可能取自他的叔叔埃德文。他一定就是艾莎在梦里见到的那个小男孩。可怜的艾迪和梅西——那两个在防空洞的墙上画画的孩子，空等了多少个日夜，盼着他们的爸爸回家。可我不明白，为什么艾莎梦到的是一个小男孩，而在我的梦里，他就成了一个老人呢？

此刻，扎克明白了这个建筑师和木匠一家的过去……

"倒下了，都倒下了。"

扎克转过头去，跟着他一路走来的，是埃尔德。她被一群混乱的翅膀包围着。

"出来,出来!那些字去哪儿了?艾莎不是唯一一个擅长写诗的,那长长的诗句……这里以前存着一整本《奥德赛》。"她沮丧地敲着头,朝四面挥着手臂,好像要在她混乱的记忆里砍出一条路,直到最终找到她要找的东西,"这首给你,汉娜。献给天下所有的母亲!"

倒下了,都倒下了,
通风的笼子平息下来,
跳跃的阳光在树叶上平息下来,
都倒下了,倒下了,都被砍倒了……

扎克看着她。他每次看见她,她都显得更憔悴了。她一把抓起他的手,挤在她那爪子似的双手间,令他措手不及。

"你把常春藤拨开了,如果你让这石头暴露出来,你就需要关心,这样才公平。"

埃尔德背对着石碑,开始向那些鸟撒面包屑,边撒边念道:"埃德文·班布里奇,约翰尼·班布里奇,斯坦·班布里奇,阿尔伯特·班布里奇,汉娜·班布里奇,佩吉·洛伊,彼得·洛伊,梅西·洛伊,艾迪·洛伊。"

"你是怎么知道这些名字的?"扎克问。

"埃尔德把他们记在脑中了,森林家园里的所有孩子,每个名字都有一片叶子,每片叶子都有一个名字,用金色的笔写下我的宝贝儿们,我的心是好的。"她紧紧地抱着洋娃娃,一前一后地摇着。

第六十一章

埃尔德开始用手在纪念碑前的地上挖着什么。她一边挖，一边唱道："每一个季节，转啊，转啊，转啊，是时候接受了，是时候原谅了，可是永远，永远不要忘记。"

扎克跪在埃尔德身边帮她，看到老妇人脸上那痛苦而空洞的表情，他非常惊讶。

"你要帮我和我的克丽丝特尔告别，对吗？"她问。

扎克点点头。他感觉自己别无选择，可同时，他也觉得，这是他来这里要做的事情的一部分。

埃尔德往后坐下来，喘着气。扎克找了一根棍子，继续帮她挖。"我找到你了，埃德文，"扎克对着纪念碑小声说，"所以，求求你，求求你，让我的妈妈安全回家吧。"

"每一个季节，转啊，转啊，转啊……"埃尔德又唱了起来。她一边前后摇晃，一边哭。

扎克把洞挖得足够深以后，埃尔德亲了亲她的洋娃娃，拉起毯子，盖住她的脸和头。扎克在洞的底部铺了一层树叶，然后打了个寒战。至少，对埃尔德来说，这真的是一次道别。

埃尔德亲了亲洋娃娃的头,身体往前倾,把她放进洞里。

"用泥土盖住她,尘归尘,土归土……"扎克用泥土将洞填满时,埃尔德在一旁念道。她把身上的罂粟花摘下来,放在墓穴顶上。扎克也把自己的白色罂粟花放在埃尔德那朵花的旁边。然后,他开始寻找红色的罂粟花。最后他才想起来,那是老人艾迪在梦里给他的。

"该回家了,"埃尔德小声说,"是时候治愈那些大伤小伤了。"他们走在森林里时,她挽着扎克的胳膊,重重地靠在他身上。她身上的味道比以前好闻了,有霉味,还有……玫瑰味。扎克四处看着,寻找方向,可却感觉彻底失去了方向。上一次在埃尔德的洞穴时,周围被大雾遮盖了。他一定是绕了很远,因为埃尔德的家好像就在小溪后面,而且就在防空洞的后面一点点。从这里,那个老人一定能听见他们说话,一定每天都能看见他们。扎克扶埃尔德回到洞穴的时候,一阵熟苹果的香味朝他袭来。她慢慢走到婴儿车前,拿出一管抗菌剂交给扎克,让他涂在伤口上。他向她道了谢。然后,她把手伸到脖子处,摘下一串穿着琥珀色珠子的皮项链,递给扎克。扎克透过清澈的表层,看着里面的宝贝。

"解开它们。"埃尔德命令道。他照她说的,把那些珠子从线上取下来。埃尔德从他手里拿过珠子,看了看,然后一个一个地递给他。"叶子家族给你,感受树枝的联结,历史的潮汐,散落风中的树叶,还有战争的痛苦。瓢虫给艾莎——她懂的,她懂的。蝴蝶给艾奥娜——她不久就会明白。古老而纯洁的森林,追溯到很久很久以前,让你有根可寻。我可以告诉你一些事,老埃尔德去过那儿很多次了。"

"你确定把这些给我们吗?"扎克问。他感觉,把它们带走了不太好。这好像是她唯一珍贵的东西了。

"除了我的地星们,我还能给谁呢?"埃尔德点了点头,然后躺下,闭上了眼睛。

"大地母亲又冷又累,我需要休息了。"

扎克在婴儿车上找了一张毯子。他铺开来,却发现里面包裹着什么东西。他打开来看,里面有一张照片,一块刻有名字的石膏和一张地图。再次见到它们,扎克感觉呼吸困难。所以,这些都不是他想象出来的。

"你为什么要拿走我的东西呢?"他尖刻地问道。

埃尔德的头转到一边,她睁开了眼睛。

"埃尔德需要信任那个揭开常春藤的人……"她说着指向入口处。扎克走到那堆干树叶前,开始读那些金色的名字,它们有的是刚写上去的,有的历时太久已经褪色。上面有许多他不认识的人,也有许多他认识的人。

"克丽丝特尔、艾奥娜、雷德、艾莎、扎克、佩吉、艾迪、梅西、阿尔伯特、埃德文、汉娜、凯西、阿布迪、阿米拉、拉鲁、莉莉安娜、莎莉妮……杰西卡、卢卡斯……"就连霖登的名字都在上面。扎克一边大声读出这些名字,一边发抖。埃尔德的眼睛开始困倦了。

"你怎么知道我家人的名字?"扎克追问。

"是在凯西太太的报纸上看到的,"埃尔德回答,她并没有睁开眼睛,"所有森林里的孩子们。"她的手指向扎克的方向。"一定要记住,记住很重要。"她继续念着一些他从未听过的名字,好像那是一个能让她睡着的咒语似的,"解开缠

259

绕过去的藤蔓……啊,我亲爱的克丽丝特尔,我已经不能久留了,寻找我的光……寻找我的光。"

扎克把毯子盖在她的身上。看着爸爸妈妈和哥哥的名字写在上面,扎克非常渴望再见到他们。此刻,他觉得很愧疚,之前竟然叫埃尔德"巫婆"。她除了以她那奇怪的方式帮助他以外,她还做过什么呢?可她为什么要把这些名字写在树叶上呢?她觉得这些人是她生命中的一部分……甚至是她的朋友吗?想着都觉得奇怪,可是,好像一直以来都是那个洋娃娃陪着她,而现在,她是彻底地孤独了。

第六十二章

一阵笑声从火堆边传来,艾莎正在教艾奥娜唱索马里歌。扎克停下来,听着两个女孩的对话。真想不到,几天前,两个女孩还相互讨厌呢。

"我不会唱'安慰'!"艾奥娜又跟着艾莎唱了一遍,最后咯咯地笑了起来。

"学习别的语言很难的,"艾莎笑着说,"不只是学单词,那仅仅是表面。"

"但看不出来你以前说的是别的语言。"

"我知道,但我还是喜欢和我的朋友们讲索马里语。上小学时,我还跑去厕所照镜子,看看我说英语的时候样子变了没有!很疯狂,对吧?"

"我不知道,你在梦里说的是什么语言?"艾奥娜问。

"现在两种语言都说!但我记得,我第一次梦到说英语时,心里很难过,就好像一部分自己离我而去。我告诉莉莉安娜,但她不明白我为什么会难过。她说我应该感到骄傲,因为我会用两种语言做梦!"

"我同意她的说法！"艾奥娜笑着说。

"我害怕忘了自己的过去。一种语言的表达、思维和认知方式，是另一种语言无法体现的。这一点很难解释。有的想法就是不能翻译。"

"真深奥！但我不会讲别的语言，只会几句法语。你都能说英语，我为什么就不能学索马里歌呢？让我再试试吧。"

艾莎点了点头，笑着继续唱。艾奥娜满意地听着，然后跟着一句一句地重复，这一次，比之前顺畅了一点点。

扎克穿过溪边长满苔藓的树桩。他故意踩得脚下的树叶嘎吱作响，好让她们发现他回来了。

"你去哪儿了？"他爬到防空洞边上时，艾莎喊道。

他指了指埃尔德的洞穴。他仍然不明白，为什么埃尔德住得这么近，他们却没有发现她。她的洞穴在树林中藏得可真好。

"和埃尔德一起去找战争纪念碑了。"他回答。

"你不会还在想那些事吧！"艾奥娜笑着说，然后躲进了防空洞里。

扎克笑了笑，然后从包里拿出照片给艾莎看。"这是你在梦中见到的那个老人吗？"他指着阿尔伯特说。

艾莎看着照片，皱起了眉头。"他还要老一些，但样子有点儿像。"艾莎说。

"有一点儿吗？"扎克追问。

"我也不知道，我只梦到过他一次！"

扎克不理会艾莎语气里的怀疑。"这个人，"他指着埃德文说，"就是领着我到防空洞的那个士兵。"

艾莎皱着眉头,好像在解开什么谜题似的。

"还是不相信我吗?看这儿!你怎么解释这个?"扎克把那块刻着名字的石膏递给她。"看,这就是防空洞的墙上写着的那个人:阿尔伯特·班布里奇。艾迪和梅西是阿尔伯特的孙子。佩吉是埃德文的妹妹,是艾迪的妈妈。现在相信了吧?"

艾莎没有回答,而是拿过他手中的石膏,用手指摸着上面那些熟悉的名字。然后,她拿起地图,地图上用笔圈出了纪念碑的位置。

证据就摆在眼前,现在,唯一能解释的就是,她和扎克通过某种途径,与二十世纪躲避在这里的那家人有了联结。艾莎想起了她刚来这里时埃尔德说过的话,什么不能待在这儿,因为这个地方有太多"渴望"之类的东西。也许,战时的这家人感觉到了他们的渴望,所以想办法出现在他们面前。

"我在埃尔德的洞穴里找到了这些东西,她承认那是从我身上拿走的。我想,她是想看看我是否值得信任,然后再告诉我纪念碑在哪里。我们的名字,我们家人的名字,就连埃德文和阿尔伯特的名字——都用金色的笔写下来。她觉得她是在照顾森林里的每一个人,包括我们!"

"也许吧。"艾莎小声说。

"我想,我们应该叫她过来,一起烤火,"扎克搓着双手取暖,"她今晚在那里会挨冻的,而且她现在彻底孤独了。"

"你改变你的论调啦!她一直都很孤独啊。"艾奥娜走过来说。

他们在火堆周围站了一会儿,然后,扎克想起了埃尔德的礼物,于是从口袋里掏出那些琥珀珠子。

"埃尔德让我把这些给你们。"扎克看着那些珠子,然后用手电筒照着它们,确保自己没有弄错。"她也给了我一个。艾奥娜,她说蝴蝶是给你的,瓢虫是给艾莎的,我的里面是树叶。它们都很特别。"他们都看着自己手中那琥珀色的珠子,上面有阳光、蜂蜜和秋林的颜色,它们在火光中闪着温暖的光泽。

"她为什么要给我们这些呢?"艾奥娜看着那悬浮在时间里的蝴蝶问道。

"我不知道,可是今天她把她的洋娃娃埋在了纪念碑那里。"扎克告诉艾奥娜。

"她那么爱克丽丝特尔,为什么要那么做呢?"艾奥娜开始前后踱步,"她可能出什么事了。你说得对!我们去叫她过来。"她拿着手电筒在防空洞周围照了照。

"对了,雷德呢?"

"和你们在一起啊,"扎克耸了耸肩说,"没在吗?"两个女孩茫然地看着他。"今天早上它和我一起起来,走到斜坡顶的时候,我就叫它回去了。我看它走回防空洞了啊!"扎克说道。

他们三个喊着雷德的名字到处找,可是都没见它的踪影。

艾莎看着手中的琥珀色珠子,又摸了摸自己身上的念珠,突然将它们的温暖传到她的皮肤上。"埃尔德之前给我看过这个,她说这是她继承的遗产。"

她们没有多说一句话,而是朝溪边走去,一路跟着扎克,在黑暗中叫着雷德的名字。

第六十三章

他们站在埃尔德的洞穴外面，不希望去打扰她。扎克走后，她用一块旧木板遮挡住入口。最后，他们把木板拉开，爬了进去，发现埃尔德正坐在她那铺满叶子的床上，这才松了一口气。她把手指放在嘴唇上，招呼他们进去。埃尔德的床边围满了用果酱罐装着的小夜灯，好像她在守夜似的。她示意扎克关掉手电筒。在这样的光线里，埃尔德的洞穴仿佛变成了一幅画。温暖的光线穿过他们的脸庞，他们的脸上一半是光，一半是影，周围的一切都染上了秋天柔和的色彩。

"雷德不见了！"艾奥娜小声说，"你见过它吗？"

埃尔德咧嘴一笑，露出很大的牙缝。她朝她的床点了点头。雷德正依偎在埃尔德的身边，它的舌头伸了出来。它正在用力地喘气，它那绷紧的肚子上荡起一道道波纹。

"它怎么了？"艾奥娜跪在她的狗旁边，脸上满是深切的担忧。

"没事，雷德很强壮，没事的，唱歌吧。"

雷德抬起头，将头靠在艾奥娜的膝盖上。

"我来了。"艾奥娜小声说。

那条狗的呼吸似乎顺畅了一些,好像它就等着艾奥娜来似的。它挪到她身边,开始发出低沉的呻吟,这时,一只小狗崽从它身上滑出来。它把小狗身上的胎衣舔干净,然后咬断脐带,接着,那只红棕色的小狗崽发出一声微弱的哭声。这时,谁也没有说话,就连埃尔德也安静下来。

然后,雷德似乎睡了一会儿,它递过那个空麻袋,那条小狗崽就睡在里面。他们对那个小家伙的动作入了迷,所以,不知道这样过了多久。一只猫头鹰在附近的某处鸣叫,好像在欢迎小狗来到这个世界。然后,雷德的肚子又开始收缩、滚动,他们惊讶地看着第二只小狗出生了。就像之前一样,雷德似乎本能地知道该怎么做。埃尔德把两只小狗放在雷德的身边,它们便开始吸奶。

"我们怎么没注意到呢?"艾奥娜说,"也许正因为这样,它才要躲起来——它一定是要找个安全的地方生小狗。"

那天晚上,雷德生下了三只红棕色的小狗崽——两只母的,一只公的。雷德精心照顾着它们。

"它会是一个好妈妈的。"埃尔德说。她在照顾雷德的时候,岁月似乎从她脸上消失了。"我以前就梦想当一名接生员,"她对艾奥娜说,然后,她拉住了那个女孩的手,"你拿到你的蝴蝶了吧?"

艾奥娜点了点头。

"琥珀象征着爱和快乐,象征着治愈和阳光。是时候自由地飞翔了。现在,你可以取下我的叶冠了,摘下那些树叶,让它们去吧。"埃尔德指着门口说。艾奥娜犹豫了一会儿,然后走到叶冠前,解开它,带到埃尔德的面前。她跪下来,开始一片一片地拿出叶子,上面写了几百个甚至几千个名字。

"把它们放在埃尔德的床上,放在埃尔德的心和大脑旁。"那个老妇人指挥道。

所有的叶子撒在她的身边,那些金色的字在烛光中闪闪发光。

"你找到露西了吗?"埃尔德在艾奥娜的耳边悄悄问。"找到露西·洛克特——她还没有消失。"埃尔德捶着艾奥娜的胸口小声说。

艾奥娜开始在那些叶子中寻找,好像她的人生就指望它了。她一片一片地翻找着。

"你在找什么?"扎克问。

"没什么!"艾奥娜骗他说。她找到那片写着她真名的叶子时,动作就慢了下来,上面写着:露西。她小心翼翼地把那片叶子放进口袋里,好像心就快跳出来一样。

"你找到露西小宝贝儿了吗?"埃尔德在她耳边悄悄问。

"找到了,谢谢你。"艾奥娜小声回答她。好像这对她来说就是最大的温暖——也许是时候想起自己是谁了。

"很好,很好……然后,吹熄蜡烛,在黑暗中寻找我的光吧,我的地星们。"埃尔德依次看了看艾奥娜、扎克、艾莎,又看了看雷德和它的小狗崽,最后高兴地叹了一口气,尽情地欣赏着眼前的情景。

"埃尔德有一个美满的结局,充满了光和生命。"

"这是什么意思?"艾奥娜问。

"睡觉了，去睡觉了。"埃尔德叹了一口气。她想吹灭离她最近的蜡烛，可是她的呼吸太过微弱。她示意艾奥娜过来帮她。"该让那些灵魂安息了。"她小声说。此刻，她的声音如此虚弱，好像她无法让它从一缕缕气息中升起来。

他们三个一起躺在树叶铺成的地毯上，在埃尔德漆黑的家里，任埃尔德的话在耳边回响……"该让那些灵魂安息了。"这句话在他们的梦里出现过，它与小狗睡觉时发出的微弱的声音融合在一起……那些小狗也像被诅咒了一般，一个接一个地慢慢熟睡过去。

他们的头顶，微风吹拂着森林家园里的大树。随着夜深，它们获得了力量，便在洞穴的顶上打着旋吹，将自己变成了一场风暴。

第六十四章

雷德大声地叫着,把艾奥娜摇醒。她听到风在洞穴周围怒号,于是坐了起来。此刻的光线足够照明了。一开始,她想到,可能是雷德不舒服,可是她看见那些小狗正满足地偎依在它身上,还能看见它们的小心脏在那薄薄的皮肤下跳动。雷德的头放在埃尔德的胸前,好像既在保护老妇人,也在保护它的小狗似的。埃尔德的脸胀大了,她的呼吸变得很慌乱。艾奥娜用一只手摸了摸埃尔德的前额,感觉她在发烧。艾奥娜转身看见扎克和艾莎还在睡觉,三只小狗蜷缩在雷德的身前,就像三个小逗号。此刻,好像他们都缩小了尺寸,在一个洋娃娃的房子里,好像他们都无关紧要,以至于整个洞穴都可以被风吹起似的。

"美满的结局是什么?你为什么要埋了克丽丝特尔?"艾奥娜的声音吵醒了艾莎和扎克,"你不能死,埃尔德,你不能就这么死了。"她紧扣着埃尔德的双手,可是老妇人的呼吸变得更加吃力了。

"我们去找人帮忙。"扎克的一只手搭在艾奥娜的背上,艾莎对他点头表示同意。

"去找凯西太太,把她带到这儿来。但是不要带别人来。她知道该怎么做。"

雷德用鼻子蹭它的狗崽们,它颈部的毛竖了起来。此刻,它不停地发出"呜呜"声。

"没事的,会没事的。"艾奥娜拍着那条狗的头,让它平静下来。"快点啊,跑着去!"她催促着其他人。

扎克把门拉到一边,风暴撕扯着进入埃尔德的洞穴,把她那铺满叶子的床吹起来,卷了出去。成千上万片带有金色字迹的叶子在他们的头顶、在森林家园的大树间旋绕。扎克感觉,洞穴外面好像充斥着埃尔德的磁场,到处都是强劲的风暴,风在树枝间飞旋而过。一阵强风把艾莎吹得往后退,扎克抓着她的胳膊,他们相互扶着,迎着风暴前行。他们头顶的橡树吱嘎作响,风顽强地吹弯了它们的树枝。扎克和艾莎呼喊着彼此,寻找出去的路。不管他们喊得多么大声,他们的声音都像轻飘飘的叶子,被风吹散了,好像有一万个狂野的精灵被释放出来,到处飞舞。

扎克爬过低矮的栏杆,看到一块保护标志,进入森林的那天,他并没有看见。现在,他们在通往大路的小道上。这里的树没有那么茂盛,但枝叶还是猛烈地摇晃着。来到大路上,艾莎和扎克就开始奔跑。垂下的树枝就像复仇精灵一样从他们身边飞过,他们一路避开落到地上的残枝。远处,森林的中央,响起一阵隆隆声。扎克和艾莎放慢了脚步,他们停下来,听见自己的呼吸声,随后,传来一阵猛烈的声响,那声响足以让大地颤动。接着,最后一阵狂风刮过,森林里出现一阵怪异的平静,好像所有的力量突然被那阵风暴吸走了。扎克拉起艾莎的手,慢慢地走近栏杆。森林的入口处铺了一层红叶,铁门敞开着。

街灯在昏暗的黎明中发着光,一辆卡车从旁边驶过。从森林的茧里走出来,回到清早的城镇中,这种感觉非常奇怪,就像突然闯入了生活中一样。

"她会没事吗?"当他们再次加快脚步时,扎克问道。

"我不知道。我宁愿这风暴不要停。"艾莎说。他们回过头,望着此刻一片死寂的森林。扎克知道她是什么意思。

他们的头顶,一群大雁排成箭头的形状飞过天空。

第六十五章

"昨晚的风真大，但却没损坏什么。"凯西太太检查了商店前面，扶起被风吹翻的桌椅。她停了下来，抬头欣赏那趟庄严的旅行——大雁飞过银色的天空。

"它们怎么能排成那样呢？"

这时，凯西先生走出来，他的一只手绕过妻子的腰，拍着她那丰满的肚子，看向天空。"形状太完美了！就像一支红色的箭！"他笑着说。

"它们的声音就像埃尔德一样！像她念念叨叨时那样！"凯西太太笑着说，然后她皱起了眉头。"她昨晚是怎么度过的呢？"她叹了一口气，满脑子都想着埃尔德，却不知扎克和艾莎正朝他们走来。

"凯西太太！"扎克喊道。

她停在人行道上，用手捂着嘴，好像见证了奇迹似的。

"哦，哦，阿肖克，快，找我的电话来……我们的祈祷灵验了！别磨蹭。给莉莉安娜打电话，给莎莉妮打电话，让她们立刻过来，告诉她们，孩子们没事！"凯西太太高兴得跳了起来。她已经好几年没跑过了,可是此刻,她跑向扎克和艾莎。她张开双臂,高兴地叫了起来。看着她跑过来,他们又放慢了脚步。

"请你帮帮忙,凯西太太,埃尔德生病了。"扎克着急地说。

"什么?埃尔德怎么了?"凯西太太问,但她没等他们回答,又说,"你们俩没事吧,两人都安全,太好了,没受伤吧?这段时间你们去哪儿了?我们大家都很担心你们!"她拍打着胳膊,喘着粗气。

"阿肖克,拿点吃的,还有茶。你们一定饿了吧。看他们多瘦啊,阿肖克。我们得马上给他们点吃的。"

"深呼吸,玛拉,冷静点!我的耳膜都快被那些女人震破了。"凯西先生说。他从商店里笑着走出来,手里还拿着电话。

"我们不要吃的。求求你,叫救护车,"艾莎恳求道,"给埃尔德叫的。"

"他们为什么会提到埃尔德?"凯西太太沮丧地喊着,可是凯西先生不理她。他朝艾莎点点头,然后拨号过去。

凯西太太一脸茫然地看着扎克,又看看艾莎,再看看凯西先生。"可你不是已经给莉莉安娜和莎莉妮打电话了吗?"她问他。

"我正要说呢。她们的叫声太大了,我的耳膜都快破了。"

"在这种时候就不要提什么耳膜了⋯⋯"

凯西先生用手捂着他妻子的嘴,不让她说话。然后,他开始对着电话说。

"是的,请开到森林家园,凯西森林商店附近。无家可归的女人⋯⋯埃尔德⋯⋯具体的细节我也不知道⋯⋯救护车开不到那里……还有失踪的孩子们。是的,是的,当然,还有警察。"

此刻,扎克和艾莎抓着凯西太太的胳膊,把她往森林里拉,不管她如何反抗。

"不,我不走。莉莉安娜和莎莉妮正在赶来这儿找你们。如果我又让你们走了,她们不会原谅我的。"

凯西先生握着他太太的肩膀,平静而清楚地说着话。

"现在没问题了,去吧。我留在这儿等其他人。我们知道你们去哪儿了。带上你的手机,去找埃尔德吧——听起来她好像需要你,玛拉。"

她朝丈夫点点头,深吸了一口气,跟着艾莎和扎克进了森林。

他们走在路上时,凯西太太问了一连串问题,他们大多只给了一个回答"我们很好"。看起来,就连走到隔离区似乎也要花很长时间,因为每隔几分钟他们就得停下来等凯西太太喘气。他们穿过小溪、走近埃尔德的洞穴时,她已经气喘吁吁,一句话也说不出来了。

"你们……和埃尔德一起……待在这里吗?"她最后喘着气问道。

"不算是。"艾莎回答道。

"她不会住在这里的。"凯西太太叹息道。当她弯下身拉开木门时,她的双手开始颤抖。那木门一定是艾奥娜为了挡风放回去的。

艾奥娜躺在床上剩下的叶子上,在埃尔德的身边握着她的手。雷德的头靠在艾奥娜的肚子上,它的小狗崽们正忙着吃奶。

"艾奥娜?"凯西太太小声叫道。

一听到凯西太太的声音,艾奥娜抬起头。她的眼睛里充着血,好像哭了很长时间似的。

"太迟了,"艾奥娜轻轻放开埃尔德的手小声说,"她走了。"

凯西太太将埃尔德的头放在她的膝盖上,坐了一会儿。"我应该想到带一把刷子来的。"她平静地说。然后,她耐心地清理树叶,并用手指穿过埃尔德的头发。"我来了,埃尔德,来你家参观了。最后的约会。"她小声说。

艾奥娜安排着一切,好像埃尔德是她的亲戚,好像她比别人更了解她的需要似的。扎克在洞穴的边上找来了担架,埃尔德曾用它把他拖到森林里来。艾奥娜拿过毯子,铺在担架上。扎克小心翼翼地把手放到埃尔德的背后,把她那没有生命的身体抬到担架上。她一点儿重量都没有。然后,艾莎把雷德那三个蠕动的小狗崽放到了担架末端的另一块毯子上。艾奥娜帮着雷德爬到它们身边。那条狗和它的狗崽们加在一起几乎和埃尔德一样重。

那天的黎明很吵闹,好像那些躲避暴风的鸟儿们昨夜压抑了歌声,今天就开始疯狂鸣唱。

他们抬着埃尔德的时候,她的麻布袋从担架一侧落了下来,面包屑撒了一路。艾莎转身,看着鸟群飞进来。最先进来的是那两只蓝背鸟,它们扇动着美丽的翅膀,来和她告别。然后,是知更鸟、麻雀、苍头燕雀和穿着黑色晚礼服的乌鸦。最后,还有戴着钛项圈的鸽子,它们跟在担架后不停地啄着,就像一群不守规矩的哀悼者。

天更加明亮了，灰冷的云朵飘过，将清晨的天空洗干净，泛起漫天的银光。混杂的队伍抬着埃尔德的尸体，慢慢地走向由媒体、警察、救护车、朋友和家人组成的人群。离开森林以后，就有手电筒的光频频照向他们。一路都是喧闹声、炫目的灯光、汽笛声和各种问题，凯西太太是第一个迎接这些的。

扎克先看到了他的爸爸卢卡斯，然后是霖登和莎莉妮。他屏住了呼吸。你答应过我的，埃德文。我们说好的。这时，有人在扭他的肩膀，他感觉到妈妈的双臂包围着他，一把抓过他那凌乱的头发，抱紧了他。妈妈的身体里传来一阵被卡住的恸哭声，就像动物的哀号一样。"我的扎克，我的扎克。"她哭喊道。然后，他的家人围绕着他抱成了一团。

莎莉妮稍微在后面一点儿等着。扎克向她伸出手臂，她也和他们抱在了一起。

"对不起。"他小声地对她说。

艾莎从森林里走出来时，莉莉安娜和她的女儿正坐在警车里。她下了车，靠着发动机罩，摇摇晃晃地走过来，张开双臂。艾莎钻了进去。莉莉安娜把艾莎抱得很紧，仿佛她情感的力量要将艾莎的呼吸带走似的。

一名摄影师穿过警察的障碍，直接走向莉莉安娜，照下了她们拥抱时的样子。闪光灯打在她们的脸上，可她们谁也不在乎。

"你能照顾雷德和它的小狗崽吗？一会儿就好。"艾奥娜问凯西太太，而在那种情况下，凯西太太觉得，她很难拒绝。

"你确定不用我跟你一起去吗？"凯西太太问艾奥娜，可是那女孩摇了摇头。看着扎克和艾莎与他们爱的人拥抱在一起，悲伤刺痛了她的心。在森林里时，有那么一会儿，她觉得他们三个是一个小家庭。可现在，扎克和艾莎要回到他们以前的生活中了，而她又再次孤身一人。她坐在救护车里，看着老妇人那张没有了生气的脸，她艰难的一生在她脸上留下了累累伤痕。她心想，也许我会代替埃尔德住在森林里。

第六十六章

当然，大家都想知道，那些失踪的孩子们身上发生了怎样奇怪的故事。

媒体对他们的经历十分感兴趣，可是他们的回答令那些人大失所望。是无家可归的老妇人把他们绑架到那里的吗？他们相信她是个女巫吗？为什么她要替他们保密？他们是怎么生存下来的？他们三个有什么共同点？他们在一起有什么约定吗？为什么选择待在防空洞里？战争纪念碑的背后有什么故事？谁来照顾那些小狗崽？

对于这些故事，艾莎、艾奥娜和扎克每个人都有不同的说法。他们在街上重聚的照片，连同埃尔德和小狗崽们躺在担架上的照片，一起被刊登在各大报纸上。看起来，好像他们回来的消息引发了所有人的联想。此后，莉莉安娜和艾莎拥抱的照片被登了几个星期。大家对莉莉安娜什么时候正式收养艾莎很感兴趣。该不该收养一个与自己不同文化、不同宗教的孩子，莉莉安娜这么大的年纪应不应该收养孩子，这些话题引发了激烈的争论。

他们问了扎克、艾莎和艾奥娜无数次,在森林里究竟发生了什么。可是,他们在讲述的时候,都隐藏了一点点自己的经历。他们不约而同地隐瞒了关于琥珀的事——那是他们的遗产。

"其实,我只是去那儿找我的狗。"艾奥娜是这么说的,可是没有人对她的故事感兴趣,因为她不是官方宣布失踪的孩子。对于她自己,她只是说没有人寻找她,也没有人在森林家园的大门口张开双臂等着她。

扎克深知无法解释自己被一个叫埃德文的士兵领着去防空洞,然后寻找纪念碑的事。于是,他只说自己是为了抗议才离家出走,然后偶然碰到了其他人。

扎克在旧房子里的东西打开了,妈妈至少要在家里待一段时间,霖登也赶回来看他,这里开始像一个家了。扎克经常拿出埃德文和阿尔伯特的照片看。他把那张照片裱了起来,放在桌上。他心想,他们是否会从坟墓里向他传递什么消息呢?他已经征得妈妈的同意,要将写着阿尔伯特名字的石膏放在前门上方。这样一来,每次经过大门时,他就会想起战时的那家人,感谢他们帮他把这个地方变成家。对于发生的一切,他唯一能想到的解释是,过去暂时裂开了一条缝,让他进去了。

艾莎告诉记者们,她之所以离家出走,是害怕再重新开始。她说她在森林里意外地交到一些朋友,其中包括那个一直照顾着他们的、聪明的老妇人。艾莎摸着妈妈的黑玉念珠。多谢埃尔德让她明白,生命的火花还在继续,不管她身在何处,她的爸爸妈妈、姨妈和家园仍然活在她的心里。她还问社会福利工作人员，如果她要被收养，能否见一下她未来的姐姐。她的名字叫阿娅。虽然那家人最后决定收养一个婴儿，可是阿娅和艾莎却成了朋友。

看起来，仿佛埃尔德和她的罂粟花给他们带来了和平……除了艾奥娜。

第六十七章

三人之中,艾奥娜是最难离开森林的。其实,为埃尔德举行了简单的葬礼后,她把雷德和她的小狗崽交给了凯西太太,自己又开始流浪了。

"这就是我撒谎的报应啊。"凯西太太感叹道。她在商店的暖气片旁边搭了一个狗窝。"至少那女孩能够留下来,帮忙照顾她的狗和狗崽啊!"她抱怨道。可是,当她看着雷德和它的小狗崽们相互嬉戏打闹时,她又忍不住喜欢。

"就留下一只吧,阿肖克,其他的,给它们找一个家……我已经给这只想好名字了!赫娜怎么样?"

凯西先生摇了摇头,笑道:"不,不,不,我们不能再收养流浪狗了!"

艾奥娜离开两天了。艾莎和扎克最后找到了她。他们因为翻进了保护区而感到内疚,因为他们答应过再也不进去的,除非栏杆在十年后倒下。

"等这片森林再开放时,我们都二十三岁了!那时,我们再一起回来看纪念碑和防空洞。"他们走回森林时,扎克说。

"我们定一个约定吧,到那时,不管我们在哪里,不管在做什么,都要一起回来。"艾莎建议道。她低着头,扎克抬起一根低垂的树枝,让她过去。他们想象不到那么远的未来,也想象不到会有忘记彼此的时候。

"艾奥娜?"

"艾奥娜?"

当艾莎和扎克走下那熟悉的斜坡时,他们都叫着她的名字。然后,艾奥娜出现在了防空洞的入口。她看上去脸色不好,也有了黑眼圈。她对他们笑了,好像有点儿期待他们的到来似的。他们走了进去。后面的墙上画了一个小岛:大海、海浪和岩石,还有巨大的海鸟在飞翔。角落里有座小房子,一个小女孩牵着一个女人的手。女孩的另一只手上拿着一个琥珀珠子,一只淡绿色的蝴蝶从里面冒出来,它的翅膀尖是黄色的。

"那女孩是谁?"艾莎问。

"她叫露西,"艾奥娜说,"这就是爱奥那岛,我告诉过你的……我就来自那里。逃走的时候,我改了名字。"

"露西,"艾莎慢慢念着这个名字,"听起来亲切又年轻。"

"不管你信不信,我以前就是那样的。"

"你现在打算怎么办?"扎克问艾奥娜。

"不确定,我也许会回去一趟。"她说。

"你知道艾奥娜是什么意思吗?"扎克问她。

她耸了耸肩说:"不知道。"

"是'被祝福的'意思。"扎克告诉她。

"到目前为止可不是这样!"她笑着说,"在森林里的最后几天,有时候,我仿佛在树间看到一缕红色,听到念念叨叨的声音,然后跟了出去。我想只是我的错觉吧。可以确定的是,我不能一直待在这里……有时我觉得自己疯了。扎克,我不断梦到你说的那个艾迪。"艾奥娜把手伸进口袋,拿出那一小袋"子"。"来这儿以后,我每晚都做同样的梦。艾迪出现了,坐在那边的凳子上,一直说那些子应该由你保管。"她说着把袋子递过来。"也许他现在可以放过我了。"她笑着说。

扎克对艾莎笑了笑,仿佛在说:"我就说嘛!"她不相信地摇摇头,摸着墙上艾迪的名字。

"我为我们做了点儿东西。"艾奥娜带他们翻过防空洞,来到溪边那棵倒下的树前。"我把它变成了坐的地方。也许有一天我们可以回到这里,坐在一起,把脚伸进溪水里!"她笑着对扎克说。他正在看她刻在上面的字……他仿佛能听到埃尔德说的那句话:"寻找我的光。"

他们知道自己今晚会安全地回到家,所以,和艾奥娜一起坐在火边,心里很不舒服。他们都躲在这里时,大家都是平等的,可是现在,艾奥娜又成了"无家可归的女孩"。虽然他们有说不完的话,但还是觉得尴尬。那天,他们没有唱歌。虽然,他们说凯西夫妇邀请她去家里,她可以想待多久就待多久,但还是不能说服她和他们一起回去。

他们离开时,艾奥娜在后面喊道:"谢谢你们来找我!"

走出森林的时候,艾莎和扎克觉得,他们仿佛把自己的一个家人丢在了冰冷的森林里。

第六十八章

凯西夫妇替艾奥娜付了旅行费，让她回到她的岛上。凯西太太说要和她一起回去，可是，艾奥娜坚持要自己完成这趟特殊的旅行。她直接去了以前住过的小房子，那时她还是小女孩露西，"怪物"还没有出现在她的生活里。里面是空的，没有人居住，而且好像一切都缩小了。长久以来，在她的印象中，这个地方都很大，可现在，她站在柔软的沙滩上，它就像一块低调而精美的珠宝。

艾奥娜顾不上寒冷，她脱掉衣服，跑进海里。她还是露西的时候，她就这样做过千万次。当冰冷的海水渗入毛孔时，她感觉，仿佛流浪生活的污垢被洗净了。从海浪里走出来时，她发现，这个岛并没有缩小，只是她自己长大了而已。

她本打算在这里住一两个晚上，可是，她发现自己不愿意再久留。她需要的只是知道自己还能像儿时那样自由自在地游泳，仅此而已。

她在小港口等着渡船，看着光在海面上跳动。"谢谢你，埃尔德。"她对着风说。整个旅程只耗时一天，可是，她却花了好几年的时间才鼓足勇气回来。

"再也不是小露西了！"那个开渡船的女人看着她说，"我还记得你这么高的时候的模样呢！"

艾奥娜突然感到一阵温暖。她没有认出这个女人，但是没关系，她记得她就好，这让她觉得她生活的碎片并不是完全无法拼凑的。自从离开小岛以后，这是她第一次觉得有人找到了她。她把手伸向脖子，摸了摸妈妈给她的十字架，又摸了摸串着埃尔德的琥珀的皮绳，看了看蝴蝶美丽的翅膀。

当接到艾奥娜的电话，听说她要提前回来，凯西夫妇很高兴。她回来的时候，他们正在商店里跳来跳去，争着由谁来告诉她这个好消息。最后，凯西太太赢了！

"我很高兴地通知您，您女儿的画被收入皇家艺术学院展了！"

"女儿？"艾奥娜笑着说。

"只是撒了一个小谎而已。反正你也住在这儿，而且，除了妈妈，还有谁会收留一个女孩，以及她的狗和小狗崽呢？"

《大事件》杂志上有一篇关于艾奥娜的文章。封面是埃尔德的肖像，那是艾奥娜专门为她画的。画的下面写着："无家可归，却非隐形。"

凯西太太煞费苦心地为艾奥娜梳理她那凌乱的头发，把它们变成了丝滑的秀发。艾莎和扎克看着她一天天地改变。她的体重也增加了，皮肤透着健康和希望的光泽。

艾奥娜住在商店上面的公寓里，作为回报，她晚上会帮凯西太太看店，哪怕在艺术学校学习了一整天。白天的时候，凯西先生将一张《大事件》杂志放在柜台前，不管卖出的东西有多少，他都会给顾客们讲艾奥娜的故事。讲到最后，他总会手舞足蹈。"我们觉得，对于艾奥娜来说，这不是一个快乐的结局，而是一个快乐的开始。"凯西先生说。

第六十九章

艾莎找到了它。嗯,严格说来,是她的小狗七叶果找到了它。艾莎走在墓地里,六个月大的七叶果围着一块新立的墓碑嗅来嗅去,于是艾莎停了下来。看着上面的字时,她惊讶地张大了嘴巴。

"艾迪·洛伊。"

艾迪,这是防空洞的墙上那个小男孩的名字。是她梦到过的那个男孩——是最初玩抓子游戏的人!

艾莎看着那些她认识的人的墓碑:梅西·洛伊、佩吉·洛伊、阿尔伯特·班布里奇……它们都在这片地下。

她给扎克打电话,可是没人接。于是她挂了电话,回家去了。

"可他是我的邻居呀!"莉莉安娜说,"你在森林里的时候,他去世了。只有我和莎莉妮参加了葬礼……可怜的老家伙。我不想提了——我们正忙着办你的同学会呢。"

艾莎给扎克发消息：

你可能不敢相信，我找到艾迪·洛伊的墓了，他就住在莉莉安娜家旁边。我们在森林里的时候他死了。我们可能在现实生活中见过他。

艾莎的手机上立马弹出一条信息：

问一下他是哪天去世的？

"扎克想知道，你是否准确记得他是哪一天去世的？"
"我当然记得。是排灯节的晚上。我之所以记得，是因为当时莎莉妮很难过。"

排灯节。艾莎回复道。

就是他来道别的那个晚上。我见过他。你们也在梦里见过。艾奥娜也是。我们都见过。

艾莎把扎克的回复看了一遍又一遍。
"那天我碰到了扎克，他留着短发，我差点儿没认出来，"莉莉安娜笑着说，"他看上去成熟了一点儿。他妈妈都给他吃了什么啊？莎莉妮回来的时候都认不出他了。他现在比你高了。算是个英俊的小伙子了，对吧？"

艾莎耸了耸肩，感觉脸在发烫。莉莉安娜、穆娜和阿娅好像约好了似的，毫不留情地开她和扎克的玩笑。他们总希望看看她和扎克之间会不会发生什么。

"他有没有约你出去过？说嘛，你就告诉我嘛。"今天在学校时，穆娜又追问，"我答应你，什么也不和我妈妈讲，不会让她以为你把我带坏了！经常去遛你的狗就已经很坏了！"

"好像是哦！"艾莎笑着说，"我们是朋友，好吗？只是朋友而已！他就像我的哥哥一样。有你，有扎克、艾奥娜和阿娅，我觉得我有了一个哥哥和几个姐妹。"

"说得好听，还姐妹呢！"穆娜怀疑地扬起眉毛，笑了。

莉莉安娜若有所思地摸着七叶果的脑袋。她从没想过自己会这么喜欢一条狗。艾莎花了很长时间才说服她收养这条小狗，可现在，她想象不出没有七叶果的生活会是什么样子。

"凯西太太说我们大家一起去森林家园里散步，带上雷德和它的小狗。她觉得该撒掉埃尔德的骨灰了。"

第七十章

"赫娜！这边！"凯西太太家那只任性的小狗在森林里乱跑，凯西太太朝它喊道。"我打算把凯西先生送到小狗训练学校去。"她接着说。

"我觉得赫娜才需要去！"艾奥娜开玩笑说。

"哈哈，真有意思，没规矩的丫头！"凯西太太笑着说。

"琥珀！这边！"扎克一喊，他的狗就跟着过来了，"很好……坐下！"扎克给了它一块奖励的食物。

"你就炫耀吧。也许我该把赫娜交给扎克训练！凯西先生总是宠着它，把它都养胖了。看到了吧？好吧，也奖励你一块。"凯西太太说着，大发慈悲地从自己口袋里拿出一块食物，举起来给赫娜。

"不是给你的，七叶果！"七叶果跳起来，从半空中抢走了赫娜的东西，莉莉安娜说道。

"它可真活泼！"莉莉安娜笑着抱了抱艾莎。

"最后一次了哦！"艾奥娜看着保护区说，"把它们撒在其他任何地方都不对。"

凯西太太和莉莉安娜无奈地同意了,然后把埃尔德的骨灰递给她。她们走在隔离区周围的路上,希望孩子们无须为自己的行为解释什么。

森林的地面上覆盖着一层风信子和野蒜,空气中弥漫着它们香甜的味道。仿佛经历过寒冷的冬天后,大地终于回春,重现生机。

艾莎、扎克和艾奥娜坐在防空洞里,试着回忆以前发生的事。雷德横躺在他们的膝盖上,好像它是属于他们大家的。他们的头顶上是一幅巨大的埃尔德的肖像,她那凌乱的头发上插着树叶。

"真可惜,再过十年就没有人来看了。"扎克说。

"也许到那时都褪色了。"

"如果它褪色,你会介意吗?"扎克问。

艾奥娜耸了耸肩。"那是关于我们,关于我们一起在这里的时光,不是吗?来吧,我们去做这个。"她说着拿起装着埃尔德骨灰的木罐,翻过防空洞,朝小溪走去。

他们在艾奥娜雕刻成的座位上坐下来。当年,她从一棵倒下的树干走过去,那棵树又小又直,它的树枝还拱在水面上,于是她就做了这个。上面长满了一簇簇白色的花,这些花又是由小小的、花边状的星星组成的。

"你们知道这是什么吗?"艾奥娜返回时问道。她分别递给艾莎和扎克一朵,自己留了一朵。"是埃尔德花!"艾奥娜说。

艾莎挨近一看,笑着说:"或者叫地星!"

艾奥娜慢慢地将埃尔德的骨灰撒在水里,然后,艾奥娜、艾莎和扎克依次将花撒在水中,看着它们慢慢漂走。雷德抬起头,嗅了嗅空气,一阵微风吹过他们头顶的树枝。

"当我走过,我像飘落的树叶一样轻,像树叶雨一样轻……"

致　谢

感谢我的好丈夫和我的家人玛雅、凯欣、伊莎－丽丽，我躲进森林里写作的时候，是你们一直容忍我！

感谢 MBA 作家代理人苏菲·戈列尔·巴恩斯的长期支持，以及她对《红叶》的敏锐解读。

感谢我的编辑威尼西亚·戈斯林，我们一起在森林里进行了创造性的编辑，同时还要感谢麦克米伦儿童图书团队对我工作的支持。

特别感谢海伦·布雷（助理编辑）、蕾切尔·韦尔（美术指导）、泰雅·贝克（文字编辑）和凯瑟琳·奥尔波特（宣传经理）。

还要感谢国际特赦组织的发行人尼基·帕克。国际特赦组织能将《红叶》认定为一本关于人权的书，我为此感到非常骄傲。

我还要感谢圣保罗威信托学校语言文字系的学科领导人安妮·比尔克，以及索马里"女孩顾问组"的左渡·阿里、奈玛·奥尔马、米莫娜·努尔和杰基亚·帕比，她们读过《红叶》

的初稿，还提供了详细的文化和宗教资料，帮助我塑造艾莎这一人物。

谢谢玛丽·麦克罗伊和我分享她作为现代看护人的经验。还要谢谢克里斯汀·泰勒，我根据她的收养经历，描写出莉莉安娜和艾莎之间的关系。

谢谢我的妈妈弗瑞达和已故的爸爸阿迈勒·克里希纳·布拉马查里，他们的社区精神令人惊叹。

小狗的画像被提交到皇家艺术学院展的想法来自阿米·道格拉斯的一幅名叫《凯西》的画。阿米的画被收入2012年皇家艺术学院展时，她正在读小学六年级。

感谢皇后森林咖啡馆发现了纪念牌匾，并且将《接骨木草本之路》放在了《手作杂货铺》旁边，让我从中学到了很多东西。

最后，我还要感谢漂亮的红色赛特犬努拉和它的小狗崽，以及我们自己的小狗——已故的林戈和我们的小比利，感谢它们忠诚的陪伴。也是它们激发了我的灵感，让我在《红叶》中塑造了雷德那样一条漂亮的小狗。